COLLECTION
FOLIO BILINGUE

Italo Svevo

# Corto viaggio sentimentale

# Court voyage sentimental

*Traduit de l'italien et annoté*
*par Soula Aghion*

*Préface de Denis Ferraris*

*Traduction révisée*

Gallimard

Ce texte est extrait de *Court voyage sentimental et autres récits*,
paru dans la collection « Du monde entier ».

# L'ÉTRANGE SOURIRE DE LA VÉRITÉ

« Et il revit toute sa vie. Rien que des interdictions : la lutte pour l'amour, pour l'argent, pour la vie. [...] Quel malheur d'être né sous les espèces d'un chien, un chien sensible, un chien plein de compassion pour lui-même. »

ITALO SVEVO,
Notes préparatoires pour
*Court voyage sentimental*

*Lorsque, vers le milieu de 1925, l'honorable bourgeois triestin Aron Hector Schmitz, appelé Ettore par ses proches, commence à prendre des notes pour écrire une nouvelle qu'il intitulera, en hommage à Sterne,* Court voyage sentimental, *il est proche de ses soixante-quatre ans et peut faire un bilan somme toute satisfaisant de sa vie. Il le dira d'ailleurs, deux ans plus tard, dans une courte notice biographique rédigée à la demande de Benjamin Crémieux. « Une vie qui ne semble pas belle mais qui fut enrichie de liens affectueux si nombreux et si heureux que j'accepterais de la vivre une nouvelle fois. » Une vie qui, pour le lecteur actuel, ne prend tout son sens que dans son intime, violente et passionnée relation avec le désir d'écrire. Or cet irrépressible appétit d'écriture se manifestait chez un fils de famille qui, à l'instar d'autres illustres écrivains de la seconde moitié du* XIX^e^ *siècle, avait des comptes à rendre à son milieu. Et ce dernier fut assez intraitable pour contraindre le jeune homme ambitieux à entrer, à l'approche de ses quarante ans, dans une sorte de clandestinité littéraire. Il notait alors ceci : « Dans ma famille (je ne parle pas de ma femme), pour croire en la littérature, il faudrait qu'ils voient de l'argent. »*

*Cette difficile et même cruelle décision avait été prise à la suite de l'obligation pour Svevo d'accepter la proposition que lui avait faite sa belle-mère d'occuper un poste de responsabilité dans la société familiale, spécialisée dans la fabrication de vernis protecteurs pour les coques des navires. Pendant vingt ans, M. Schmitz sera un cadre irréprochable, voyageant beaucoup (mais non pour son plaisir), surveillant les ouvriers, apprenant l'anglais (heureusement, avec un professeur particulier, très particulier : James Joyce), passant de longues journées et d'encore plus longues nuits seul, loin de son épouse jalousement aimée et désirée, acceptant de bonne grâce toutes les contraintes de la vie bourgeoise telle que pouvait la connaître le sixième des huit enfants d'un failli, embauché* in extremis *par la mère de sa cousine. Pendant vingt ans, il se mettra en frac pour jouer du violon au cours des élégantes soirées organisées dans la villa Veneziani, sur les hauteurs qui dominent une partie de l'arsenal de Trieste, mais se cachera, véritable Mr Hyde de la plume, pour écrire pièces de théâtre, essais, nouvelles, fables et autres apologues, sans parler d'une correspondance soutenue dans laquelle un esprit attentif décèle aisément les traces d'un humour* sui generis *qui fera l'une des forces de l'œuvre fondamentale encore à venir.*

*On dit de Svevo qu'il est un écrivain européen parce que, membre de la communauté juive de la ville, porteur d'un passeport autrichien, patriote italien, il eut pour langue maternelle le dialecte triestin (en fait la variante locale du dialecte vénitien), alla à l'école élémentaire du rabbin Melli, fit ses études secondaires en Allemagne et apprit parfaitement le français (qu'il maîtrisait sans doute mieux que l'anglais, pourtant nécessaire à ses activités). Il est vrai qu'il put lire dans le texte son cher Schopenhauer, comme il avait lu Sardou et Zola, plus tard Freud, Proust et Kafka, de même qu'il fut l'un des premiers à découvrir, dans sa première coulée, l'*Ulysse *de Joyce (sur lequel il peina). Mais plus qu'européen ou cosmopolite par ses lectures et par son pseudonyme, employé pour la première fois en 1892 à l'occasion de la publication de son premier roman,* Une vie, *et destiné à rappeler ses deux origines (l'Italie et la Souabe), il est avant tout un esprit insatiablement curieux que rien ne rebute totalement, qui lutte de façon émouvante afin de faire taire ses préjugés et son goût certain pour l'ordre et qui, traquant malicieusement les tours et les détours de sa mauvaise foi, souhaite éprouver la résistance des discours susceptibles d'apprivoiser le monde, dont il est clair qu'on ne saurait rien attendre de bon* a priori *en raison de ses liens avec l'espèce humaine.*

*Depuis les premières tentatives avortées de l'adolescence jusqu'aux ultimes fragments accumulés dans les dernières années, toute l'œuvre de Svevo parle, comme dans un lent mouvement de spirale, de cet axe invisible que constituent imaginairement les sentiments intenses, confus, lumineux et insaisissables de l'éternel jeune homme, facétieux et implacable, que fut pour lui-même et pour les autres Ettore Schmitz. Car l'une des singularités remarquables de Svevo est qu'il n'essaya jamais de cacher qu'il écrivait pour réfléchir et qu'il raisonnait non pas à partir de ses affects mais avec eux et seulement grâce à eux. On objectera que cela ne se peut, en toute logique. Et pourtant tous les textes de cet écrivain-né, à quelque genre qu'ils appartiennent, qu'ils soient écrits à la première ou à la troisième personne, ont ceci de commun et d'incomparable qu'ils transmettent immanquablement au lecteur, parfois même à travers la maladresse de la syntaxe, la force de réaction d'un sujet qui ne triche jamais dans son combat face à l'incompréhensible, surtout lorsqu'il sent que tout en lui le pousse à tricher.*

*Certes, pour admettre cette continuité dans l'œuvre il faut supposer que celle-ci soit entièrement fondée sur une structure de nature autobiographique. On peut, en fait, se contenter de penser que Svevo était essentiellement un conteur d'ascendance moraliste que la recherche de situations narratives originales ne préoccupait guère. Sans doute n'a-t-il même jamais tenté d'imaginer* ex nihilo *des personnages, des décors et des péripéties qui pussent surprendre et séduire le lecteur par leur caractère inattendu et la richesse de l'inventivité implicite. Tous ses récits de fiction, romanesques ou théâtraux, reposent très simplement sur les démêlés de représentants de la classe moyenne avec leurs parents, amis, maîtresses ou épouses, sans que le milieu extérieur, superficiellement inspiré par la ville natale et ses environs, y occupe une place déterminante. De ce point de vue, l'univers qu'il a mis en scène, représenté et étudié inlassablement atteint à une sorte d'universalité humaine qui fait souvent penser à l'œuvre d'un contemporain qu'il semble avoir peu fréquenté : Tchekhov. Même finesse du trait psychologique, même légèreté voulue des propos, identique banalité des rapports de classe et une fragilité apparente du tissu dramatique qui interdit à tout lecteur hâtif ou inaccessible au doute de percevoir la gravité enjouée du discours, la violence latente des relations et la tension insoutenable des esprits qui s'opposent dans des joutes sans merci.*

*Il convient cependant de noter l'existence d'un tournant, au moins formel, dans le développement de cette œuvre dont l'homogénéité est rien moins qu'évidente à première vue. Jusqu'à la Première Guerre mondiale, les écrits de fiction de Svevo prêtent peu à sourire, du moins à une première lecture. Sa première nouvelle publiée en 1888,* Une lutte, *comporte des moments cocasses, voire comiques, mais se conclut de façon plutôt grinçante. Deux ans plus tard,* L'assassinat de la rue Belpoggio *est un inquiétant hommage au Dostoïevski de* Crime et châtiment. *Tandis qu'en 1892* Une vie *se termine sur le suicide du protagoniste, en 1897 l'apologue politique* La tribu *manifeste le pessimisme amer et le désenchantement précoce du jeune écrivain aux sympathies socialisantes ambiguës. Enfin en 1898, le deuxième et dernier roman avant le renoncement officiel, mais non réel, à l'écriture,* Sénilité, *consacre le goût étonnant de l'auteur pour les destins ratés et angoissants de solitude.*

*Puis, face au silence qui accueille ses écrits et devant les nécessités familiales qu'il doit accepter, Svevo se résout à consacrer la plus grande partie de son énergie aux affaires de la société Veneziani, même si sa vraie vie continue à être ailleurs, idéalement et imaginairement. Mais, à chaque chose malheur est bon, la Grande Guerre, considérée par certains comme la dernière guerre d'indépendance nationale, apporte non seulement le rattachement de Trieste à l'Italie mais aussi un fort assoupissement des affaires et de très grands moments de liberté à celui qui s'amusait à dire qu'en dehors de la plume il n'est point de salut. Et quelques mois après la fin des hostilités Svevo entreprend la rédaction de* La conscience de Zeno. *Pour la première fois, il dessine le portrait d'un personnage qui deviendra le prototype des protagonistes des textes ultérieurs et notamment de Giacomo Aghios dans* Court voyage sentimental.

*Zeno, figure de fiction et simulacre de vieux bourgeois malicieux, doit beaucoup au personnage romanesque qu'Ettore Schmitz avait patiemment mis au point en créant l'auteur sans lecteurs dénommé Italo Svevo. C'est un homme sans Dieu ni dieux qui livre un combat titanesque contre la peur du néant sans jamais se départir d'un discours de galopin retors, débarrassé de toute grandiloquence et de toute allusion sensible au fond de la question qu'il traite et qui relève ouvertement de la métaphysique. Son grand souci, jamais avoué, est de ne pas oublier la leçon sévère de l'auteur du* Monde comme volonté et comme représentation *tout en inventant un discours assez élaboré pour donner à cet animal malade et chétif qu'est l'homme un sentiment de confort moral qui ne doive rien au monde extérieur ou à une quelconque force transcendante. Zeno est le premier personnage de Svevo qui porte au niveau d'une philosophie personnelle systématique, c'est-à-dire méthodique et efficace, les tentatives partielles et avortées de ses prédécesseurs pour trouver une issue honorable à l'angoisse de l'être-pour-la-mort.*

*Publiée en 1923, toujours à compte d'auteur, tirée à quinze cents exemplaires,* La conscience de Zeno *attendait encore les éloges d'Eugenio Montale et des italianisants français alertés par Joyce, lorsque Svevo se mit à composer* Court voyage sentimental *qu'il finira par abandonner au milieu d'une phrase. Mais s'agit-il vraiment d'une nouvelle inachevée, comme l'état matériel du manuscrit oblige à l'affirmer ? Oui, si l'on considère que l'auteur aurait pu continuer à raconter les mésaventures du vieil homme qui découvre, à son réveil, dans le train près d'arriver à Trieste, qu'il a été délesté pendant son sommeil de quinze mille lires. Pourtant, il est clair que le récit tient, dans sa constitution même, de la nature d'une analyse qu'on a pu qualifier comme* endliche und unendliche *: avec et sans fin, terminée et interminable. Le lecteur ne peut se dire frustré de cette interruption, qui intervient à un moment de l'intrigue tout à fait acceptable comme dénouement, pas plus qu'il ne peut s'intéresser au récit pour la qualité de ses péripéties ou l'éventuelle intensité du suspense, pratiquement inexistant comme peut le montrer un rapide résumé de l'histoire. La valeur du texte est ailleurs, loin des effets de style, des manœuvres rhétoriques et des trouvailles de scénario. Elle tient tout entière dans la troublante subtilité du discours intérieur que l'écrivain a donné à son protagoniste, comme un père en fin de vie confie un secret longuement mûri à un fils attentif et avide d'en profiter avec sagesse.*

*Svevo a introduit dans des lieux clos (une gare, un compartiment de voiture ferroviaire, une ville entourée d'eau et couverte par la nuit, un train de marchan-*

dises) quelques personnages blessés et inquiets : une épouse persuadée que son mari sexagénaire a gardé l'étourderie mutine d'un enfant ; un bureaucrate poignant d'infatuation et de tremblante assurance ; une petite fille qui ignore l'opposition irréductible que la logique commune établit entre l'intériorité et l'extériorité ; un jeune homme qui découvre qu'on ne badine pas avec l'amour ; et par-dessus tout un brave homme égoïste, raisonnablement lâche, volontiers flagorneur, très attaché à son confort personnel, capable de cynisme provocateur mais fondamentalement passionné par la misère de l'homme sans Dieu et toujours ému par ses faiblesses et celles de ses congénères. À ce dernier Svevo a donné, en toute simplicité, le nom qui désigne, dans la mère des langues européennes, la sainteté : Aghios.

Ce nom a été choisi évidemment par antiphrase : le protagoniste n'est ni un saint laïque, ni un auguste personnage, ni un être sacré. Il est, plus redoutablement et plus insidieusement, l'homme nu qui essaie de se maintenir debout vaille que vaille tandis que le tourmente un vertige dévastateur, dû à l'infinie découverte des maladies, des défaillances et des déficiences qui attaquent son être et à la somme desquelles, peut-être, il se réduit. Voilà le triste personnage que Svevo offre à l'admiration du lecteur. Depuis l'invention de l'antihéros par Dostoïevski dans ses *Notes d'un souterrain*, en 1864, c'est l'un des plus hauts défis que puisse se lancer à lui-même un écrivain : susciter de l'attention, séduire, voire fasciner à partir de rien. Car Aghios est une forteresse vide. Personne ne le respecte : ni sa femme, ni son fils, qui le reprend sur des questions d'étymologie (« Et ce n'est guère commode d'être un père qui a tort ! »), ni ses compagnons de voyage occasionnels, ni *son gondolier, qui l'exploite, ni ses amis qui le traitent comme un benêt. Mais cet homme, humilié et offensé, a des ressources insoupçonnées et le récit de Svevo est fait pour suggérer la trouble puissance des forces cachées de celui qui n'attend pas autrui pour entendre, intérieurement, le fracassant éclat de rire qui accompagne sa personne. Le hall de la gare de Milan prend, dès l'ouverture de la nouvelle, les dimensions cosmiques de l'univers, qui ne peut plus effrayer par le silence éternel de ses espaces infinis : personne ne songe à se moquer de lui, mais le protagoniste entend en lui-même le rire dont tout un chacun pourrait être saisi en le considérant attentivement.*

*Car du jour où il a pu se remettre à écrire sans se cacher et donc sans avoir honte de jouer à l'enfant dissimulateur, Svevo a associé résolument le rire à la vérité. Sans doute pensait-il souvent à la terrifiante question de Pilate : « Qu'est-ce que la vérité ? » Mais il lui semblait que quelque chose comme la vérité de l'homme existait et qu'elle était révélée par le rire. Aghios est prêt à être tourné en ridicule et même à être humilié si cela doit lui permettre de lever le voile, fût-ce partiellement, sur le mystère ; car, pense-t-il, « une constatation juste provoque toujours le rire ». Au demeurant l'humiliation peut être évitée si l'on a soin d'être toujours en avance sur son prochain dans l'art de se servir à soi-même, par anticipation, d'impitoyables critiques ironiques. Et le personnage de Svevo pratique excellemment le sport de haute volée qu'est l'exercice de la dérision contre soi-même. La grande nouveauté par rapport à Dostoïevski est que Dieu, ainsi que nous l'avons signalé, a totalement disparu de ce manège, comme par enchantement. Or, il est faux que sans Dieu tout soit permis. M. Aghios a une morale rigoureuse, à défaut d'une éthique établie selon les règles de la pensée kantienne. Le grand principe de cette morale impose de ne pas mépriser son prochain sans pour autant rien abdiquer du devoir d'analyse qui seul peut donner à l'homme une justification et une légitimité. Le respect de ce principe n'est pas aisé car il s'agit de maintenir un équilibre entre la complaisance ou l'indifférence et le sombre dédain teinté de pessimisme. Mais lorsqu'on a décidé de mettre une fois pour toutes l'homme à la place de Dieu et qu'on a finalement refusé de condamner la vie et le désir, comme le voulait le grand contempteur du vouloir-vivre, le choix n'existe plus. La vérité c'est l'homme et il faut voir l'homme tel qu'il est. La dignité l'exige et l'écriture l'impose, sous peine de nullité.*

*Dans cette interminable recherche de l'authenticité humaine, c'est-à-dire des repères qui permettent à l'individu de croire qu'il n'y a pas de jeu douteux entre son discours et le monde objectif, y compris son monde intérieur, Aghios est comme le poisson pilote de Svevo. On doit admettre, dans ce cadre, que le récit n'ait pas de fin prédéterminée. Quand il s'aperçoit que le jeune Giacomo Bacis lui a volé la moitié de son pécule, le protagoniste se précipite vers la sonnette d'alarme. Mais, par timidité, il hésite à déclencher celle-ci. D'abord parce qu'il craint une sanction pour un acte intempestif; puis parce qu'il se rend compte que le monde qu'on dit réel, celui de la matière qui résiste à l'image de ce train qui ne pourra plus rattraper le voleur, ne l'intéresse pas et peut-être même ne le concerne pas. Son vrai monde est celui de la réflexion, du retour de la conscience sur elle-même grâce aux innombrables observations qu'elle peut faire lors des rencontres, des contacts et des frictions avec les autres. Sa grande émotion, durant son voyage, aura été d'entendre la petite fille se plaindre de ne pas voir le train dans lequel elle se trouve. Aghios mérite pleinement alors d'être le protagoniste de la nouvelle puisque c'est à lui seul que Svevo a donné le bon sentiment, en l'occurrence celui de comprendre que l'enfant a raison d'éclater en sanglots : qu'y a-t-il de plus atroce, pour l'homme, misérable prisonnier de lui-même, que de ne pouvoir s'examiner* dans tous les sens *pendant le grand voyage de la vie, condamné comme il est à toujours se trouver soit dedans soit dehors et jamais, comme Alice, libre de naviguer au-delà du miroir. « Seul Aghios fut ému. Lui seul ressentait et connaissait la douleur que l'on éprouve de ne pouvoir se voir soi-même en train de voyager. [...] Voir à la fois la campagne, le train et soi-même, voilà ce qui aurait constitué le vrai voyage. »*

*Personne ne fait le « vrai voyage », quoi qu'en disent certains. Chacun est dans sa petite cage et regarde les ombres danser au fond de la caverne. Le voyage le moins faux, celui qui rend le son le plus juste, est bref, de toute façon, et il dépend de la puissance et de la variété de nos sentiments. Dira-t-on que cela n'est pas sérieux, que les sentiments n'ont de valeur, voire d'intérêt, que sous le contrôle et l'empire de la raison méthodique ? Mais, suggère Svevo, qu'est-ce que la raison sinon une mise en ordre des sentiments ? L'homme a besoin de courage et s'il ne veut pas s'en remettre à autrui pour sa destinée, il doit regarder bien en face l'insoutenable, c'est-à-dire le vide intégral. Le mieux est de trouver une attitude à mi-chemin entre le rire, qui révèle trop brutalement la vérité, et l'épouvante, qui torture sans profit et finit par abrutir. Le sourire, qui sup-*

*pose la distance ironique par rapport à un monde destructeur, est une réponse. Face à l'angoisse du jeune Bacis, Aghios n'écoute que son amour de l'humanité et il connaît un remède, qu'il dispense généreusement « avec la sentimentalité du voyageur désœuvré ». Son discours est sans ambages. « Vous attribuez trop d'importance à des choses qui n'en ont guère. Voyez ! Pour ôter de son importance à la réalité, il suffit de penser à une seule chose : qu'en sera-t-il de nous deux d'ici à cent ans ? » La proposition peut passer pour une boutade mais c'est bien davantage. Pour s'en convaincre on peut lire les conclusions d'une conférence écrite quelques mois après l'abandon par Svevo de sa nouvelle par un autre porteur du passeport de l'Empire austro-hongrois, lui aussi membre de la communauté juive, le Prof. Dr. Sigmund Freud : « Le principal est l'intention que l'humour met en acte, que celui-ci opère sur la personne propre ou sur des personnes étrangères. Il veut dire : Regarde, voilà donc le monde qui paraît si dangereux. Un jeu d'enfant, tout juste bon à faire l'objet d'une plaisanterie ! »*

*L'événement le plus important dans la vie du respectable et non respecté Aghios aura été le rêve qu'il a fait, sous l'effet d'une méchante bouteille de vin, et au cours duquel il a cru sentir sous son corps la douce chair interdite de sa fille. Rêve horrible, monstrueux et si doux cependant, où rien ne s'est passé, tandis que dans le monde effectif on lui subtilisait ses billets. Dehors, le voleur déjà adultère, dedans le père incestueux : comment garder l'estime de l'homme ? En s'émouvant, au lieu de s'indigner, tant que l'irréparable n'a pas été accompli. Et pour Aghios, l'irréparable est rare. Il serait même inexistant si chacun s'évertuait à transformer en rêves passagers ses pires penchants et tout le mal qu'il héberge. « Son aventure, la plus intense qu'il ait eue au cours de sa vie, ne sortait pas de la vie de sa pensée solitaire, et c'est pourquoi elle était sans importance. » La faute, librement consentie dans l'imaginaire, n'est pas un crime. Ce n'est pas un tour de prestidigitation, plus ou moins honnête, mais un effort de la volonté pour tenir en respect l'inhumain ; et la parole est là pour faciliter cette délicate opération. La littérature n'a pas de finalité plus remarquable.*

*Aghios est ainsi, de bout en bout, un explorateur de ce que Pirandello appelait facétieusement le « fond de l'être », souvent confondu avec l'« antre de la bête ». Et comme le personnage de la nouvelle du Sicilien, qui avait une petite théorie sur la question, il feint de ne pas prendre cette recherche au sérieux. Car même lorsqu'on traque ce phénomène mystérieux qu'est la sincérité d'un sentiment avec la plus exigeante des volontés et en toute bonne foi, on n'est jamais sûr de trouver les mots qui donneront exactement la forme convenable à l'objet enfin porté au jour. La sincérité elle-même peut être dangereuse. Le jeune Bacis s'est mis dans une sale situation, triste et avilissante, pour avoir succombé à la « sincérité de la chair ». Mais, surtout, l'homme porte en lui depuis des millénaires des mots trompeurs qui trahissent ses sentiments et ses pensées au moment même où il souhaite le plus ardemment dire la vérité. L'état naturel de l'homme est dominé par le mensonge (qu'on peut baptiser conventions, stéréotypes ou parlerie). « Il doit courir le risque de devoir faire un mensonge. » Ne pas mentir exige un effort proprement surhumain et Svevo n'a pas voulu faire d'Aghios, que le lecteur hon-*

*nête doit pouvoir considérer comme un frère ou un complice, un nouveau Prométhée.*

*Aghios est plutôt une sorte d'Ulysse sans l'héroïsme guerrier. Celui que Virgile appelait* fandi fictor *: un artisan de paroles, quelqu'un qui sculpte avec des mots. Jusqu'au Moyen Âge on a cru que les mots étaient la conséquence des choses. Certains s'accrochent encore à cette douce mais non innocente rêverie. Aghios, pour sa part, sait qu'il n'y a rien de plus dangereux que les rêves, les profonds, ceux que le sujet ne maîtrise pas du tout. Aussi se hâte-t-il de forger des fantaisies les yeux grands ouverts. N'ayant aucune confiance en soi, il expérimente résolument les situations où il lui est extrêmement difficile de garder la moindre once d'estime envers lui-même afin d'avoir pitié et de s'absoudre partiellement. Il est sûr ainsi d'apprendre à supporter les autres, sinon dans le crime monstrueux, du moins dans l'inauthenticité quotidienne qui est faite de renoncements, d'abandons et d'abdications qui sont autant de petits crimes contre l'esprit. Aghios est infiniment bon avec lui-même pour pouvoir continuer à aimer les hommes en souriant. La nature elle-même, observe-t-il, manque de précision car elle a trop à faire. Mais si l'on veut éviter la gangrène des remords irrémédiables, il faut essayer de faire un peu mieux qu'elle. L'homme, qui est un être par essence malade, doit trouver son chemin en exploitant sans relâche la part symbolique qui est en lui et qui tient tout entière dans la langue. Si l'on veut éviter de ressembler au personnage de Meuli, un homme « si occupé à amasser de l'argent qu'il pouvait aussi bien mourir sans s'en apercevoir », il faut regarder vivre et écouter Aghios, non parce qu'il aurait quelque leçon à donner mais simplement parce que*

*Svevo a su en faire l'incarnation de la vie humaine sous sa forme la plus plaisante, la plus émouvante et la plus indéfinissable : un projet qui est peut-être une utopie ou une folie, mais qui exige le meilleur de l'esprit.*

Denis Ferraris

# Corto viaggio sentimentale
# Court voyage sentimental

# Corto viaggio sentimentale

## I

## STAZIONE DI MILANO

Con dolce violenza il signor Aghios si staccò dalla moglie e a passo celere tentò di perdersi nella folla che s'addensava all'ingresso della stazione.

Bisognava abbreviare quegli addii ridicoli se prolungati fra due vecchi coniugi. Ci si trovava bensì in uno di quei posti ove tutti hanno fretta e non hanno il tempo di guardare il vicino neppure per riderne, ma il signor Aghios sentiva costituirsi nell'animo proprio il vicino che ride. Anzi lui stesso intero diveniva quel vicino. Che strano! Doveva fingere una tristezza che non sentiva, quando era pieno di gioia e di speranza e non vedeva l'ora di essere lasciato tranquillo a goderne. Perciò correva, per sottrarsi più presto alle simulazioni. Perché tante discussioni?

# Court voyage sentimental*

## I

## À LA GARE DE MILAN

M. Aghios s'éloigna de sa femme avec une douce violence et, d'un pas rapide, tenta de se perdre dans la foule qui se pressait à l'entrée de la gare.

Il fallait couper court à ces adieux qui à trop se prolonger devenaient grotesques entre vieux époux. Encore que l'on se trouvât dans un de ces lieux où les gens se hâtent et ne prennent guère le temps de regarder le voisin, même pas pour le railler, M. Aghios sentait se former en lui le voisin qui se moque. Bien mieux, il devenait lui-même tout entier ce voisin. Que c'est bizarre ! Il lui fallait feindre une tristesse qu'il n'éprouvait pas, alors qu'il débordait de joie et d'espoir, et qu'il lui tardait d'être laissé tranquille pour pouvoir savourer son état d'esprit. C'est pourquoi il allongeait le pas, afin de se dérober plus vite à cette comédie. Pourquoi tant de discussions ?

* C'est le texte le plus développé que Svevo ait rédigé après *La conscience de Zeno*. Il y travailla notamment au cours de l'hiver 1925, sans toutefois parvenir à l'achever.

Era vero ch'egli da molti anni non s'era staccato dalla moglie, ma un viaggio sino a casa sua, a Trieste, ove essa due settimane appresso l'avrebbe raggiunto, era cosa di cui non valeva la pena di parlare.

Se ne aveva parlato invece da molti giorni e continuamente. La decisione era stata difficilissima proprio perché ambedue l'avevano desiderata e ambedue per raggiungerla sicuramente avevano creduto necessario di tener celato il loro desiderio.

Avrebbe potuto piangere se si fosse trattato di un distacco per tutta la vita o almeno per gran parte di essa. Ma così poteva confessare a se stesso che s'allontanava giocondamente. Tanto più che sapeva di fare un piacere anche a lei.

Negli ultimi anni la signora Aghios s'era attaccata di un affetto appassionato ed esclusivo al figliuolo. Quando questi era lontano essa si sentiva sola anche accanto al marito e più sola ancora perché del suo dolore non parlava, sapendo che il signor Aghios ne avrebbe riso. Ma il signor Aghios sapeva di quel dolore, si offendeva di non poterlo lenire et fingeva d'ignorarlo per non seccarsi. "Una duplice costrizione!" pensava il signor Aghios che aveva letto qualche opera filosofica. "Duplice perché mia e sua!"

Adesso la signora Aghios voleva rimanere ancora a Milano per non lasciare solo il figliuolo che doveva passare un esame importante.

Certes, il y avait des années qu'il ne s'était séparé de sa femme, mais un voyage qui le ramenait chez lui à Trieste, où elle le rejoindrait deux semaines plus tard, cela ne valait pas la peine d'en parler.

Pourtant, on en avait parlé, et sans arrêt, depuis plusieurs jours. La décision avait été très difficile à prendre, justement parce que tous deux l'avaient souhaitée, et que tous deux, pour être sûrs de la voir aboutir, avaient cru nécessaire de masquer leur sentiment.

Si encore il s'était agi de se séparer pour la vie, ou du moins pour une longue période, il aurait sans doute versé des larmes. Mais dans les circonstances présentes, il pouvait s'avouer qu'il s'éloignait allégrement. D'autant plus qu'il savait faire plaisir à sa femme par la même occasion.

Au cours des dernières années, Mme Aghios s'était prise d'une affection passionnée et exclusive à l'égard de son fils. Lorsqu'il s'absentait, elle se sentait seule, même auprès de son mari, et elle était plus seule encore parce qu'elle taisait sa douleur, sachant que M. Aghios en rirait. Cependant, M. Aghios n'ignorait pas son chagrin ; il était vexé de ne pouvoir l'adoucir et préférait faire semblant de rien pour éviter de se sentir importuné. « Une contrainte duelle », pensait M. Aghios qui avait lu quelques ouvrages de philosophie, « duelle, car elle est la mienne et la sienne à la fois ! ».

Or Mme Aghios désirait différer son départ de Milan afin que son fils, qui devait passer un examen important, ne restât pas tout seul.

Il signor Aghios non dava gran peso agli esami che si possono ripetere e sapeva anche che il figliuolo, cui il soggiorno a Milano non spiaceva, li avrebbe ripetuti volentieri. Ma adesso, se voleva partire solo, anche lui doveva insistere perché la madre restasse a tutelare il figliuolo in tanto frangente. Così la signora restava a Milano per compiacere il marito, ma il signor Aghios, che l'animo della signora aveva accuratamente spiato, partiva offeso, senza però dirlo, perché altrimenti avrebbe compromesso la sua libertà di viaggiare solo.

Era veramente un congedo che bisognava abbreviare, perché anche all'ultimo momento la signora Aghios era capace di mutare ogni disposizione quando avesse indovinato come stavano le cose. Era una donna che non ammetteva di non fare il proprio dovere. E il signor Aghios pensò che il lieve rancore che sentiva per la moglie, un sentimento sgradevolissimo, sarebbe sparito non appena si sarebbe trovato solo. Correndo fu già più giusto. La moglie prolungando quegli addii rivelava il suo rimorso di lasciarlo partire solo ed egli pensò : "Come è onesta ! Non m'ama affatto, ma fino all'ultimo vuol tenere le promesse fatte all'altare. Si rammarica di non sapere fare quello che dovrebbe. Una grande pena per lei e una bella seccatura per me !"

M. Aghios n'accordait pas beaucoup de poids aux examens que l'on peut toujours repasser, et il savait d'autre part que son fils, pour qui le séjour milanais n'était pas sans attrait, se serait volontiers présenté de nouveau. Mais en l'occurrence, s'il voulait partir seul, il lui fallait insister, lui aussi, pour que la mère demeurât auprès de son fils et le soutînt dans la circonstance. De la sorte, Mme Aghios restait à Milan pour faire plaisir à son mari, et M. Aghios, qui avait toutefois soigneusement observé l'état d'esprit de sa femme, partait froissé, mais se gardait bien de le dire de peur de compromettre sa liberté de voyager seul.

Il était vraiment nécessaire d'écourter ces adieux, car, se fût-elle seulement doutée de ce qu'il en était, Mme Aghios était bien capable de modifier les dispositions prises, même au dernier moment. C'était une femme qui n'admettait pas de manquer à son devoir. Et M. Aghios pensa qu'aussitôt seul, ces légers griefs qu'il avait contre elle, un sentiment fort désagréable, se dissiperaient. Tout en marchant, il devenait plus équitable à son égard. En prolongeant ses adieux, se disait-il, sa femme révélait ses remords de le laisser partir tout seul, et il ajouta : « Qu'elle est honnête ! Elle ne m'aime pas, mais elle tient à maintenir jusqu'au bout les promesses qu'elle a faites à l'autel. Elle regrette de ne pouvoir agir comme il aurait fallu. Un gros tourment pour elle, mais que c'est assommant pour moi ! »

Ma perché il signor Aghios si sentiva tanto pieno di gioia e di speranza al momento di poter finalmente abbandonare la sua legittima consorte? Voleva forse andar a divertirsi e disonorare i suoi capelli quasi del tutto bianchi correndo dietro alle donne?

Oh! Non bisogna dire una cosa simile. Un vecchio intanto non sa correre e poi il signor Aghios non era corso dietro alle donne neppure quand'era giovine. Certo dalla sua gioia e speranza non bisognava escludere del tutto la donna. Era tanto piena quella gioia e speranza che la donna — la donna ideale, mancante magari di gambe e di bocca — non poteva esserne assente. Giaceva nell'ombra fusa con molti altri fantasmi, parte importante degli stessi. Ma la donna non è sempre la stessa nel desiderio. È vero che prima di tutto serve all'amore, ma talvolta la si desidera per proteggerla e salvarla. È un animale bello, ma anche debole, che se si può si accarezza e se non si può si accarezza ancora.

Il signor Aghios aveva bisogno di vita e perciò viaggiava solo. Si sentiva vecchio e ancora più vecchio accanto alla vecchia moglie e al giovine figliuolo. Quando aveva al braccio la moglie doveva rallentare il passo e quando camminava accanto al figliuolo sentiva che questi doveva rallentarlo. Lo circondavano di tutto il rispetto.

Au fait, pourquoi M. Aghios se sentait-il aussi plein de joie et d'espoir au moment où il pouvait finalement quitter son épouse légitime ? Avait-il par hasard l'intention d'aller se divertir, et comptait-il déshonorer ses cheveux presque tout blancs en courant les filles ?

Oh ! il ne faut pas dire ces choses-là. D'abord un vieillard ne court plus les filles, et puis M. Aghios ne l'avait même pas fait du temps de sa jeunesse. Certes, il ne fallait pas exclure complètement les femmes de sa joie et de son espoir. De cette joie, de cet espoir émanait une telle plénitude que la femme ne pouvait en être absente — la femme idéale, dût-elle manquer de bouche ou de jambes. Elle se tenait dans l'ombre, mêlée à de nombreuses autres chimères dont elle était une partie importante. Mais la femme n'est pas toujours la même dans le désir. Il est vrai qu'en premier lieu elle est objet d'amour, mais quelquefois on la désire pour la protéger et la secourir. C'est un bel animal, mais qui est faible aussi, que l'on caresse quand c'est possible, et qu'on caresse encore quand cela ne l'est pas.

M. Aghios avait besoin de vivre, et c'est pourquoi il voyageait seul. Il se sentait vieux, et plus vieux encore auprès de sa femme qui était vieille, et de son fils qui était jeune. Lorsqu'il se promenait avec sa femme au bras, il était obligé de ralentir le pas, et lorsqu'il marchait avec son fils, il sentait que celui-ci modérait son allure. Tous deux l'entouraient de respect.

Dacché era stato ammalato la moglie aveva conservato il fare dell'infermiera che aboliva ogni istinto di cavalleria da parte dell'uomo. Il figliuolo poi aveva tutto il rispetto per il padre, ma lo educava e lo correggeva quando egli, spinto dalla sua fervida fantasia, inventava etimologie non basate su alcuna scienza o spostava o svisava fatti storici, mentre il giovinetto, che pur tanto aveva stentato a finire il Liceo, ricordava il suo greco e latino che il signor Aghios mai aveva conosciuti e sapeva — come sua madre — esattamente quello che sapeva. E non è mica comodo di essere un padre che ha torto!

Ma non era tutto qui, benché fosse abbastanza importante per il signor Aghios di essere lasciato nei suoi vecchi anni interamente in pace, interamente cioè compresa la sua ignoranza, nella quale viveva da tanti anni da farne la base della vita.

Ogni malessere che sentiva il signor Aghios lo diceva vecchiaia, ma pensava che una parte di tale malessere gli venisse dalla famiglia. Sta bene che vecchio come ora non era mai stato, ma mai s'era sentito, oltre che vecchio, anche tanto ruggine. E la ruggine proveniva sicuramente dalla famiglia, l'ambiente chiuso ove c'è muffa e ruggine. Come non irrugginire in tanta monotonia?

Sa femme avait conservé, du temps où il avait été malade, les façons de faire de l'infirmière qui abolissaient toute conduite chevaleresque instinctive chez l'homme. Son fils le traitait avec déférence, mais il l'instruisait ou le reprenait lorsque, stimulé par son ardente imagination, il se mettait à inventer des étymologies dénuées de tout fondement scientifique, ou bien à intervertir ou à dénaturer des faits historiques, alors que le jeune homme, en dépit de ses difficultés à terminer ses études secondaires, était tout imprégné de grec et de latin que M. Aghios n'avait jamais appris et que, comme sa mère, il savait avec précision ce qu'il était censé savoir. Et ce n'est guère commode d'être un père qui a tort !

Mais ce n'était pas tout, encore qu'il fût assez important pour M. Aghios de pouvoir couler de vieux jours en toute tranquillité, avec sa propre ignorance dont il s'accommodait depuis tant d'années qu'elle était devenue la base de sa vie.

M. Aghios attribuait à la vieillesse chacun de ses malaises, mais il pensait qu'une bonne partie de ses maux provenait de la famille. Bien sûr, il n'avait jamais été aussi vieux que maintenant, mais jamais autant qu'à présent il ne s'était senti non seulement vieux mais rouillé. Et cette sensation découlait sûrement de la famille, milieu clos où tout moisit et se rouille. Comment ne pas se rouiller au milieu d'une telle monotonie ?

Vedeva ogni giorno le stesse facce, sentiva le stesse parole, era obbligato agli stessi riguardi e anche alle stesse finzioni, perché egli tuttavia accarezzava giornalmente sua moglie che certamente lo meritava. Persino la sicurezza di cui si gode in famiglia addormenta, irrigidisce e avvia alla paralisi.

Si sarebbe egli sentito più forte all'aria rude fuori della famiglia ? Il breve viaggio sarebbe stato un esperimento, perché i suoi affari gli avrebbero fornito il pretesto ad altri viaggi. Certo non sperava di divenire tanto vivo come nel suo ultimo viaggio a Londra, ove aveva soggiornato varii mesi, vent'anni prima, senza la moglie ch'era stata allora una giovanissima madre.

Aveva sofferto allora orrendamente della solitudine. C'era stata da lui un'impazienza irosa della sfiducia e dell'indifferenza da cui si sentiva circondato. Guardava con invidia e desiderio la vita intensa che lo circondava e respingeva. Una volta, nella stanza di lettura dell'albergo, s'era messo a leggere solitario quando fu avvicinato da un bel ragazzo roseo, di dieci anni circa, che gl'indirizzò delle parole ch'egli non intese affatto, perché si capisce che l'inglese dei bambini è il più difficile. Il signor Aghios si commosse al trovare finalmente un amico. Gli parlò e parve anche che il fanciullo intendesse perché rispose con molte più parole di quelle avute. Disgraziatamente tutte in inglese !

Voir tous les jours les mêmes visages, entendre les mêmes propos, être tenu aux mêmes prévenances et aux mêmes simulations, car il continuait néanmoins de caresser tous les jours sa femme, laquelle le méritait assurément. Même le sentiment de sécurité dont on jouit en famille endort, engourdit, et mène à la paralysie.

Se sentirait-il plus de vigueur s'il respirait l'air vif, hors de son entourage ? Ce bref voyage tiendrait lieu d'expérience, ses affaires pouvant lui fournir un prétexte pour se déplacer encore. Certes, il n'espérait pas trouver à nouveau la vivacité du temps de son dernier voyage à Londres où, vingt ans plus tôt, il avait séjourné pendant plusieurs mois, sans sa femme qui était alors une jeune mère.

À cette époque, il avait horriblement souffert de la solitude. La méfiance et l'indifférence dont il se sentait entouré suscitaient en lui une impatience rageuse. Il considérait avec envie et convoitise la vie intense qui se déroulait autour de lui et dont il était tenu à l'écart. Une fois, il se trouvait tout seul en train de lire dans la salle de lecture de l'hôtel, lorsqu'un beau petit garçon au teint de rose, qui pouvait avoir dix ans, s'approcha de lui et lui adressa quelques mots dont il ne saisit pas le sens, car — cela s'entend — l'anglais parlé par les enfants est le plus difficile à saisir. M. Aghios fut ému d'avoir enfin trouvé un ami. Il se mit à lui parler, et l'enfant parut le comprendre car sa réponse fut un flot de paroles, bien plus nombreuses que celles qui lui avaient été adressées, malheureusement toutes en anglais !

E per avvicinarsi a lui, visto che la parola non serviva, il signor Aghios gli accarezzò i biondi capelli. Ma allora apparve alla porta della sala un signore que parve indignato che il bambino suo avesse da fare con uno straniero : «*Philip! Come along!*» esclamò e il bambino subito s'allontanò, dopo di aver gettato un'occhiata spaventata sulla persona cui aveva dimostrato fiducia e da cui certamente poteva derivargli un pericolo, visto che con tanta premura da essa lo si allontanava.

E il dolore iracondo della solitudine dannegiò anche i suoi affari, perché il signor Aghios finì col considerare quali nemici tutti i suoi clienti. E ci fu anche di peggio, perché il sobrio virtuoso signor Aghios, per sentirsi più animato, ricorse all'uso dell'assenzio, una bibita che sostituisce benissimo l'amicizia e la conversazione. Non ne prese troppo, ma abbastanza da procurargli dei disturbi nervosi che cessarono quando, rimpatriato, rientrò felice nella vita familiare che rese superfluo ogni altro stimolo da principio.

Ma il dolore ricordato non è sempre dolore. Ora egli vi sentiva la vita intensa. Oh! Se si avesse potuto ricreare tutta quell'impazienza e quel dolore! Quale rinnovamento di vita! La vita non può essere che sforzo, risentimento e attesa di gioia! Egli era circondato da troppi amici, che, se anche talvolta lo ferivano, non gli consentivano una vera ribellione.

Alors, afin de se rapprocher de lui, puisque les mots ne servaient pas, M. Aghios caressa ses cheveux blonds. À ce moment surgit à l'entrée de la salle un monsieur qui se montra indigné de ce que son enfant s'entretînt avec un étranger. « *Philip, come along!* » s'exclama-t-il, et l'enfant s'éloigna sur-le-champ, non sans avoir jeté un regard épouvanté sur la personne qui lui avait inspiré confiance, mais qui devait présenter un certain danger, puisqu'on l'en éloignait avec autant de précipitation.

Et la souffrance coléreuse causée par la solitude fit aussi du tort à ses affaires, car M. Aghios finit par considérer tous ses clients comme des ennemis. Et il y eut même pire car, afin d'avoir plus d'entrain, le sobre, le vertueux M. Aghios eut recours à l'usage de l'absinthe, une boisson qui se substitue fort bien à l'amitié et à la conversation. Il n'en but pas à l'excès, mais suffisamment pour lui occasionner des troubles nerveux qui disparurent aussitôt que, rentré dans son pays, il eut retrouvé avec bonheur la vie familiale, ce qui, à priori, rendit superflu tout autre stimulant.

Mais la douleur dont on se souvient n'est pas toujours une souffrance. En ce moment, il ressentait l'intensité de vie qu'elle comportait. Oh ! si seulement on pouvait ressusciter en soi toute cette impatience, toute cette douleur ! Quel renouveau de vie ! La vie ne peut être qu'effort, ressentiment et attente de joie ! Il était entouré de trop d'amis qui, même s'il leur arrivait parfois de le blesser, ne lui accordaient pas une vraie révolte.

Aveva bisogno di vivere fra ignoti e magari nemici. Ricordava con ammirazione la sua ribellione alla Granbretagna. Aveva studiato questioni politiche ed economiche solo per poter aggredire il grande Impero, il quale aveva un'organizzazione quasi perfetta, ma non perfetta del tutto e non si sentiva capace del piccolo sforzo per arrivare alla perfezione. E il ritorno in Italia fu anch'esso un viaggio animato dalle più alte speranze. Fra l'altro bagaglio egli portava seco anche un piccolo pacchetto contenente un po' di terra raccolta a Londra nelle vicinanze di un terreno roccioso. Di quel pacchetto, che il signor Aghios teneva umido, nessuno sapeva fuori dell'agente del dazio a Chiasso, ch'era stato in procinto di fermare il viaggiatore e mandare all'analisi quella terra. Costui, pagato dal Governo, stava per impedire la fortuna d'Italia! Il signor Aghios sorrideva pieno di affetto al ricordare la propria grande ingenuità. Anche l'ingenuità è vita, anzi, il vero esordio fresco fragrante della vita. Bisogna sapere che al signor Aghios era stato raccontato che il Darwin riteneva che la roccia della Granbretagna fosse stata convertita in terra fertile da un vermicello microscopico.

Il éprouvait le besoin de vivre parmi des inconnus, voire des ennemis. Sa propre rébellion à l'égard de la Grande-Bretagne lui revenait à l'esprit, non sans une pointe d'admiration. Il avait étudié les problèmes politiques et économiques du grand Empire rien que pour pouvoir l'attaquer. Celui-ci avait une organisation presque parfaite, mais non d'une perfection absolue, et il ne se sentait pas capable de fournir le petit effort pour parvenir à une telle perfection[1]. Et le retour en Italie fut, lui aussi, un voyage animé des plus grandes espérances. Il rapportait avec lui, entre autres bagages, un petit paquet qui contenait un peu de terre recueillie à Londres, aux abords d'un terrain rocheux. Personne ne soupçonnait l'existence de ce paquet que M. Aghios veillait à maintenir humide, à l'exception du douanier à Chiasso qui avait été sur le point d'arrêter le voyageur et d'envoyer faire analyser cette terre. Pour un peu, ce fonctionnaire payé par le gouvernement eût empêché la fortune de l'Italie! M. Aghios souriait avec tendresse au souvenir de sa grande naïveté. La naïveté, elle aussi, est vie; ou plutôt, c'est son véritable prélude, fleurant bon la fraîcheur. Il faut savoir que M. Aghios avait eu vent de l'hypothèse de Darwin selon laquelle le sol rocheux de la Grande-Bretagne avait été transformé en une terre fertile par un petit ver microscopique.

1. Dans le manuscrit la proposition « Celui-ci avait une organisation... » est ajoutée entre les lignes du texte, et après le point on trouve le mot « *Référendum* »... Il est évident que l'idée devait être développée.

Bastò questo per fargli sperare di poter promuovere l'opera lenta del vermicello anche nel proprio paese. Sparpagliò quella terra su certo terreno carsico in Italia e si sentì elevato e animato. Non gl'importava che fosse ricordato il suo nome quando, di lì a qualche secolo, in Italia, a fior di terra non ci sarebbe più stata della roccia. A tanta altezza si arrivava nella solitudine! Adesso sorrideva di se stesso. Aveva vissuto troppo tempo in famiglia per poter intendere la propria passata grandezza. La famiglia era come un velo dietro al quale ci si riparava per vivere sicuri e dimentichi di tutto. Ora egli ne moriva pieno di speranza. Probabilmente era una prova che gli avrebbe procurato una delusione. E allora si sarebbe accontentato. Nulla ci sarebbe stato di perduto. Egli sarebbe ritornato dietro a quel velo per vivere nella penombra, protetto, sicuro, ma moribondo rassegnato. Proprio così! Come i moribondi che, abbacinati dalla meta vicina, non conoscono altro sforzo che di trattenere la vita che vuol staccarsi da loro, incapaci di vedere, sentire o salutare le altre cose, concentrati come sono nel lavoro divenuto difficile di respirare e digerire.

Mancava quasi un quarto d'ora alla partenza e il signor Aghios rallentò il passo. Forse aveva dimostrato troppa fretta di staccarsi dalla moglie e gli doleva ch'essa avrebbe potuto risentirsene perché, certo, essa meritava tutto, anche riguardi.

Il n'en fallut pas davantage pour lui donner l'espoir de pouvoir reproduire le lent travail du petit ver également dans son propre pays. Il dissémina la terre qu'il avait rapportée sur un quelconque terrain karstique, en Italie, et se sentit animé d'une grande élévation d'âme. Peu lui importait qu'on se souvînt de son nom lorsqu'en Italie, quelques siècles plus tard, il n'y aurait plus de roches à fleur de terre. C'est dire à quelle hauteur peut mener la solitude ! Maintenant, cela le faisait sourire. Il avait vécu trop de temps au sein de sa famille pour pouvoir comprendre encore sa grandeur d'âme d'alors. La famille était comme un voile derrière lequel on s'abrite pour vivre dans la sécurité et l'oubli de toutes choses. Maintenant, gonflé d'espoir, il en mourait. Fort probablement, sa tentative actuelle lui procurerait une déception. Et alors il s'en contenterait. Rien ne serait perdu. Il retrouverait sa place derrière le voile pour vivre dans la pénombre, protégé, en sécurité, mais tel un moribond résigné. C'est exactement cela ! Tout comme les moribonds qui, obnubilés par le terme qui approche, ne connaissent d'autre effort que celui de retenir la vie qui leur échappe, incapables de voir, de sentir ou de saluer les autres choses, concentrés comme ils le sont sur la tâche devenue pénible de respirer et de digérer.

Il restait près d'un quart d'heure avant le départ, et M. Aghios ralentit son allure. Peut-être avait-il montré trop de hâte à se séparer de sa femme ? Il fut peiné à l'idée de l'avoir froissée car, bien sûr, elle méritait tout, même des égards.

Un piccolo fox terrier venne esitante ad annusargli i piedi. "Sei già qui, vecchio amico?" pensò il vecchio. Certo non era il primo cane ch'egli vedesse a Milano, ma era il primo che gli si accostasse dacché egli era solo. E lo guardò con affetto, mentre il cane arretrò — cercava certo il suo padrone — e poi saltellò via guardando ancora un'ultima volta chi l'aveva spaventato, le molli orecchie giovanili aderenti alla testa. Il vecchio gli guardò dietro ammirando. Il passo su quattro zampe è sempre più ingenuo di quello su due. Quello del piccolo giovine cane, che ora saltellava ora cercava, con quei movimenti non ancora bene associati delle quattro zampe, era l'ingenuità stessa. E il signor Aghios pensò col cuore pesante ai grandi pericoli che la bianca bestia correva. "Guardati dal canicida!" pensò.

Grandi amici del viaggiatore sono i cani. Persino in Inghilterra somigliano ai nostri e ci fanno ritrovare in essi un pezzo di patria. Non meglio educati dei nostri, curiosi come questi di tutte le porcherie sulla via, invadenti, rumorosi, obbedienti quando conobbero la frusta, affettuosi e sempre stupiti che chi li ama non accetti di lasciar passarsi la loro lingua sulla faccia. Parlano la stessa lingua. E l'Aghios nella solitudine li amò e spiò scoprendone il carattere e le sue cause.

Un petit fox-terrier s'approcha en hésitant, et renifla ses pieds. « Tu es déjà ici, vieux copain ? » pensa le vieil homme. Ce n'était certes pas le premier chien qu'il rencontrait à Milan, mais c'était le premier qui l'abordait depuis qu'il était seul. Et il le regarda avec affection tandis que le chien, qui cherchait sans doute son maître, recula puis s'enfuit par bonds, ses tendres et jeunes oreilles dressées, tout en se retournant encore une fois vers celui qui l'avait effrayé. Le vieil homme le suivait du regard, avec admiration. La démarche sur quatre pattes dénote toujours quelque chose de plus naïf que celle sur deux. Le jeune chien, tantôt flairant, tantôt bondissant, avec des mouvements encore mal coordonnés entre ses quatre pattes, était la naïveté même. Et, le cœur gros, M. Aghios songea aux grands dangers que courait la petite bête blanche. « Méfie-toi de la fourrière », pensa-t-il.

Pour le voyageur, les chiens sont de grands amis. Même en Angleterre, ils sont pareils aux nôtres et nous font ainsi retrouver en eux un brin de patrie. Guère mieux élevés que les nôtres, aussi curieux qu'eux de toutes les saloperies qu'ils trouvent sur leur chemin, ils sont tout aussi envahissants, bruyants, affectueux, obéissants après avoir été dressés à coups de fouet, et se montrent toujours surpris que ceux qui les aiment ne se laissent pas lécher le visage par eux. Ils parlent tous la même langue. Et, dans sa solitude, M. Aghios se prit à les aimer et à les observer, découvrant leur caractère et les raisons qui le justifient.

Radicalmente differenti da noi, che guardiamo mentre essi annusano, è strano che fra noi e loro si sia costituita una relazione tanto intima, nostra grande fortuna, dal cane basata certo su un malinteso. Forse il gatto a noi s'accosta di più perché a noi meglio somiglia e meglio ci conosce. E il cane deve la sua sincerità al suo senso predominante, l'olfatto. Il suo modo di percepire gli fa credere che a questo mondo ogni tradimento sia subito scoperto perché egli non vede le superfici ingannevoli, egli analizza proprio l'anima delle cose, il loro odore. Può essere che anche il suo senso lo truffi o ch'egli spesso addenti degl'innocenti dall'odore sgradevole, ma egli non lo sa e se è impedito nel suo proposito s'adatta, ma ringhiando. Tante volte una legge superiore lo arresta e lo incatena e, senza convinzione, egli deve subirla; vi è abituato. Ma il proposito di tradire egli non può accogliere, pensando ch'egli col suo senso sarebbe capace di scoprirlo e tanto meglio dunque il suo padrone, che non sarebbe il suo padrone se non avesse dei sensi più perfetti dei suoi.

Mondo sincero perciò quello degli odori. Pare però che si allontani dalla realtà più di quello delle linee e dei colori. Il povero cane è sempre il truffato perché male informato. Tuttavia qualche dolore gli è risparmiato. In nessun posto egli è straniero.

Radicalement différents des hommes chez qui prédomine le sens de la vue tandis que chez eux, c'est celui de l'odorat, il est étrange qu'une relation aussi intime se soit établie entre eux et nous, à notre grand avantage; mais, quant au chien, elle se fonde certainement sur un malentendu. Peut-être le chat est-il plus proche de nous parce qu'il nous ressemble davantage et nous connaît mieux. Et le chien doit sa sincérité à son sens prédominant, le flair. Son mode de perception lui fait croire qu'en ce monde toute trahison est immédiatement décelée, car il ne s'arrête pas aux surfaces trompeuses des choses, il analyse leur âme, leur odeur. Il peut arriver que ses propres sens l'abusent, ou qu'il plante souvent ses crocs dans des chairs innocentes à l'odeur désagréable, mais il ne s'en rend pas compte, et s'il se voit empêché de poursuivre, il cède, tout en grondant. Nombre de fois, une loi supérieure le refrène et l'enchaîne, et il doit la subir, sans conviction; il y est habitué. Mais il ne peut admettre une tromperie à dessein, comptant sur son flair pour la lui faire détecter, et il s'imagine que son maître en fait autant, sinon mieux, puisqu'il ne serait pas son maître si ses sens n'étaient pas plus parfaits que les siens.

C'est donc un monde sincère que celui des odeurs. Il semble toutefois qu'il s'éloigne beaucoup plus de la réalité que celui des lignes et des couleurs. Le pauvre chien est ainsi toujours dupé parce qu'il est mal informé. Cependant certaines souffrances lui sont épargnées. Il n'est étranger nulle part.

Il suo senso è essenzialmente socievole. Ogni incontro casuale si fa subito intimo e al naso vengono offerte per la verifica le parti più recondite. Rifiutarle è una vera sgarbatezza che provoca la reazione più violenta. Che vita più naturale che non la nostra! Nella vita più affollata di Londra un uomo è all'altro nient'altro che un impedimento a procedere. Come fare? Anche se il signor Aghios fosse stato accettato quale dittatore della vita di società, egli non avrebbe saputo imporre il sorriso reciproco di saluto fra sconosciuti. Esso, imposto, sarebbe divenuto una smorfia orrida e mai avrebbe potuto significare un sincero saluto di fratello. L'affetto è anch'esso una fatica; e nessuno vi si sottopone per regola; il vero riposo è l'indifferenza. Dai cani, diretti dagli odori, l'indifferenza di fronte alla vita non c'è mai. Non sono mai semplici indifferenti stranieri, ma sempre amici o nemici.

Un treno non è una cosa piccola, ma il signor Aghios nella vasta stazione non trovava il suo. Doveva pur esserci nella stazione, in qualche posto, l'indicazione necessaria per trovarlo, ma il signor Aghios non la vedeva. Di solito sua moglie lo dirigeva. Il signor Aghios fiutò inutilmente a destra e a sinistra. Vide un facchino che gli correva incontro. Era il fatto suo.

Son sens olfactif est éminemment sociable. Une rencontre fortuite se fait immédiatement intime et il peut flairer dans les endroits les plus secrets pour vérifier ses impressions. Lui refuser cette prérogative est une grossièreté qui provoque chez lui la réaction la plus violente. Que sa vie est plus naturelle que la nôtre ! Dans la foule londonienne, un homme n'est, pour son prochain, rien d'autre qu'une entrave à la circulation. Comment faire ? Même si M. Aghios avait été accueilli comme un dictateur de la vie sociale, il n'aurait pas pu imposer l'échange d'un sourire entre deux inconnus qui se saluent. Un tel sourire, prescrit, serait devenu une horrible grimace, et n'aurait jamais pu signifier un rapport sincère et fraternel. L'affection implique elle aussi un effort, et nul ne s'y soumet pour se plier à une règle ; le vrai repos se trouve dans l'indifférence. Chez les chiens qui se laissent guider par les odeurs, l'indifférence à l'égard de la vie n'existe pas. Ce ne sont jamais de simples étrangers indifférents, mais toujours des amis ou des ennemis.

Un train n'est pourtant pas un petit objet, mais dans la vaste gare M. Aghios ne trouvait pas le sien. Il devait bien y avoir une information signalée quelque part, mais elle échappait à sa vue. D'ordinaire, c'était sa femme qui le guidait. M. Aghios scruta partout, à droite, à gauche ; sans résultat. Il aperçut alors un porteur qui se hâtait dans sa direction. Cela faisait son affaire.

Gli consegnò la piccola valigetta che tanto facilmente avrebbe potuto portare da solo e domandò del treno. Sentì il bisogno di scusarsi : « È leggera, ma mi pesa perché sono vecchio. »

Aveva parlato al facchino per farselo amico. Già sentiva il bisogno degli amici occasionali che non attentano alla propria libertà. Il facchino, un uomo tozzo e svelto, sorrise e borbottò qualche cosa in meneghino, che il signor Aghios non intese. Buona che c'era stato il sorriso e il signor Aghios, con buona volontà e passo celere, seguì l'amico che, la valigetta in mano, lo precedeva correndo. Lo seguiva e già l'amava. Come era bella l'invenzione delle mance! Specialmente delle piccole, quelle che non dolgono. Perciò egli era piuttosto avaro, perché regalando molto in una volta, il piacere era breve e si restava poi paralizzati per lungo tempo. Sua moglie era più generosa e quando trovava un bisogno che non poteva essere lenito che con una somma grossa, essa la dava. Ma era un modo di disporre della roba altrui, perché agli altri bisognava poi dire : « Ho disposto già altrimenti di quanto vi spettava. » Egli era veramente generoso solo talvolta, per volontà della moglie, com'era molte altre cose ancora quando essa lo voleva.

Il lui remit la petite valise qu'il aurait bien pu porter tout seul, et s'enquit du train, tout en éprouvant le besoin de s'excuser : « Elle est légère, mais elle pèse trop lourd pour moi qui suis vieux. »

Il s'était adressé au porteur pour gagner son amitié, ressentant déjà le besoin de se faire des amis occasionnels, de ceux qui ne portent pas atteinte à la liberté personnelle. Le porteur, un homme trapu et alerte, sourit et marmonna en dialecte milanais quelque chose que M. Aghios ne comprit pas. Heureusement qu'un sourire accompagnait ses propos ; M. Aghios, avec bonne volonté et d'un pas rapide, suivit son ami qui, la valise à la main, le précédait à grandes enjambées. Il le suivait, et se sentait déjà plein de bienveillance à son égard. Quelle belle invention que celle des pourboires ! Surtout les petits, ceux qui ne font pas trop souffrir. Car il était plutôt parcimonieux, pensant que si l'on donnait trop d'argent à la fois, le plaisir qu'on en retirait était bref et qu'ensuite, on demeurait paralysé pour un bout de temps. Sa femme était plus généreuse, et lorsqu'elle se trouvait confrontée à un besoin qui ne pouvait être satisfait que moyennant une grosse somme, elle n'hésitait pas à la débourser. Mais c'était une manière de disposer du bien des autres puisqu'il fallait leur dire par la suite : « J'ai déjà disposé de ce qui vous revenait d'une autre façon. » Il n'était vraiment généreux qu'à l'occasion, et cela pour obéir à la volonté de sa femme, comme il en allait pour nombre de choses encore lorsqu'elle le voulait ainsi.

In viaggio bisognava conquistarsi degli amici, perché altrimenti si percorre questa terra ch'è la vera, la grande nostra patria, col cipiglio dello straniero. Ed il signor Aghios sfruttava le sue piccole mance da vero avaro e voleva con esse comperare non molta, ma un'amicizia duratura. Perciò cominciava col pagare un prezzo inferiore alla tariffa. Di solito l'altro non protestava, ma restava a guardare, interdetto, il poco denaro che teneva nella mano aperta. Allora appena il signor Aghios metteva in quella mano una moneta alla volta, finché essa si chiudeva e sulla faccia del facchino appariva un sorriso. Così quel sorriso, che aveva tardato a nascere, si stampava meglio nel ricordo del signor Aghios e gli appianava qualche miglio di strada. Talvolta, prima ch'egli arrivasse a dare tutta la mancia, il facchino si stancava e se ne andava con una brutta parola. Il signor Aghios se ne andava allora con la mancia in tasca, ma aveva avuto tuttavia la sua soddisfazione perché egli si divideva da un nemico bensì, ma non da uno straniero.

Bisognò scendere per uno scalone sotto terra e risalire, dopo aver percorso un corridoio, alla banchina sulla quale bisognava aspettare il treno non ancora giunto da Torino.

Il facchino domandò al signor Aghios se doveva aspettare con lui.

En voyage, il faut se faire des amis ; autrement, on risque de parcourir cette terre, qui est notre vraie grande patrie, avec le visage renfrogné de l'étranger. Et M. Aghios exploitait ses petits pourboires en véritable avare, comptant sur eux pour se procurer une amitié peut-être pas très grande, mais pour le moins durable. C'est pourquoi il avait l'habitude de commencer par payer un prix inférieur au tarif. En général, l'autre ne protestait pas mais restait, interdit, à fixer le peu de pièces de monnaie que contenait sa main tendue. Alors seulement M. Aghios y ajoutait d'autres pièces, mais une par une, jusqu'au moment où la main se refermait et où un sourire apparaissait sur le visage du porteur. Ainsi ce sourire, qui avait tardé à naître, s'imprimait davantage dans le souvenir qu'en gardait M. Aghios, et lui facilitait les premiers kilomètres de son parcours. Quelquefois, le porteur se lassait de ce jeu avant de recevoir la totalité du pourboire et partait en lâchant un gros mot. M. Aghios s'en allait alors, conservant le pourboire dans sa poche ; toutefois, il lui restait tout de même cette satisfaction de s'être séparé d'un ennemi, bien sûr, mais non pas d'un étranger.

Il fallut emprunter le passage souterrain, parcourir un couloir et remonter un grand escalier pour parvenir au quai prévu pour le train, lequel n'était pas encore arrivé de Turin.

Le porteur demanda à M. Aghios s'il devait attendre avec lui l'arrivée du train.

Se non fosse stato necessario di parlare in meneghino il signor Aghios avrebbe trattenuto l'amico dell'ultima ora. Così invece lo congedò e restò nella solitudine allietata dall'ultimo suo sorriso di ringraziamento. S'erano guardati per un istante negli occhi quasi a dichiararsi la loro reciproca benevolenza. E il signor Aghios, per aumentare tale benevolenza, aggiunse alla mancia una sigaretta.

Molta gente aspettava sulla banchina. Accanto ad una colonna erano accatastati molti poveri bagagli, una sola valigia chiusa, due ceste legate, di cui una chiusa da un panno rosso e l'altra verde sbiadito. Una donna sedeva sulla valigia con un poppante in grembo e una fanciullina di dieci anni, ben difesa dal freddo da un vestitino consunto, dormiva su una cesta, la testa appoggiata sul fianco della madre.

"Sloggiano?" pensò il signor Aghios. Vide poi avvicinarsi un contadino che, mentre correva, esaminava dei biglietti ferroviari certo allora acquistati. La giovine donna ebbe un respiro vedendolo. Doveva aver sofferto di essere rimasta sola tanto a lungo. Quello non era un viaggio con tutta quella famiglia. Un'emigrazione, una fuga.

Poi il signor Aghios non guardò più la gente che lo circondava e s'incantò per qualche minuto a guardare il fumo che denso usciva dal camino di una locomotiva fuori della stazione. Il vento lo spingeva.

N'était la nécessité de devoir s'exprimer en dialecte milanais, M. Aghios aurait volontiers retenu cet ami de la dernière heure. Aussi le congédia-t-il et il demeura dans sa solitude, égayée par le dernier sourire de reconnaissance que le porteur lui avait adressé. Ils avaient échangé un bref regard avant de se quitter, comme s'ils avaient voulu marquer leur bienveillance mutuelle. Et M. Aghios avait ajouté une cigarette au pourboire afin d'accroître cette bienveillance.

Une foule de gens attendait sur le quai. Près d'une colonne, plusieurs misérables bagages étaient empilés : une seule valise bouclée, deux paniers liés et fermés à l'aide de chiffons, l'un rouge, l'autre d'un vert délavé. Une femme était assise sur la valise, un nourrisson blotti contre son giron, tandis qu'une fillette d'une dizaine d'années, bien protégée du froid par une petite robe usagée, dormait sur l'un des paniers, la tête appuyée contre la hanche de sa mère.

« Déménagent-ils ? » se demanda M. Aghios. Il vit alors s'approcher un paysan qui, tout en se hâtant, examinait des billets de chemin de fer qu'il venait sans doute tout juste de se procurer. À sa vue, la jeune femme poussa un soupir. Elle avait dû souffrir d'être restée seule aussi longtemps. Avec toute cette famille, ce n'était plus un voyage, mais une émigration, une fuite.

M. Aghios détourna son regard des gens autour de lui, et, pendant quelques instants, il s'absorba dans la contemplation de l'épaisse fumée qui sortait de la cheminée d'une locomotive située hors de la gare. Le vent la chassait.

Uscendo dal camino a nuclei, veniva subito diminuito e diffuso dal vento. Ogni nucleo, nell'atto che subiva tale distruzione, pareva si spogliasse e tradisse l'esistenza entro di lui di una testa, un grugno, un essere animato. E tale testa, prima di disfarsi, spalancava degli occhi smisurati per guardare meglio e per guardare meglio finiva con lo spalancarsi tutta. Una processione di teste spaventate e minacciose. «Poche linee di vita bastano a significare l'essenza della vita, la paura o minaccia» moralizzò il signor Aghios.

Il treno entrò sbuffando in stazione. In quell'istante il signor Aghios sentì la voce della moglie che lo chiamava : «Giacomo!»

Si volse a lei e forse non seppe celare un gesto d'impazienza. Egli l'amava com'essa meritava, ma la sua assenza non era stata lunga abbastanza per fargli desiderare di rivederla. Proprio era bastato il suono della sua voce per strapparlo a quella lieta benevolenza ch'egli riversava su tutte le cose e persone. Eppoi gli portava essa forse l'annunzio che non poteva più viaggiare solo? Ma egli sarebbe partito tuttavia.

La signora dovette indovinare parte del suo stato d'animo perché, interdetta, gli domandò : «Ti secco tanto?» e fece l'atto di ritornare sui suoi passi. Fu un attimo brutto.

Questo poi no, il signor Aghios non l'avrebbe ammesso.

Elle s'échappait de la cheminée en volutes que le vent amenuisait et dispersait aussitôt. Mais au moment de subir une telle destruction, chaque volute de fumée semblait se dépouiller, et révélait l'existence d'une tête, d'un groin, d'un être animé. Et cette tête, avant de s'évanouir, écarquillait des yeux énormes afin de mieux voir, et pour mieux voir, elle finissait par s'ouvrir toute grande. Une procession de têtes épouvantées et menaçantes. « Quelques traits de vie, moralisa M. Aghios, suffisent à traduire l'essence de la vie, la peur ou la menace. »

Le train entra en gare en soufflant. À cet instant, M. Aghios entendit la voix de sa femme qui l'appelait : « Giacomo ! »

Il se retourna, et peut-être ne sut-il pas dissimuler un geste d'impatience. Il l'aimait comme elle le méritait, mais son absence n'avait pas été assez longue pour qu'il désirât déjà la revoir. Il lui avait suffi du son de sa voix pour l'arracher à cette bienveillance joyeuse qu'il déversait sur les êtres et les choses. Et puis, n'allait-elle pas lui annoncer qu'il ne pouvait plus voyager seul ? Mais il partirait, quoi qu'il advînt.

Mme Aghios dut deviner son état d'esprit, du moins en partie, car elle s'arrêta, interdite, et lui demanda : « Est-ce que je t'agace tellement ? », et elle fit mine de revenir sur ses pas. Ce fut un moment désagréable.

Et cela, M. Aghios ne pouvait l'admettre.

Si poteva pensare a questo mondo quello che si voleva, ma non bisognava rivelare quel pensiero tanto bello e giusto finché restava celato nel proprio animo e tanto ingiurioso quando sbucava alla luce del sole. «Non ti avevo riconosciuta!» disse subito. E, presala per la mano, l'attirò a sé. Essa si sottrasse all'abbraccio, perché era tanto bene educata che non avrebbe ammesso una cosa simile in pubblico. Ma fu subito convinta, perché essa credeva al marito. Era una fede di cui il signor Aghios in passato era stato beato. Da qualche tempo lo seccava. Era proprio un modo di semplificare troppo la vita. Oramai anche questa fede aveva qualche cosa di gelido come tutta la loro relazione.

Sorridendo essa gli disse che non era per rivederlo un'altra volta che gli era corsa dietro, ma perché aveva dimenticato di dirgli che la signora Luisi lo pregava di avvertire il gioielliere di Venezia che essa tratteneva il filo di perle offertole e che il signor Luisi avrebbe provveduto fra pochi giorni al pagamento.

Poi, sempre sorridendo, gli domandò : «Ricordi ancora quello che hai nella tasca di petto ?»

L'Aghios portò subito la mano a quella tasca e, trovatala gonfia, ricordò : «Non dubitare ! Ci penso sempre.»

Dans ce monde, chacun pouvait penser ce que bon lui semblait, mais il n'était pas nécessaire de révéler sa propre pensée qui, tant qu'elle demeurait secrète au fond de l'âme, était si belle et si juste, mais pouvait devenir si injurieuse lorsqu'elle émergeait au grand jour. « Je ne t'avais pas reconnue ! » s'empressa-t-il de lui dire. Et, lui prenant la main, il l'attira à lui. Elle se dégagea de son étreinte car sa bonne éducation n'aurait su tolérer pareille liberté en public. Cependant, elle se laissa bien vite convaincre, parce qu'elle se fiait à son mari. Cette confiance qu'elle lui témoignait, et dont M. Aghios avait été si comblé jadis, l'excédait depuis quelque temps. C'était vraiment une façon de simplifier par trop la vie. Désormais, même cette confiance renfermait quelque chose de glacial, comme toute leur relation en général.

Elle lui dit en souriant que ce n'était pas pour le revoir une fois encore qu'elle l'avait rattrapé, mais parce qu'elle avait oublié de lui dire que Mme Luisi le priait de se rendre chez son bijoutier à Venise pour l'informer qu'elle gardait le rang de perles qu'on lui avait offert, et que son mari effectuerait le règlement dans les prochains jours.

Souriant toujours, elle lui demanda ensuite : « Tu te souviens encore de ce que tu as dans la poche intérieure de ton veston ? »

M. Aghios tâta aussitôt la poche en question, et, la trouvant bien gonflée, il se souvint : « Rassure-toi, j'y pense toujours. »

Ma qui essa non gli credette, perché s'era accorta che per ricordare di aver seco una somma forte di denaro, egli aveva dovuto toccare quella tasca. E s'impensierì, per i denari e non per lui. «Ho fatto tanto male di lasciarti partire solo.» Si guardò irresoluta in giro. Poi sospirò : «Già ! Ora non c'è più tempo.»

Erano ambedue contenti che non ci fosse più tempo, ma il signor Aghios era anche adirato di sentirsi trattare quale un bambino. «Pensi forse ch'io perderò il denaro ?» domandò risentito. «M'hai trovato distratto così perché proprio pensavo di fare un giro per Trieste per vedere se non potevo trovare il denaro più a buon mercato per la rinnovazione di parte del nostro debito.» E mentre parlava guardò ancora una volta il camino della lontana locomotiva donde continuava a sbucare del fumo denso. Non era che fumo informe ora, non teste, non minaccia, non spavento.

«È una leggerezza di viaggiare con tanto contante in tasca» disse ancora la signora con voce calda che domandava scusa.

Sì ! Era una leggerezza. Dal giorno prima avevano deciso di comperare un vaglia, anche per rendere quella tasca più leggera. Ma lo aveva disturbato di andare con quel denaro alla banca e aveva rimandato quell'operazione fino a quel giorno stesso. Poi, sul più bello, erano venuti a trovare il figliuolo tre giovini che con lui studiavano.

Mais à ce point, elle ne le crut pas, car elle s'était aperçue que, pour qu'il se rappelât la forte somme d'argent qu'il avait sur lui, il lui avait fallu porter la main à sa poche. Et elle se montra soucieuse : au sujet de l'argent, et non pas à son égard. « J'ai bien mal fait de te laisser partir seul. » Elle regarda autour d'elle, d'un air irrésolu. Puis elle soupira : « Enfin ! Maintenant, c'est trop tard. »

Tous deux étaient fort contents qu'il fût trop tard, mais M. Aghios se sentait aussi irrité de se voir traité en gamin : « Tu penses peut-être que je vais égarer l'argent ? demanda-t-il, piqué au vif. Tu as surpris chez moi un moment de distraction car je pensais justement faire un tour à Trieste pour voir si je ne pouvais obtenir de l'argent à meilleur compte, de façon à couvrir une partie de notre dette. » Et tandis qu'il parlait, son regard se posa une fois encore sur la cheminée de la locomotive lointaine, d'où s'échappait toujours une fumée épaisse. Ce n'était maintenant qu'une fumée informe, sans têtes, ni menace, ni peur.

« C'est une légèreté que de voyager avec autant d'argent sur soi », dit encore Mme Aghios d'un ton chaleureux qui cherchait à s'excuser.

Eh oui ! C'était effectivement une légèreté. Ils étaient convenus la veille de convertir la somme en chèque, également en vue d'alléger cette poche. Mais il n'avait eu aucune envie de se rendre avec cet argent à la banque et avait remis l'opération au lendemain. Puis, au beau milieu, voici qu'étaient arrivés trois camarades d'études de son fils.

Il vecchio s'era incantato a star a sentire i loro piani per l'avvenire ora che avevano finiti gli studii. Egli non avrebbe aperto bocca per paura di sentirsi corregere da quei dotti, ma ricordava che all'uscita dalla scuola egli era stato più timido, esitante, pauroso. Uno di loro trovava la sua posizione già fatta, ma riteneva che il suo intervento avrebbe significato un progresso per l'azienda in cui doveva entrare. Il secondo, poi, che non trovava nulla di fatto dai suoi antenati, con tutta calma s'apprestava all'emigrazione. Gli spettavano tante cose che l'Italia non poteva fornirgli. Il terzo invece manifestava un grande disprezzo per la politica, ma pensava di dedicarvisi. Non aveva alcun partito ancora e aveva tempo di pensarci. Intanto sarebbe entrato in un ufficio governativo. E il vecchio non s'accontentava di pensare che il mondo non fosse più quello in cui era nato lui, ma s'incantava a studiare quale dei due mondi avesse avuto ragione. Non c'era verso! Uno dei due aveva sbagliato. Forse egli non sapeva meglio, ma in sua gioventù gli avevano spiegato che sulla terra non ci fosse gioia abbastanza per contentare tutti ed egli l'aveva creduto e, uscito dalla scuola, timidamente aveva bussato alla porta del mondo per domandare : « C'è un posticino anche per me ? Potrò conquistarlo ? »

Le vieil homme s'était laissé captiver par leurs propos sur leurs projets d'avenir, maintenant qu'ils avaient terminé leurs études. Il se gardait bien d'ouvrir la bouche de peur d'être rabroué par ces érudits, mais il se rappelait que lui-même, à la fin de ses classes, avait été beaucoup plus timide, incertain, craintif. L'un de ces jeunes gens trouvait sa situation toute faite, mais il estimait que sa collaboration serait des plus avantageuses pour l'affaire dans laquelle il entrait. Le second, qui ne tombait sur rien de fait par ses aïeux, s'apprêtait avec le plus grand calme à émigrer. Il y avait tant de choses qui lui étaient dévolues et que l'Italie ne pouvait lui procurer. Quant au troisième, il manifestait un grand mépris pour la politique, mais envisageait de s'y consacrer. Il n'était encore affilié à aucun parti, estimant qu'il avait tout le temps devant lui pour faire son choix. Entre-temps, il prendrait un emploi dans un organisme officiel. Et le vieil homme ne se contenta pas de penser que le monde n'était plus celui dans lequel il était né, il réfléchit plus avant pour déterminer lequel des deux mondes était dans le vrai. Il n'y avait pas à sortir de là ! L'un des deux mondes s'était laissé abuser. Peut-être n'en savait-il pas plus long, mais on lui avait expliqué dans sa jeunesse qu'il n'y avait pas suffisamment de joie sur terre pour la dispenser à tous, et il l'avait cru. Puis, ses études terminées, il avait timidement frappé à la porte du monde et avait demandé : « Y aurait-il une petite place pour moi aussi ? Pourrai-je la conquérir ? »

Questo era il mondo d'allora, quando a questo mondo si era in meno. Che dopo il mondo si sia allungato e allargato ? E il vecchio era stato tenuto al suo posto e impedito di andar a comperare il vaglia dal rancore di essere nato in un mondo più difficile.

« Già, adesso non c'è più tempo. Sta sicura che per il denaro non c'è pensiero. Addio ! » e le offerse il bacio dell'addio. Essa si lasciò baciare sulla guancia e lo baciò poi anche lei sulla guancia. Egli si guardò d'intorno cercando di trovare un altro segno d'affetto da darle. Trovò ! Le prese la destra e la portò alle labbra. Era lietissimo di aver trovato. La solitudine a cui s'avviava sarebbe stata abbellita da tale congedo.

Egli s'accinse di montare sul vagone dimenticando di prendere la valigetta che il facchino aveva deposta in terra. Essa la sollevò e gliela porse ridendo molto. Per scusarsi il signor Aghios mormorò : « È il facchino che l'ha lasciata lì. Non trovavo il treno... »

La signora Aghios rise ancora : « E come arriverai a Trieste senza il facchino ? »

Era destino ! Dovevano dividersi in broncio.

Il signor Aghios di malavoglia rispose : « Il difficile è di trovare il treno. Poi non lo guido mica io. »

E la signora, sempre ridendo insistentemente : « Per fortuna ! » disse.

Non c'era più il tempo di pensare ad una risposta.

Voilà ce qu'était le monde d'alors, quand on était moins nombreux. Se pourrait-il que le monde se fût allongé et élargi depuis ? Et la rancœur d'être né dans un monde plus difficile avait cloué le vieil homme sur place, et l'avait empêché d'aller se procurer le chèque.

« Eh oui ! Maintenant c'est trop tard. Sois tranquille, ne te soucie pas pour l'argent. Au revoir ! » ; et il lui offrit le baiser d'adieu. Elle se laissa embrasser sur la joue et lui rendit son baiser, sur la joue également. Il regarda autour de lui, cherchant à lui témoigner une autre marque d'affection, et la trouva ! Il saisit sa main droite et la porta à ses lèvres, se sentant tout joyeux d'avoir trouvé le geste à faire ! La solitude vers laquelle il s'acheminait serait embellie par de tels adieux.

Il s'apprêta à monter dans la voiture, oubliant de prendre la petite valise que le porteur avait déposée sur le quai. Elle la souleva et la lui tendit, en riant de bon cœur. M. Aghios murmura en guise d'excuse : « C'est le porteur qui l'a laissée là. Je ne trouvais pas le train…

— Et comment comptes-tu arriver à Trieste sans le porteur ? » lui dit Mme Aghios, riant encore.

C'était fatal ! Ils devaient se quitter en mauvais termes.

Il répliqua à contrecœur : « Ce n'est pas si simple de trouver le train à prendre… et puis, ce n'est pas moi qui le conduis.

— Encore heureux ! » dit-elle, riant de plus belle.

Le temps pressait trop pour chercher une repartie.

Avrebbe subito potuto dire che neppure lei avrebbe saputo dirigere il treno, poi che non era tanto difficile perché c'erano le rotaie e infine che la valigetta non conteneva niente d'importante, ma non disse niente. Era meglio sorriderle ancora una volta e andare via in pace. Ma il rancore c'era nell'animo suo ed era male. Saltò esitante nel vagone. Nel corridoio del vagone era difficile di muoversi, ma con decisione giovanile il signor Aghios, con la valigetta in mano, si fece posto ed arrivò alla prossima finestra che aperse. Il treno in quel momento si mise in moto.

Il signor Aghios chiamò la moglie che aveva continuato a guardare la porta per la quale egli era sparito. Essa corrispose vivamente al suo saluto. La banchina era ormai deserta. Egli per un istante stornò gli occhi dalla moglie per guardare il posto ove era giaciuto il bagaglio dei contadini. Quel bagaglio era sparito e chissà che fatica per farlo entrare nel vagone. Poi ritornò con l'occhio alla moglie che aveva levato di tasca il fazzoletto e gli faceva dei vivi segni di saluto. Corrispose al suo saluto mandandole un bacio. La fine elegante figura della moglie che da vicino si scorgeva un po' disseccata dall'età, ora, come il movimento del treno aumentava la distanza fra di loro, gli appariva veramente graziosa con quel velo roseo che, puntato sul cappello, si muoveva nella brezza.

Il aurait pu rétorquer sur-le-champ qu'elle non plus n'aurait pas su conduire une locomotive, que ce n'était pas si difficile pour finir puisqu'il y avait les rails, et enfin que la petite valise ne contenait rien d'essentiel. Mais il préféra se taire. Il valait mieux lui sourire encore une fois, et partir en paix. Toutefois, il lui en voulait, et ce n'était pas bien. Il sauta dans le wagon d'un pas hésitant. Il était difficile d'avancer dans le couloir bondé, mais M. Aghios, sa petite valise à la main, joua des coudes avec une détermination toute juvénile, et se fraya un passage jusqu'à la fenêtre dont il baissa la vitre. Le train se mettait tout juste en marche.

M. Aghios appela sa femme qui continuait à fixer la portière par laquelle il avait disparu à ses yeux. L'apercevant, elle lui rendit vivement son salut. Entre-temps, le quai s'était vidé. Un instant, il détourna son regard de sa femme et le posa sur l'endroit où, un moment plus tôt, s'amoncelaient les bagages des paysans ; ils n'y étaient plus, et il imagina leurs efforts pour les caser dans la voiture. De nouveau son regard se dirigea vers sa femme qui avait tiré un mouchoir de sa poche et lui faisait de grands gestes d'adieu. Il y répondit par un baiser. La fine et élégante silhouette de sa femme qui, de près, se révélait un peu flétrie par l'âge, lui apparaissait maintenant, à mesure que la distance augmentait entre eux, vraiment gracieuse, avec ce voile rose fixé au chapeau et qui flottait dans la brise.

E, avviandosi alla sua solitudine, guardando quella figura snella, volle avere il pensiero preciso e sincero e pensò : “Più m’allontano da lei e più l’amo.” Poi si sentì la coscienza tranquilla. Per il momento, insomma, egli si trovava in ordine con la legge umana e divina, perché egli, sinceramente, amava la propria donna.

Per vederla più a lungo si sporse dalla finestra. Vedeva bene ? La moglie portava la mano al cuore con gesto esagerato. Non era possibile ch’essa, una persona tanto equilibrata, volesse far vedere a degli estranei un dolore esagerato perché la lasciava sola. Eppure pareva che quel grande gesto fosse accompagnato da grida.

Poi, quando non la vide più, indovinò. Con quel gesto essa aveva voluto fargli un’ultima raccomandazione di badare ai denari che aveva nella tasca del petto. Meno male ! Sorrise e, obbediente, per attenuare il rimorso che sentiva di amare la moglie più che mai ora che non la vedeva affatto, si toccò con grande energia la tasca del petto. Il portafogli, gonfio delle trenta banconote da mille, c’era tuttavia.

Et, tandis qu'il s'acheminait vers sa solitude, M. Aghios, en contemplant cette silhouette élancée, voulut avoir une pensée précise et sincère, et il se dit : « Plus je m'éloigne d'elle et plus je l'aime. » Cela tranquillisa sa conscience. En somme, pour l'instant, il était en règle avec la loi humaine et divine, dès lors qu'il aimait sa femme en toute sincérité.

Pour mieux la voir encore, il se pencha par la fenêtre et n'en crut pas ses yeux. Sa femme appuyait, en un geste excessif, sa main sur son cœur. Il était impossible qu'elle, d'ordinaire si pondérée, voulût témoigner devant des étrangers d'une douleur extrême parce qu'il la laissait seule. Et pourtant, il semblait que ce grand geste fût accompagné de cris.

Puis, quand il ne la vit plus, il comprit. Par ce geste, elle avait voulu lui recommander une dernière fois de prendre bien garde à l'argent qu'il avait dans sa poche intérieure. Tant mieux ! Il se mit à sourire et, obéissant, afin d'atténuer les remords qu'il ressentait d'aimer sa femme plus que jamais, maintenant qu'il ne l'avait plus sous les yeux, il palpa énergiquement sa poche intérieure. Le portefeuille, gonflé par les trente billets de mille, y était bel et bien.

II

## MILANO-VERONA

Ora bisognava tentare di procurarsi un posto. Intanto non era facile al vecchio signore di muoversi in quel corridoio mentre il treno filava a tutta velocità, sobbalzava e percorreva certe curve in modo da far sentire al corpo un'irresistibile attrazione ora da una parte ora dall'altra. Deciso il signor Aghios si diresse al prossimo compartimento domandando scusa a destra e sinistra. E subito ebbe la prima avventura amorosa. Una graziosa giovinetta si fece in disparte, fin dove la parete lo permetteva, per fargli posto e il signor Aghios la guardò con un sorriso che volle paterno, pensando però che non sarebbe stato male se lo scompiglio in quel breve spazio l'avesse gettato su lei. Ma il movimento del treno, quasi a farlo apposta, lo inchiodò sulla parete di faccia. Continuò a sorridere alla signorina che lo guardava ansiosa con grandi occhi azzurri temendo di vedersi capitare addosso il grosso uomo malsicuro.

## II

## MILAN-VÉRONE

Il s'agissait maintenant pour lui de se procurer une place assise. En attendant, ce n'était pas facile pour le vieux monsieur de se mouvoir dans ce couloir pendant que le train filait à toute allure en trépidant, et prenait certains tournants de façon à imprimer au corps une irrésistible attraction tantôt d'un côté, tantôt de l'autre. D'un air décidé, s'excusant à droite et à gauche, M. Aghios se dirigea vers le compartiment voisin. Et tout de suite il eut sa première aventure amoureuse. Une gracieuse jeune fille s'effaça autant que la paroi le permettait pour le laisser passer, et M. Aghios la regarda avec un sourire qui se voulait paternel, tandis qu'il pensait qu'il ne trouverait rien à redire si, dans la confusion qui régnait dans cet espace exigu, il se trouvait projeté contre elle. Mais comme par un fait exprès, les secousses du train le clouaient contre la paroi d'en face. Il continua de sourire à la jeune demoiselle qui, d'un air perplexe, fixait sur lui ses grands yeux bleus, craignant de voir ce gros homme mal assuré trébucher sur elle.

Egli dovette procedere e allontanarsi sorridendo alle cieche forze fisiche che s'erano messe al servizio della morale. Altre volte altrettanto ciecamente avevano promosso il piacere degli uomini, come in quell'antica storiella dei due amanti chiusi da una valanga in una grotta provvista di alimenti. La sorpresa in primavera di trovare in quella grotta tre anziché due esseri viventi. Impossibile! Le cose per maturarsi hanno bisogno di nove mesi.

Arrivò al compartimento cui aveva mirato, mai i posti vi erano occupati ad esuberanza. Anzi, da una parte, sedevano addirittura in cinque. Fra quei cinque una donna, elegante ma non bella, con uno di quei cappelli che coprono la fronte e anche una parte degli occhi. Essa s'era un po' stesa : le sue gambe calzate di seta, i piedini piccolissimi in scarpine nere di lacca. Il signor Aghios, che per sfuggire alla ressa del corridoio s'era messo in mezzo allo scompartimento arrivando a tenersi alla stanga di fero che sosteneva la rete dei bagagli, non fissò troppo la signora, perché dovette provvedere a tenersi in piedi. Mai il suo disturbo non gl'impedì di pensare che quei cappelli che coprivano la testa, la fronte et gli occhi delle donne erano seccanti. La moda era fatta dalla maggioranza e perciò bisognava ritenere che la massima parte delle donne avesse le gambe fatte bene e male la testa.

Il fallait qu'il poursuivît, et il s'éloigna en souriant aux forces physiques aveugles qui s'étaient mises au service de la morale. D'autres fois, et tout aussi aveuglément, elles avaient favorisé le plaisir des hommes, comme dans cette vieille histoire des deux amants qu'une avalanche avait enfermés dans une grotte pourvue de vivres. La surprise au printemps de trouver dans cette grotte non pas deux, mais trois êtres vivants ! Incroyable ! Les choses ont besoin de neuf mois pour mûrir.

Il arriva au compartiment qu'il avait repéré mais les places y étaient largement occupées. Sur l'une des banquettes, il y avait même cinq personnes assises. Parmi celles-ci une femme, élégante sans être belle, portant un de ces chapeaux qui cachent le front et même les yeux en partie. Elle avait un peu allongé ses jambes, gainées de soie, ses tout petits pieds chaussés de petits souliers vernis noirs. M. Aghios qui, pour fuir la cohue du couloir, s'était planté au milieu du compartiment, parvenant à s'agripper à la barre de fer qui soutenait le filet à bagages, ne fixait pas trop la dame car il lui fallait songer à garder l'équilibre. Mais son inconfort ne l'empêchait pas de penser que ces chapeaux enfoncés jusqu'aux yeux étaient bien agaçants. La mode est le fait de la majorité, et il fallait croire, par conséquent, que la plupart des femmes avaient les jambes mieux faites que la tête.

Poi il movimento del treno lo fece volgere alla signora e s'accorse ch'essa aveva accondisceso al suo desiderio non manifestato e che s'era levata il cappello che le giaceva ora in grembo. No! La sua faccia non era bella, ma doveva esserlo stata. Una faccia ch'era stata alterata e consumata dalla vita, ridotta a linee rigide, prodotte da un duro scalpello, che la rendevano lunga. I capelli bruni, ricci ad arte, le coprivano gli orecchi. Ma il piedino era grazioso, più piccolo della piccola scarpina di lacca.

Un giovinetto (il quinto su quel sedile) si alzò e offerse il suo posto al vecchio. «Grazie! Grazie! Ma perché?» disse il signor Aghios. «Posso rimanere qui.»

«Io vado in corridoio» disse il giovinetto. Non ebbe un sorriso di benevolenza pel vecchio cui usava tanta cortesia. E uscì pestando il piede alla signora che non l'aveva ritirato in tempo.

Il signor Aghios s'assise sul breve spazio che gli era stato lasciato libero accanto alla finestra. Peccato che il giovinetto (lungo, bruno, rude) non aveva accompagnato il suo dono di una parola gentile. Sarebbe stato tale un bell'esordio al viaggio! Tuttavia non bisognava lagnarsi, perché il viaggio in piedi non sarebbe stato adatto alle sue vecchie membra.

Per non disturbare il vicino ch'egli non aveva neppure veduto, il signor Aghios restò per qualche tempo nella stessa posizione in cui sul suo posto era caduto, la faccia verso la finestra.

Les mouvements du train le firent ensuite se retourner vers la dame, et il s'aperçut que son désir inexprimé avait été exaucé, et qu'elle avait ôté son chapeau, le posant sur ses genoux. Non ! le visage n'était pas beau, mais il avait dû l'être. Un visage que la vie avait usé et altéré, réduit à des traits rigoureux, durement burinés, et qui le faisaient paraître allongé. Les cheveux bruns, bouclés à dessein, lui couvraient les oreilles. Mais le petit pied était gracieux, plus petit que la petite chaussure vernie.

Un jeune homme (le cinquième sur la banquette) se leva et offrit sa place au vieux. « Merci ! Merci ! Mais pourquoi donc ? dit M. Aghios, je peux rester ici.

— Je vais dans le couloir », dit le jeune homme. Il n'eut pas un sourire bienveillant à l'égard du vieil homme à qui il témoignait tant de courtoisie, et sortit en marchant sur le pied de la dame qui ne l'avait pas retiré à temps.

M. Aghios prit place dans le petit espace qu'on lui avait libéré près de la fenêtre. Dommage que le jeune homme (grand, brun, rude) n'eût pas accompagné son geste d'un mot aimable. Voilà qui aurait été un beau début de voyage ! Toutefois, il ne devait pas se plaindre car le voyage debout n'eût guère convenu à ses vieux membres.

Pour ne pas déranger son voisin qu'il n'avait même pas regardé, M. Aghios demeura quelque temps dans la même position que lorsqu'il s'était laissé choir sur la banquette, le visage tourné vers la fenêtre.

Dapprima pensò alla vita in quella vettura e a quel giovinetto burbero benefico. Ecco! In certe posizioni è difficile di conservare la benevolenza. Persino ora che stava tanto meglio egli sentiva una certa antipatia per il suo vicino che lo costringeva d'aderire alla finestra. Era proprio un momento in cui si sente che l'uomo con la sua pancia, le larghe spalle e i duri gomiti è una bestia odiosa per il prossimo. È una crudele lotta quella per lo spazio. L'Aghios non volle perdere la sua gioia e relegò la sua benevolenza in un sogno perché non tutta andasse distrutta. Il treno futuro, che avrebbe trasportata un'umanità più evoluta, sarebbe stato allungabile come sarebbe stato di bisogno e senza per questo aver bisogno di arrestarlo. Ogni vagone avrebbe comportato delle enormi possibilità. Si tocca un bottone ed i posti si moltiplicano. E così le Ferrovie dello Stato creerebbero dei cavalieri, anziché come ora dei villani e non ci sarebbe stato bisogno di accettare sorridendo un posto offerto villanamente.

Col naso sui vetri il signor Aghios non poté finalmente fare a meno di vedere la campagna enorme che correva via. Il raccolto era finito. I covoni di fieno s'ergevano colossali, la provvista per tutto l'anno per gli animali della cucina tanto semplice. I campi erano oziosi in aspettativa di essere incaricati del nuovo lavoro.

Sa pensée se porta tout d'abord sur la vie dans cette voiture, et sur ce jeune homme, bourru bienfaisant. Voilà ! Il est difficile dans certaines positions, de conserver sa bienveillance. Même à présent où il était plus à l'aise, il ressentait une certaine antipathie envers son voisin qui le contraignait à se coller à la fenêtre. C'est précisément le moment où l'on sent que l'homme, avec son ventre, ses larges épaules et ses coudes durs, est une bête odieuse pour son prochain. Quelle lutte cruelle que la lutte pour avoir un peu d'espace à soi ! M. Aghios ne voulut pas se départir de sa joie, et il relégua sa bienveillance dans une rêverie afin qu'elle ne fût pas entièrement détruite. Le train de l'avenir, qui transporterait une humanité plus évoluée, aurait la possibilité de s'allonger selon les besoins, et sans qu'il faille l'arrêter pour autant. Chaque wagon comporterait d'énormes possibilités. On presserait sur un bouton et les places se multiplieraient. Et ainsi les Chemins de Fer de l'État produiraient des gens aimables et non point des malotrus comme à l'heure actuelle, et il ne serait pas nécessaire d'accepter en souriant une place qui vous est offerte avec grossièreté.

Le nez collé contre la vitre, M. Aghios ne put finalement s'empêcher de prêter attention à l'immense campagne qui défilait devant lui. La fenaison était terminée. Les meules de foin se dressaient, colossales, provision annuelle pour le bétail dont la cuisine est si simple. Les champs étaient oisifs, dans l'attente des prochains labours.

E il signor Aghios pensò ch'egli arrivava proprio in tempo coi suoi augurii per procurare un buon raccolto. Ora cominciava a decidersi la sorte dell'anno prossimo. Occorreva subito una lunga pioggia, che poi cessi, dopo di aver ammorbidita la terra e resa disposta al lavoro. Doveva essere preparata a puntino : Né troppo dura, né troppo tenera. E gli augurii del signor Aghios piovevano abbondanti, mentre correva accanto a quei campi a sessanta chilometri all'ora e una volta con grande sforzo si volse non per vedere il piedino di quella signora che ancora doveva trovarsi per aria, ma per inviare gli augurii anche dall'altra parte della ferrovia : "Producete, producete in grande abbondanza, perché chi vi lavora abbia il suo premio." Esitò poi. Ricordò la faccia triste di quel contadino che l'anno precedente gli aveva detto : « Abbiamo il vino triste quest'anno, perché ve n'è di troppo. » Ma che importa ? Augurare bisogna a questo mondo. Nessuno può togliere all'uomo tale diritto il cui esercizio allarga polmoni e cuore. È vero che l'augurio finisce col ricordare l'ironia di chi, allontanandosi da un tavolo di gioco, augura la buona fortuna a tutti coloro che vi restano assisi, solo che a questo mondo l'evidenza non è tale e si può sempre credere che un grande sforzo della terra benefica debba produrre del bene.

Si raddrizzò e vide il piedino per aria. Essa era la terza persona seduta dalla sua parte e direttamente non poteva scorgerne la faccia, ma s'accorse che ora poteva scorgerla riflessa in modo curioso da una lastra che copriva la fotografia.

M. Aghios se dit qu'il arrivait à temps pour prodiguer ses souhaits de bonne récolte. C'était le moment où le sort de l'année à venir commençait à se dessiner. Il fallait tout de suite une bonne pluie qui dure juste le temps d'amollir la terre et de la rendre apte aux travaux, la préparant à point : ni trop dure ni trop tendre. Et les souhaits de M. Aghios pleuvaient en abondance tandis qu'il roulait le long de ces champs à soixante kilomètres à l'heure, et une fois, faisant un gros effort, il se retourna, non point pour lorgner le petit pied de la dame, qui probablement était encore tendu, mais pour répandre ses vœux du côté opposé de la voie : « Produisez, produisez à foison, afin que ceux qui vous labourent aient leur récompense. » Puis il hésita. Il se souvint du visage affligé d'un paysan qui lui avait dit l'année précédente : « Nous avons le vin triste cette année car il y en a trop. » Mais quelle importance ? Il faut bien faire des vœux ici-bas. Personne ne peut ôter à l'homme un tel droit dont l'exercice dilate le cœur et les poumons. Il est vrai que le souhait finit par évoquer l'ironie de celui qui, s'éloignant d'une table de jeu, souhaite bonne chance à tous ceux qui restent, sauf qu'en ce monde cela s'avère différent, et on peut toujours croire que la terre bienfaisante s'efforce à ne produire que du bien.

Il se redressa et revit le petit pied de la dame. Elle était la troisième personne assise de son côté et il ne pouvait ainsi voir directement son visage, mais il s'aperçut qu'il pouvait maintenant le voir réfléchi, de façon curieuse, par une plaque de verre qui recouvrait la photographie.

Come era bella! Completato o sminuito il deperimento suo dai riflessi del tramonto o fors'anche da qualche linea della fotografia che la lastra copriva, quella faccia era tutta pensiero e bellezza. Ricordava qualche ritratto celebre, ma il signor Aghios, che ne aveva visti tanti, non sapeva precisare quale. Era in fondo solo un ritratto e neppure molto somigliante, ma il signor Aghios era felice di viaggiare con esso.

Nel breve tempo dacché aveva abbandonato la moglie, questo era il secondo suo desiderio, cioè il secondo tradimento e anche il secondo peccato. Ogni ammirazione per una donna è un desiderio. Le si attribuisce intelligenza o dolore per rendere più saporite quelle labbra che si vorrebbero baciare. Il peccato non gli pesava troppo. Quando si sta per arrivare ai sessant'anni — almeno il signor Aghios aveva per conto proprio tale esperienza e nella sua solitudine amava di generalizzare — si sa che il proprio organismo non è fatto per le grandi resistenze. Lo stesso fatto che anche se il peccato fosse dichiarato lecito, si peccherebbe ora meno sovente che in epoche anteriori, prova che tutto dipendeva da quello che si può e si deve. E il signor Aghios assurse anzi ad un pensiero altamente filosofico: Se il signor Iddio ci avesse fatti proprio allo scopo di vederci agire proprio come lui vuole, non ci sarebbe stato scopo alla creazione. Egli ci fece, eppoi stette a guardarci con curiosità e mai con ira.

Qu'il était beau ! Ce visage dont les reflets du couchant complétaient ou atténuaient le flétrissement — ou était-ce dû à quelque trait de la photographie que la plaque recouvrait ? — ce visage était toute pensée, toute beauté. Il évoquait un portrait célèbre, mais M. Aghios qui en avait vu tant ne savait préciser lequel. Ce n'était dans le fond qu'un portrait, et même pas tellement ressemblant, mais M. Aghios était heureux de voyager en sa compagnie.

Dans le bref laps de temps qui s'était écoulé depuis qu'il avait quitté sa femme, c'était son second désir, c'est-à-dire sa seconde trahison, son second péché aussi. Tout sentiment d'admiration pour une femme est un désir. On lui attribue de l'intelligence, ou de la souffrance, pour rendre plus savoureuses ces lèvres que l'on aimerait baiser. Le péché ne lui pesait pas trop. Lorsqu'on approche de la soixantaine — du moins telle était la propre expérience de M. Aghios, et dans sa solitude il se plaisait à généraliser — on se rend compte que l'organisme n'est pas constitué pour affronter les grandes résistances. Le fait même que, le péché fût-il déclaré licite, on pécherait maintenant moins souvent qu'à des époques antérieures, prouve que tout dépend de ce qu'on peut et de ce à quoi on est tenu. Et M. Aghios se prit à faire une réflexion hautement philosophique : si le Seigneur nous avait créés afin de nous voir agir exactement selon sa volonté, la Création manquerait de sens. Il nous créa, puis se mit à nous considérer avec curiosité, et jamais avec colère.

Perciò il signor Aghios desiderava le donne degli altri, senza averne rimorso.

Si vantava invece che, ad onta di tale desiderio, egli mai aveva tradito la moglie. Com'era stato bravo, essendo fatto così, di non averla effettivamente tradita. In questo momento in cui dalla famiglia si divideva con qualche rancore, ammetteva anche d'essere stato sciocco. Ma però la donna — il signor Aghios lo sapeva — non è mai a buon mercato. Vuole i denari, il cuore, la vita. Invece non costava nulla di guardarla e desiderarla e questo, certamente, era troppo a buon mercato. Perché la donna, quand'è bella, dà subito molto e in primo luogo il sentimento dell'umanità allo straniero e a tutti. Altro che il saluto scimmiesco fra sconosciuti! Bisogna trovarsi per vari mesi isolato in un paese ove si parla una lingua incomprensibile, evitato dal prossimo solo perché non vi conosce e vi sospetta perciò capace di furti e omicidii, e scoprire ad un tratto l'intimo vostro nesso con tutti costoro, la vostra appartenenza a quel paese, il vostro innato diritto di cittadinanza nello stesso alla vista di un occhio luminoso, di un piedino nervoso, di una capigliatura dal colore e dall'assetto sorprendente. Più giovine allora, la prima sua occhiata era stata un vero proprio inizio di una relazione sociale.

C'est pourquoi M. Aghios désirait les femmes des autres sans éprouver de remords pour autant.

Au contraire, il se vantait de n'avoir jamais été infidèle à sa femme en dépit d'un tel désir. Qu'il avait du mérite, fait comme il l'était, de ne pas l'avoir effectivement trompée. En ce moment où il se séparait de sa famille avec quelque rancœur, il admettait aussi qu'il s'était montré sot. Toutefois — et M. Aghios le savait — une femme n'est jamais bon marché. Elle souhaite l'argent, le cœur, la vie. Alors qu'il ne coûtait rien de la contempler et de la désirer, et cela, bien sûr, devenait trop bon marché. Car une femme qui est belle prodigue tout de suite beaucoup, et en premier lieu elle donne à un étranger, et à tous en général, le sentiment de l'humanité. Rien à voir avec les singeries entre inconnus qui se saluent ! Il faut se trouver pendant plusieurs mois isolé dans un pays dont on ne comprend pas la langue, où votre prochain vous évite pour la seule raison qu'il ne vous connaît pas et vous soupçonne, en conséquence, d'être capable de vols et d'homicides, et découvrir tout d'un coup le lien intime qui vous unit à tous ces hommes, votre appartenance à ce pays, votre droit inné de citoyenneté de ce pays à la vue d'un œil lumineux, d'un petit pied nerveux, d'une chevelure surprenante de teinte et de coiffure. Plus jeune alors, son premier regard avait été un véritable début de relation sociale.

Un inizio entusiastico : Era come se fosse entrato nella casa di un intimissimo amico, addobbata per farvi onore, con tanto di benvenuto stampato sulla porta. Con quell'occhiata il signor Aghios diceva : "Ti conosco perché sei bella." E l'inglesina rispondeva in lingua intelligibilissima, cioè con un'occhiata. "Come sei amabile tu cui piaccio tanto. Più amabile di colui cui diedi tutto e che non sa più che farsene." Dopo un discorso simile il signor Aghios non aveva più bisogno dell'assenzio, perché gli pareva di trovarsi nella patria ideale dove tutti s'intendono e s'amano.

Era anzi comodo che l'inglesina non sapesse altro linguaggio. Secondo il signor Aghios di allora, quand'era più giovine e perciò più virtuoso, questa era una grande comodità. Perché se alle occhiate fosse seguita la parola, si sarebbe corso il pericolo di trovarsi trasportato di colpo da quella patria ideale al bosco più pericoloso.

Egli credeva così di essere rimasto sempre un monogamo virtuoso che poteva sopportare lo sguardo sincero della moglie. Essa non c'entrava nel suo mondo ideale. Il reale era tutto suo. Tutto era nettamente diviso, perché nei suoi sogni essa non entrò giammai e adesso, in viaggio, meno che mai, perché il signor Aghios volava come se il treno si fosse mutato in un aeroplano. Una sola volta a lei pensò : "Poverina ! Speriamo che a quest'ora neppure lei a me pensi."

Un début enthousiaste : c'était comme s'il était entré dans la demeure d'un ami des plus intimes, décorée en son honneur, avec une inscription de bienvenue sur la porte. Par ce regard M. Aghios disait : « Je te connais parce que tu es belle. » Et la jeune Anglaise avait répondu dans un langage tout à fait intelligible, c'est-à-dire par un regard : « Comme tu es aimable, toi à qui je plais tellement. Plus aimable que celui à qui j'ai tout donné et qui ne sait plus qu'en faire. » Après un tel échange, M. Aghios pouvait se passer d'absinthe car il lui semblait se trouver dans la patrie idéale où tous les gens s'aiment et s'entendent bien.

Il était même commode que la jeune Anglaise ne connût pas d'autre langage. Pour l'homme que M. Aghios était alors, plus jeune et donc plus vertueux, c'était d'une grande commodité. Car si aux regards échangés avait succédé la parole, on aurait couru le danger de se trouver transporté d'un seul coup de cette patrie idéale vers la forêt la plus périlleuse.

Et il croyait ainsi être toujours resté un monogame vertueux qui pouvait soutenir le regard sincère de sa femme. Elle n'avait rien à voir avec son monde idéal. Le réel pouvait lui appartenir en entier. Tout était nettement tranché car elle n'avait jamais eu sa place dans ses rêves, et moins que jamais maintenant qu'il était en voyage, parce que M. Aghios volait comme si le train s'était métamorphosé en avion. Il ne pensa à elle qu'une seule fois : « La pauvre ! Espérons qu'à l'heure qu'il est, elle non plus ne pense pas à moi. »

Oltre alla donna c'erano in quel compartimento sette uomini e finora il signor Aghios non li aveva visti. Del suo vicino dovette accorgersi. Era un giovinotto pallido che si sarebbe potuto credere uscisse da una malattia, perché tradiva la sofferenza mentre il suo organismo aveva le linee di quello di un uomo forte, agile, sano. Lo spazio non gli bastava. Stendeva ora una gamba, ora l'altra sotto il sedile occupato da un grosso signore che gli stava di faccia e che guardava traverso gli occhiali con una calma serena, deciso a non fermare quelle gambe finché non l'avessero urtato. Avanzavano come se volessero finire su lui in un calcio, eppoi passavano nello spazio fra le sue due grosse gambe senza neppure sfiorarle. E il grosso uomo (il signor Aghios lo guardò ora soltanto) aveva degli occhiali dalle lenti di uno spessore sorprendente. La luce vi si frangeva e mandava sulle sue palpebre una macchia azzurra luminosa che dava alla sua faccia l'aspetto del Mefistofele del teatro lirico. E fra quell'uomo tranquillo che aspettava il calcio per protestare e l'altro, inquieto e sofferente, le simpatie del signor Aghios andarono intere al malato. Il movimento è il sollievo del corpo dolorante; si sposta come se al dolore volesse fuggire. Ora il giovinotto cercò di muoversi in altra direzione, forse perché da quella parte sentiva la minaccia di quei grossi occhiali e del loro riverbero.

En dehors de la dame, sept hommes se trouvaient dans le compartiment, et jusqu'alors M. Aghios ne les avait même pas considérés. Il lui fallut bien s'aviser de son voisin. C'était un jeune homme dont la pâleur suggérait qu'il relevait de maladie, car ses traits trahissaient la souffrance alors que son organisme présentait l'allure d'un homme vigoureux, agile et sain. L'espace dont il disposait ne lui suffisait pas. Il étendait tantôt une jambe, tantôt l'autre sous le siège d'en face occupé par un monsieur corpulent qui regardait à travers ses lunettes avec un calme serein, décidé à ne pas arrêter ces jambes tant qu'elles ne le heurteraient pas. Elles avançaient dans sa direction comme pour lui donner un coup de pied et se glissaient ensuite dans l'espace entre ses deux grosses jambes sans même les effleurer. Et le gros homme (M. Aghios le regarda seulement alors) portait des lunettes aux verres d'une épaisseur surprenante. La lumière s'y brisait et renvoyait sur ses paupières une tache bleue, lumineuse, qui donnait à son visage l'aspect d'un Méphistophélès d'opéra. Et entre ce monsieur tranquille qui attendait un coup de pied pour protester, et l'autre, agité et souffrant, les sympathies de M. Aghios allèrent entièrement au malade. Le corps qui souffre trouve son soulagement dans le mouvement; il bouge comme s'il voulait fuir la douleur. Maintenant le jeune homme cherchait à changer de position, peut-être parce qu'il sentait de ce côté-ci la menace des grosses lunettes et de leur reflet.

Guardò dietro di sé il soffice cuscino su cui avrebbe voluto poggiare la testa, ma cui non poteva giungere proprio causa le grosse spalle del signor Aghios. E il signor Aghios intese quel desiderio come se gli fosse stato detto e si strinse e volse in modo che quel capo stanco potesse arrivare al cuscino. Poi : « Guardi, guardi, disse con slancio, mi metterò così ! » Si gettò con la faccia verso la finestra e mise anche il petto parallelo alla stessa. L'altro, pronto, dopo di aver mormorato un fervido grazie, lasciò cadere la testa sul cuscino. Poco dopo la rimise sulle mani, le braccia poggiate sulle ginocchia. Mai il signor Aghios, col naso sulla lastra, non lo vedeva più, perché ogni suo atto gentile rendeva più vivo il suo pensiero sul lieto viaggio, come se la locomotiva si fosse messa a correre più dolce e più forte.

Ma pure questo pensiero non era abbastanza libero, perché egli continuava a discutere la propria libertà di amare le donne degli altri. Con chi ? Non con la moglie, che nei suoi sogni mai apriva bocca, ma con quell'essere non precisabile, ma che pur deve esserci in qualche luogo, nell'etere forse che si suppone sia dappertutto, che sovraintende alla legge morale.

Oggidì era acquisito dalla scienza che le giovani e belle donne erano più necessarie ai vecchi che ai giovani.

Il lorgna derrière lui le coussin moelleux sur lequel il aurait aimé appuyer la tête mais qu'il ne pouvait atteindre précisément à cause des larges épaules de M. Aghios. Et M. Aghios perçut son désir comme s'il avait été exprimé ; il se serra et se retourna de façon que cette tête lasse pût reposer sur le coussin. Puis il dit avec élan : « Voyez, je vais me mettre comme ça ! » Il tourna son visage vers la fenêtre et plaqua même son buste parallèlement contre elle. L'autre, rapidement, après avoir murmuré un fervent merci, laissa retomber sa tête sur le coussin. Peu après, il la mit entre ses mains, les coudes appuyés sur ses genoux. Mais M. Aghios, le nez contre la vitre, ne le voyait plus, car chacun de ses actes d'amabilité avivait sa pensée sur le voyage joyeux qu'il avait entrepris, comme si la locomotive s'était mise à filer plus vite et plus en douceur.

Toutefois, même cette pensée n'était pas suffisamment libre, car il continuait à discuter de sa propre liberté d'aimer les femmes d'autrui. Avec qui ? Non pas avec sa propre femme, qui jamais ne soufflait mot dans ses rêves, mais avec cet être indéfinissable qui pourtant devait bien exister quelque part, peut-être dans l'éther que l'on suppose se trouver partout et qui régit la loi morale.

De nos jours la science accepte comme un fait établi que les femmes jeunes et belles sont plus nécessaires aux vieux qu'aux jeunes.

Naturalmente, oltre che la sorpassata legge morale, perché a questa necessità sia corrisposto, c'era l'ostacolo che anche alle giovani e belle donne era concessa la libertà di disporre di sé. Forse contro ogni giustizia, perché per la loro giovinezza e per la loro bellezza esse alla libertà non sono preparate. Oggetti troppo preziosi, venivano distribuiti anche più ingiustamente dell'oro stesso. Si conquistavano anche con un paio di mustacchi bene impomatati. Ai vecchi non si concedevano che in casi rarissimi : Gerontomania. Ma se si confermava quello che Woronoff e Stirnach asserivano ? Meglio di loro, sarebbe servita a ridestare nei vecchi organismi la memoria, l'attività, la vita, una bellissima fanciulla o, più precisamente, una bellissima fanciulla alla settimana. Già i vecchi ebrei pensavano così e, per tenere in vita re Davide, gli offersero una bella fanciulla. Ma egli non volle toccarla e dovette miseramente perire.

Volle essere giusto e non appena pensò alla giustizia, il suo pensiero corse alla propria moglie. Anch'essa con la faccia tuttora fresca, l'aspetto incantevole come sulla banchina a Milano con quel nastro rosso che si moveva alla brezza vespertina, poteva dare a qualcun altro (non a lui) un po' di vita e riceverne. Invece essa invecchiava peggio di lui, perché essa poi mancava del suo libero pensiero. Poverina ! Non era però suo l'ufficio di darle tale pensiero. In passato egli invece aveva fatto del suo meglio per toglierglielo.

Naturellement, pour qu'une telle nécessité soit respectée, on se heurte, outre qu'à une loi morale dépassée, à l'obstacle que constitue la liberté accordée également aux femmes jeunes et belles de disposer d'elles-mêmes. Peut-être contre toute justice, car en raison de leur jeunesse et de leur beauté, elles ne sont guère préparées à la liberté. Objets trop précieux, elles se trouvent distribuées plus injustement que l'or lui-même. On peut même les conquérir avec une simple paire de moustaches bien pommadées et elles ne se donnent aux vieux que dans des cas fort rares : gérontophilie. Mais si ce qu'affirmaient Voronov et Stirnach se trouvait confirmé ? Mieux que ces deux savants, une très belle fille, ou, plus précisément, une très belle fille par semaine, servirait à réveiller dans les organismes vieillis la mémoire, l'activité et la vie. Déjà les Hébreux pensaient de la sorte, et, pour maintenir en vie le roi David, ils lui offrirent une belle enfant. Mais il refusa de la toucher et périt misérablement.

Il voulut être juste et, à l'idée de justice, sa pensée vola vers sa femme. Avec son visage encore frais, son aspect charmant comme sur le quai de la gare de Milan lorsque son ruban rouge flottait dans la brise du soir, elle aussi pouvait donner à quelqu'un d'autre (et non à lui) un peu de vie, et en recevoir à son tour. Et pourtant elle vieillissait plus mal que lui, car elle était dépourvue d'une pensée libre comme la sienne. La pauvre ! Mais ce n'était pas à lui qu'incombait la tâche de lui suggérer pareille pensée. Par le passé il avait, au contraire, fait de son mieux pour l'en priver.

Anzi, appena sposati, la sua morale era stata dura e imperiosa. Che rimorso ! Non bisogna mai sgridare nessuno, perché poi ci si pente. L'altro resiste ed è male. Cede o si foggia secondo il nostro imperioso volere ed è peggio ancora. Ma se invece in lei tale pensiero fosse ora altrettanto libero che da lui ? Poteva essere che, come essa non l'indovinava in lui, così lui non lo scoprisse da lei. Sarebbe forse anche lui apparso a lei miserevolmente credulo e perciò gelido, inerte ? Se egli avesse potuto istruire suo figlio ossia se suo figlio da lui avesse accettato qualche istruzione, egli, al momento in cui avesse preso moglie, gli avrebbe raccomandato : "Non istruire troppo tua moglie e non foggiarla a modo tuo, perché può avvenire ti riesca."

Suo figlio l'avrebbe guardato con quel suo aspetto glaciale che poteva anche manifestare un rispetto e avrebbe pensato : "Presuntuosi questi vecchi. Credono tutti fatti come loro e a tutti raccomandano i purganti che fanno per loro." Aveva già detto così una volta ed il male era che allora aveva avuto ragione. Allora e poi mai più, ma il vecchio aveva ragione di credere che la frase venisse ripetuta molto di spesso.

Ricadeva nel rancore ! Non apparteneva a quel treno ed egli respinse i fantasmi della moglie e del figlio. Egli voleva fare la vita sua, cioè il suo viaggio.

Il treno si fermò ad una stazione non importante, di cui l'edificio doveva trovarsi dall'altra parte.

Et même, dès leur mariage, sa morale avait été dure et autoritaire. Comme il le regrettait aujourd'hui ! Il ne faut jamais réprimander quelqu'un car on s'en repent ensuite. L'autre résiste, et c'est mal. Il cède ou se façonne selon notre vouloir impérieux, et c'est encore pire. Mais si, au contraire, sa femme jouissait d'une pensée aussi libre que la sienne ? Peut-être ne l'avait-il pas davantage décelée chez elle qu'elle ne l'avait devinée chez lui. Se pouvait-il qu'il lui apparût lui aussi comme étant misérablement crédule, et donc glacé, inerte ? S'il avait pu conseiller son fils, ou plutôt si son fils voulait bien accepter de se laisser guider par lui, il lui recommanderait au moment où il se marierait : « Ne donne pas trop de leçons à ta femme et ne la modèle pas à ta façon, parce que tu pourrais y réussir. »

Son fils l'aurait dévisagé de son air glacial, qui pouvait tout aussi bien être une marque de respect, et aurait pensé : « Que ces vieillards sont présomptueux ! Ils croient que tout le monde est fait à leur image et ils recommandent à chacun les purges qui leur conviennent. » Il avait déjà une fois exprimé quelque chose de cet ordre, et l'ennui était qu'alors il avait eu raison. Ce fut la seule et unique fois, mais le vieux avait raison de penser que cette phrase devait revenir souvent.

Voilà qu'il retombait dans sa rancune qui n'appartenait pas à ce train ; il repoussa les images de sa femme et de son fils. Il voulait vivre sa propre vie, c'est-à-dire faire son voyage.

Le train s'arrêta à une gare peu importante dont le bâtiment devait se trouver de l'autre côté.

Dalla parte sua, nell'erba, c'era una quantità di polli che continuavano a razzolare senza quasi accorgersi del treno che in questo momento s'era fermato accanto alla loro casa. "Come sono saggi costoro!" pensò il signor Aghios. "Questo treno a ore fisse appartiene alla loro vita. Penseranno sia sempre lo stesso." Poi ricordò che neppure fra uomini ci si intendeva, se non ci si spiegava, com'era da lui e sua moglie, con quel pensiero libero e superbo, ma segreto che com'era da lui poteva essere anche da lei, e, con grande piacere, si dedicò a studiare quello che i polli potevano pensare della loro relazione con l'uomo. Gli pareva che uno dei polli dall'erba gli gridasse: "Guai a noi se l'uomo non ci fosse." E il pollo doveva essere certo della benevolenza del padrone, che gli procurava il buon becchime, che, quando ne era sgozzato, se ne andava da questo mondo con la convinzione che l'uomo suo amico doveva essere ammattito.

Ora s'accorse di stare più comodo. In quella piccola stazione il loro compartimento s'era addirittura vuotato e non vi restavano che in quattro. V'era sempre ancora il forte giovinotto pallido, che aveva approfittato di conciarsi nel cantuccio più lontano dal signor Aghios e sdraiarvisi allungando le gambe. Di faccia a costui c'era un signore che s'era procurato un giornale in cui ficcava il naso in modo che il signor Aghios non poteva vederlo in faccia.

De son côté à lui, il voyait dans l'herbe quantité de poules qui continuaient à gratter le sol sans se soucier du train qui s'était arrêté près de leur domaine. « Comme elles sont sages, celles-là ! pensa M. Aghios. Ce train à heure fixe fait partie de leur vie. Elles doivent croire que c'est toujours le même. » Puis il se rappela que même les hommes ne se comprenaient pas entre eux s'ils ne s'expliquaient pas, comme c'était le cas dans son ménage, avec cette pensée libre et orgueilleuse mais secrète qui lui appartenait mais que sa femme pouvait tout aussi bien avoir de son côté, et avec un grand plaisir il se mit à méditer sur ce que les poules pouvaient penser de leur relation avec l'homme. Il lui semblait entendre une des poules dans l'herbe lui crier : « Gare à nous si l'homme n'existait pas ! » Et la poule devait être assurée de la bienveillance du maître qui lui procurait sa bonne pâtée, car lorsqu'elle était égorgée par lui, elle quittait ce monde avec la conviction que l'homme, son ami, était probablement devenu fou.

Il s'aperçut soudain qu'il était plus à l'aise. Leur compartiment s'était à peu près vidé à cette petite gare, et il ne restait plus que quatre personnes. Il y avait toujours le jeune homme robuste et pâle qui en avait profité pour s'affaler dans le coin le plus éloigné de M. Aghios en allongeant les jambes. Devant lui se trouvait un monsieur qui avait plongé son nez dans un journal qu'il s'était procuré, ce qui empêchait M. Aghios de voir son visage.

Proprio di fronte al signor Aghios era rimasto anche il grosso signore dagli occhiali di tante diottrie.

Mancava l'unica signora che c'era stata. Anch' essa era scesa a popolare la piccola stazione. Senza quel piedino che s'era tenuto alto in quell' adunanza, i quattro uomini rimasti avevano perduto ogni contatto fra di loro. Erano divenuti dei veri stranieri scialbi e muti.

Il signor Aghios per un istante guardò il suo *vis-à-vis*. Scoperse poi che anche dietro di costui c'era una lastra che copriva una fotografia e nella quale egli scorgeva la propria testa, chiara come in uno specchio. Si analizzò accuratamente. Irrimediabilmente vecchio con quella fronte troppo alta ed i mustacchi non curati, un po' troppo gonfi. I mustacchi erano la prerogativa degli animali che s'annidano nei buchi (così aveva detto quella canaglia di suo figlio); devono servire ad avvisarli quando il buco si restringe e arrestarli dal pericolo di strangolarsi. "Ho io l'aspetto di bestia?" si domandò il signor Aghios esaminando le proprie fattezze. E lui e la sua immagine si guardarono sospettosi. Questi, sì, ch'erano rapporti semplici! Era l'unico caso in cui guardando una fisonomia si sa con piena certezza quello ch'essa esprima. Eppure quella fisonomia conservava il suo aspetto di bestia mustacciata, avvilita allo scorgersi meno bella, mentre era vero che il signor Aghios si sentiva gonfiare il petto dalla superbia di aver scoperto in quel momento quale fosse l'unico rapporto intimo in tutta la grande vasta natura. Solamente dubitava!

Le gros monsieur qui portait les lunettes aux nombreuses dioptries était demeuré juste en face de M. Aghios.

Il manquait la seule femme de la compagnie, descendue elle aussi peupler la petite gare. Sans son petit pied dressé au milieu de cette assemblée, les quatre hommes qui restaient avaient perdu tout contact entre eux. Ils étaient devenus de véritables étrangers, ternes et muets.

M. Aghios posa un instant son regard sur son *vis-à-vis*. Il découvrit que derrière lui aussi se trouvait une photographie dans un sous-verre où il apercevait sa propre tête aussi clairement que dans un miroir. Il s'analysa avec soin : irrémédiablement vieux avec ce front trop haut et sa moustache mal soignée, un peu trop foisonnante. Les moustaches sont la prérogative des animaux qui se nichent dans des trous (c'est ce qu'avait dit sa fripouille de fils) ; elles doivent servir à les prévenir lorsque le trou se resserre et à les préserver du danger de s'étrangler. « Ai-je l'aspect d'une bête ? » se demanda M. Aghios en examinant ses propres traits. Son image et lui se dévisagèrent avec suspicion. Voilà ce qu'on pouvait appeler des rapports simples ! C'était le seul cas où, regardant une physionomie, on savait avec une certitude absolue ce qu'elle exprimait. Et pourtant cette physionomie conservait son aspect de bête moustachue, humiliée de se trouver moins belle, alors qu'en vérité M. Aghios se sentait gonflé d'orgueil d'avoir découvert à cet instant même quel était le seul rapport intime dans toute la grande et vaste nature. Sauf qu'il doutait !

Anche quello mancava? E corrugò tutta la propria faccia: Un gesto di disprezzo alla propria fisonomia che gli fu prontamente restituito.

Il signore grosso lo guardava, anche lui diffidente, con gli occhi ingranditi dalla lente. «Io credo» disse levando il fazzoletto di tasca «d'essermi imbrattata la faccia con l'inchiostro della macchina da scrivere.» E arrossì. Doveva essere un timido.

«Oh! no!» esclamò confuso il vecchio, che guardò la macchia bluastra dagli occhiali sotto gli occhi del suo interlocutore. «Io guardavo me stesso in quella lastra. Ho uno strano aspetto io, in viaggio.» E guardando meglio le guancie accuratamente rasate del grosso uomo, offuscate dal pelo denso della barba, aggiunse mentendo: «Non v'è traccia di macchie sulla sua faccia.»

Mentiva. Bastava indirizzarsi fra uomini una sola parola per correre il rischio di dover dire una menzogna. Si era nella verità fra sconosciuti soltanto. La macchia bluastra, non raggiungibile dal fazzoletto, perché vagante secondo le rifrazioni della luce, c'era su quella faccia, ma non bisognava parlarne. Perciò anche in viaggio si perdeva la propria libertà. Come di tutte le cose, anche del viaggio la parte più bella era l'inizio. Partendo si correva via immediatamente liberi dal groviglio di affari e affarucchi che gremivano la vita. Per un istante si respirava liberi. Non si serviva da puntello a nessuno e nessuno più vi puntellava.

Cela manquerait-il aussi ? Et il plissa tout son visage : un geste de mépris envers sa propre physionomie qui lui fut promptement rendu.

Le gros monsieur le regardait, méfiant lui aussi, avec ses yeux agrandis par les verres. « Je crois, dit-il en tirant un mouchoir de sa poche, que j'ai barbouillé mon visage avec l'encre de la machine à écrire. » Et il rougit. Ce devait être un timide.

« Oh non ! » s'exclama le vieil homme, confus, tout en fixant la tache bleuâtre que renvoyaient les lunettes sous les yeux de son interlocuteur. « J'examinais mon propre visage dans ce sous-verre. Je trouve que j'ai un aspect bizarre en voyage. » Et, considérant de plus près les joues soigneusement rasées du gros homme, assombries par le poil épais de la barbe, il ajouta non sans mentir : « Il n'y a aucune trace de tache sur votre visage. »

Il mentait. Il suffisait de proférer un seul mot à l'adresse des autres pour courir le risque de devoir dire un mensonge. On ne demeurait dans la vérité qu'entre inconnus. La tache bleuâtre, qui bougeait selon les réfractions de la lumière et que le mouchoir ne pouvait atteindre, se trouvait bien sur ce visage mais il ne fallait pas le dire. Ainsi, même en voyage on perd sa propre liberté. Il en va des voyages comme de toutes choses : la partie la plus belle, c'est le commencement. En partant, on se soustrait immédiatement à l'enchevêtrement des grandes et petites affaires qui encombrent l'existence. Pendant un moment on peut respirer librement. On ne sert de soutien à personne et personne ne vous soutient plus.

Ma però con la prima parola gentile non meritata (la macchia su quella faccia c'era!) avveniva la ricostruzione del puntello che impacciava i movimenti. Si dava e si domandava l'appoggio. "Nessuno mi dirà ch'io abbia parlato così per far piacere a quel coso grosso. Parlai così perché sto meglio se dico cose gentili."

Il coso grosso disse anche lui una cosa gentile: «Io non so perché ella dica di avere un aspetto strano. Non vedo in verità. Davvero non vedo!» Scandiva con pedanteria le sillabe. Era un altro puntello che si cacciava sotto la spalla del signor Aghios. Però aveva sofferto quando la buona creanza l'aveva obbligato di costruire lui l'appoggio all'altro dicendo una menzogna. Ora invece si sentiva sollevato dalla gentilezza che riceveva. Rientrava con un sospiro di sollievo nel consorzio umano, non accorgendosi che anche quel puntello poggiava su una menzogna di cui non sentiva dolore, non avendo potuto inventarla lui. Eppure avrebbe dovuto ricordare che poco prima la propria faccia gli era apparsa strana, anzi, bestiale, con quei mustacchi grossi.

Ringraziò e avrebbe volentieri attaccato conversazione con chi gli aveva regalato un complimento. Ma non trovò l'argomento. Le prime parole che avevano scambiate vertevano su una parte del loro corpo. Continuando così si correva il rischio di somigliare ai cani.

Cependant il suffit du premier mot gentil non mérité (il y avait bel et bien une tache sur ce visage !) pour reconstituer le support qui entrave les mouvements. On donne et on réclame l'appui. « Personne ne me dira que j'ai parlé de la sorte pour faire plaisir à ce gros tas. J'ai parlé ainsi car je me sens mieux lorsque je dis des choses gentilles. »

Le gros tas dit à son tour quelque chose de gentil : « Je ne sais pas pourquoi vous vous trouvez un aspect bizarre. Je ne vois pas en vérité. Vraiment, je ne vois pas ! » Il scandait les syllabes avec affectation. C'était un autre support qui se nichait sous l'épaule de M. Aghios. Il avait pourtant souffert lorsque la bienséance l'avait contraint à offrir un appui à l'autre en lâchant un mensonge. À présent, au contraire, il se sentait réconforté par la gentillesse qu'on lui témoignait. Avec un soupir de soulagement il réintégrait la collectivité humaine, sans se rendre compte que même ce support s'appuyait sur un mensonge dont il ne souffrait pas d'ailleurs, puisqu'il n'en était pas l'auteur. Et pourtant il aurait dû se rappeler que, peu de temps auparavant, son propre visage lui était apparu bizarre ou plutôt bestial, avec sa grosse moustache.

Il remercia et aurait volontiers entamé une conversation avec la personne qui lui avait fait don d'un compliment. Mais il ne trouva pas de sujet à aborder. Les premières paroles qu'ils avaient échangées portaient sur une partie de leur corps. Si l'on continuait de la sorte, on risquait de ressembler aux chiens !

Il signor Aghios guardò con desiderio verso il corridoio ch'era tuttavia affollato e dove si fumava, ciarlava e rideva. Avrebbe scommesso che la sua bella fanciulla dagli occhi azzurri c'era sempre ancora; altrimenti non ci sarebbe stata tanta gioia e gli uomini sarebbero venuti a sedere nel compartimento semivuoto. Per poltroneria, malgrado il desiderio, non si mosse. Nel momento di stornare l'occhio dalla porta s'avvide che un'animata conversazione s'era sviluppata nell'altro canto della vettura. Uno dei giovini, quello ammalato, si teneva penosamente teso verso il suo interlocutore per arrivare a sentirlo e aveva nella sua faccia emaciata tutta l'espressione di persona che viene costretta ad una fatica spiacevole.

L'altro invece doveva gustare molto l'occasione di tenere una predica. Era un ragazzo circa dell'età del figlio del signor Aghios. Era biondo come lui e con lui aveva un'altra somiglianza che stupì il signor Aghios. Parlava proprio di una cosa di cui il signor Aghios aveva recentemente sentito parlare dal figlio suo. Anche in viaggio si poteva scontrarsi nelle cose note che ingombravano la casa, perché la moda funestava nello stesso tempo le case e i treni. Lo studente parlava dell'origine delle malattie nervose e della cura delle stesse mediante la psicanalisi. Il signor Aghios sentì solo queste parole : «La malattia ha la sua prima origine in una ferita morale ricevuta nella prima infanzia e di cui, per non soffrirne, si soppresse il ricordo.

M. Aghios lorgna avec envie du côté du couloir encore bondé, où l'on fumait, bavardait et riait. Il aurait parié que la belle jeune fille aux yeux bleus s'y trouvait encore; sinon il n'y aurait pas eu tant de joie et les hommes se seraient assis dans le compartiment à moitié vide. Par indolence, et malgré son désir, il ne bougea pas. Comme il détournait son regard de la porte, il s'aperçut qu'une conversation animée se tenait à l'autre bout de la voiture. Un des jeunes gens, celui qui semblait souffrant, était tendu vers son interlocuteur pour parvenir à l'entendre, et cette position pénible donnait à son visage émacié l'expression de quelqu'un qui se voit astreint à un effort désagréable.

L'autre, par contre, devait savourer pleinement l'occasion de faire un sermon. C'était un garçon qui pouvait avoir l'âge du fils de M. Aghios. Comme lui, il était blond et il avait avec lui un autre point commun qui étonna M. Aghios. Il discourait justement sur un sujet dont M. Aghios avait récemment entendu parler par son fils. Même en voyage on pouvait se heurter aux choses familières qui encombrent la maison, car la mode frappe en même temps les maisons et les trains. L'étudiant parlait de l'origine des maladies nerveuses et de leur traitement au moyen de la psychanalyse. M. Aghios n'entendit que ces mots: «La maladie tire son origine d'une blessure morale subie dans la prime enfance, et dont on a supprimé le souvenir pour ne pas en souffrir.

Per avere tale importanza, tale ferita deve essere stata inferta proprio nella prima infanzia.»

Tutto questo il signor Aghios già sapeva. E quando il figliuolo suo gliel'aveva detta con aria dottorale, come se fosse stata scoperta da lui, il signor Aghios aveva mitemente consentito. Anche lui vedeva che la ferita fatta in un organismo nel suo sviluppo si moltiplicava con lo sviluppo. Poi l'ignoranza del bambino dava all'offesa una importanza enorme. Ora, invece, nella libertà del viaggio il signor Aghios si ribellò. Come si poteva asserire una cosa simile? Ogni ferita doleva ed ogni ferita — se ne aveva il tempo — incancreniva e si dilatava. Non soffriva lui, a quasi sessant'anni, di ogni offesa altrui e di ogni proprio dubbio? La carne, composta di tanta parte di liquido, era sempre poco resistente e l'ignoranza poi ci accompagnava fino all'ultimo alito, grande abbastanza per indurci a concedere importanza a tutte le cose che non ne hanno veruna e farcele sentire pesanti, affannose, origine di malessere e malattia. Certo, il tempo ci voleva e il più lungo tempo è quello che trascorre dall'infanzia alla morte. Perciò si potrebbe dire che le avventure dell'infanzia sono le più lunghe e solo perciò le cattive avventure le più pericolose.

Pour avoir tant d'importance, une telle blessure devait avoir été infligée précisément dans la prime enfance. »

Tout cela, M. Aghios le savait déjà. Et quand son fils le lui avait déclaré sur un ton doctoral comme si c'était le fruit de sa propre découverte, M. Aghios avait humblement acquiescé. Lui aussi se rendait compte qu'une blessure subie par un organisme en plein développement prenait de l'ampleur au fur et à mesure de ce développement. Et l'enfant, dans son ignorance, avait tendance à accorder à l'offense une importance énorme. Mais maintenant, dans la liberté du voyage, M. Aghios se révoltait. Comment pouvait-on soutenir pareille chose ? Chaque blessure était douloureuse et chaque blessure — si on lui en laissait le temps — s'envenimait et s'amplifiait. Ne souffrait-il pas, lui qui frisait la soixantaine, de chaque offense infligée par les autres, et de chacun de ses propres doutes ? La chair, composée d'une si grande proportion de liquide, est toujours peu résistante, et puis l'ignorance nous accompagne jusqu'au dernier soupir ; elle est assez considérable pour nous conduire à accorder de l'importance à toutes les choses qui n'en ont guère, et à nous les faire paraître lourdes, oppressantes, source de malaise et de maladie. Certes il fallait du temps, et le temps le plus long est celui qui s'écoule de l'enfance à la mort. C'est pourquoi on pouvait dire que les péripéties de l'enfance sont les plus longues, et que, pour cette raison seulement, les mauvaises péripéties sont les plus dangereuses.

S'avverano piccole nei piccini e s'evolvono a grandi per affliggere gli adulti.

E il giovanotto continuava a dire : « Una seconda avventura può aggiungersi più tardi ad inacerbire la prima, ma mai può assurgere ad un'importanza per sé. »

Qui, ad onta della sua lontananza dal predicatore, la quale avrebbe dovuto impedirgli d'intervenire anche per il rumore assordante del treno, il signor Aghios s'apprestò ad urlare la sua protesta. Aveva taciuto col figliuolo suo, ma qui non c'era ragione di tacere. Ci si trovava nella grande libertà del viaggio.

Ma in quel momento il giovanotto sofferente, che aveva provato delle difficoltà per stare a sentire, si lasciò ricadere sul cuscino dietro di sé, allontanandosi da chi gli parlava e disse : « Ne parlerò col medico condotto. » Era stanco e si coperse gli occhi. La posizione faticosa gli aveva dato il sentimento del mal di mare.

Il predicatore apparve per un momento stupito e offeso. E il signor Aghios dovette trattenersi per non ridere. Parlare di cose simili col medico condotto ? Certo il predicatore non era medico, ma non era neppure medico condotto e credeva perciò di avere un maggiore diritto di parlare di scienza.

Poco dopo il giovanotto si levò, prese a mano la sua valigetta e uscì sul corridoio per essere pronto ad abbandonare il treno alla prima fermata. Alla fermata il signor Aghios lo seguì per guardare due cose.

Elles se révèlent minimes chez les tout-petits et s'accroissent par la suite pour accabler les adultes.

Et le jeune homme poursuivait : « Un second épisode peut s'ajouter plus tard et en venir à exacerber le premier, mais il ne pourra jamais acquérir une importance en soi. »

À ce point, en dépit de la distance qui le séparait du prédicateur, et qui aurait dû l'empêcher d'intervenir également à cause du bruit assourdissant que faisait le train, M. Aghios s'apprêta à clamer sa protestation. Il s'était tu avec son propre fils, mais ici il n'y avait aucune raison de se taire. On se trouvait dans la grande liberté du voyage.

C'est alors que le jeune homme souffrant, qui avait péniblement écouté jusque-là, s'éloigna de son interlocuteur et dit en se laissant tomber sur le coussin derrière lui : « J'en parlerai au médecin communal. » Il était las et se couvrit les yeux. Sa position fatigante lui avait donné la sensation du mal de mer.

Le prédicateur parut un instant surpris et vexé. M. Aghios dut se retenir de rire. Parler de choses semblables au médecin communal ! Certes le prédicateur n'était pas médecin, et médecin communal pas davantage, et c'est pourquoi il estimait avoir d'autant plus le droit de parler de science.

Peu après le jeune homme se leva, empoigna sa petite valise et sortit dans le couloir pour être prêt à quitter le train à la gare suivante. Lorsque le train s'arrêta, M. Aghios le suivit du regard pour s'assurer de deux choses.

Prima di tutto volle vedere se il giovinotto veramente scendesse o se avesse voluto abbandonare un luogo ove era stato posposto ad un medico condotto. Scendeva realmente in una stazioncella piccola e il signor Aghios lo seguì con l'occhio come si moveva lento e sicuro e spariva nella casuccia, la porta del piccolo luogo per la quale entrava così la grande scienza della psicanalisi. Poi il signor Aghios guardò nel corridoio sperando di rivedere la giovinetta dagli occhi azzurri ch'egli era stato in procinto di abbracciare. Non c'era. Che cosa facevano dunque tutti quegli uomini in piedi? Essendo uscito sul corridoio il signor Aghios volle darsi un contegno e accese una sigaretta in mezzo a quegli uomini che, in piedi, aspettavano di arrivare alla meta. Egli non ambiva di parlare con loro, perché sul corridoio si sentiva come sulla via. Non era nella propria società, cioè nel proprio compartimento. Guardò fuori della finestra e cominciò a contare i pali del telegrafo come andavano via. Poi, per lungo tempo, non li contò più e fu consapevole di essere rimasto nel più assoluto riposo di pensiero a guardare senza vedere. I pali e la campagna o una parte di vita fuggono senz'essere visti o sentiti. Quando ritornò in sé, dubitò che una cosa simile possa esistere, ma non ricordò che ci fosse stato, in quello spazio di tempo, il menomo movimento della memoria o del pensiero.

Il voulait constater en premier lieu si le jeune homme descendait effectivement du train ou bien s'il avait seulement voulu s'éloigner d'un endroit où on le faisait passer après un médecin communal. Il descendait réellement à cette toute petite gare, et M. Aghios continua à le suivre des yeux pendant qu'il s'acheminait avec lenteur et assurance, et disparaissait dans la méchante bâtisse, accès à la petite localité où pénétrait ainsi la grande science de la psychanalyse. Puis M. Aghios jeta un coup d'œil dans le couloir en espérant revoir la jeune fille aux yeux bleus qu'il avait failli embrasser. Elle n'y était plus. Que faisaient alors tous ces hommes debout? Une fois sorti dans le couloir, M. Aghios voulut se donner une contenance, et il alluma une cigarette au milieu de ces hommes qui, debout, attendaient d'arriver à destination. Il ne souhaitait pas leur parler car il se sentait dans ce couloir comme en chemin. Il ne se trouvait pas dans son noyau social, c'est-à-dire dans le compartiment où il avait pris place. Il regarda par la fenêtre et se mit à compter les poteaux télégraphiques à mesure qu'ils défilaient devant lui. Ensuite, pendant un bon bout de temps, il ne les compta plus et se rendit compte qu'il était demeuré dans le vide de pensée le plus absolu, à regarder sans voir. Les poteaux, la campagne, ou une partie de la vie, s'enfuient ainsi sans être vus ni sentis. Lorsqu'il revint à lui, il douta que pareille chose pût se produire, mais il ne se souvint aucunement du moindre mouvement de la mémoire ou de la pensée au cours de ce laps de temps.

E forse, a riprova del riposo assoluto avuto, ridestandosi il signor Aghios giunse al suo mondo con un giudizio sintetico : "Io sono un vecchio che non amerebbe nessuno e da nessuno sarebbe amato se non ci fossi io stesso che amo e da cui sono amato." Bisognava rischiarare il mondo a cui egli ritornava. Sorrise, perché non ci fu amarezza. Le cose erano così e ne risultava una situazione comoda come la sua età esigeva. Poi la sua asserzione andava attenuata : Non si poteva dire ch'egli amasse qualcuno, ma egli amava intensamente tutta la vita, gli uomini, le bestie e le piante, tutta roba anonima e perciò tanto amabile. Anzi, se fra gli uomini non ci fossero state anche le belle donne, egli avrebbe potuto aspettare la morte con la serenità di un santo. E finita la sigaretta, ritornò al suo posto con la coscienza di aver chiuso un viaggio lontano, inserito nel corto viaggio che s'era appena iniziato. Era stanco di quel viaggio e s'assise con un respiro di soddisfazione.

Il suo *vis-à-vis* intendeva certamente d'annodare discorso, perché teneva in mano un mezzo toscano e gliel'accennò guardandolo supplice coi grandi occhi rischiarati dagli occhiali :

Et peut-être, en se réveillant, pour prouver ce repos complet dont avait joui son esprit, M. Aghios rejoignit-il son univers par un jugement synthétique : «Je suis un vieillard qui n'aimerait personne et ne serait aimé de personne si je n'étais pas là moi-même, moi qui aime et dont je suis aimé.» Il fallait éclairer le monde vers lequel il revenait. Il sourit car il n'y avait point d'amertume. Les choses étaient ainsi et il en découlait une situation commode comme l'exigeait son âge. Puis il atténua son assertion. On ne pouvait pas dire qu'il aimait quelqu'un, mais il aimait intensément toute la vie, les hommes, les bêtes, les plantes, tout ce qui est anonyme, donc digne d'être aimé. Bien plus, si parmi les hommes ne se trouvaient pas aussi les jolies femmes, il aurait pu attendre la mort avec la sérénité d'un saint. Et, ayant terminé sa cigarette, il reprit sa place dans le compartiment, avec le sentiment d'avoir accompli un voyage lointain, inséré dans le bref voyage qui venait de commencer. Fatigué par cette pérégrination, il s'assit avec un soupir de satisfaction.

Son *vis-à-vis* avait certainement l'intention d'engager la conversation car, désignant le demi-toscan[1] qu'il tenait entre ses doigts, il fixa sur lui de grands yeux que les lunettes rendaient plus clairs et lui dit d'un air suppliant :

1. Cigare très fort que d'ordinaire les fumeurs divisent en deux moitiés.

«Lei è uscito sul corridoio per fumare, ma visto che il signore già me lo permise, avrebbe niente in contrario di lasciarmi al mio posto a fumare questo mezzo toscano?»

Grande cosa il fumo! Specialmente in un compartimento per non fumatori. Ecco che la vita sociale per esso s'iniziava anche fra sconosciuti, come dai cani, sebbene meno entusiasticamente.

Con eguale gentilezza il signor Aghios consentì e volle essere più gentile ancora, aggiungendo alla gentile parola un atto gentile. Per quanto non ne avesse voglia, avendo fumato giusto allora, trasse di tasca un'altra sigaretta e disse sorridendo: «Del mio permesso profitterò anch'io.» Poi, però, non trovava gli zolfanelli. Doveva rovistare tre tasche del soprabito, tre della giubba (non quattro perché quella interna di petto il signor Aghios trovò tanto gonfia che subito ricordò che v'erano i denari), due del panciotto e due dei calzoni. Intanto il grosso signore fu anche una volta molto gentile e gli porse uno zolfanello acceso.

Addirittura commosso, il signor Aghios ringraziò. L'altro gli sorrise, ma nulla rispose essendo occupatissimo col suo toscano che doveva essere un poco umido.

« Vous êtes sorti dans le couloir pour fumer, mais comme j'ai déjà obtenu la permission du monsieur qui est ici, verriez-vous un inconvénient à ce que je fume ce demi-toscan sans quitter ma place ? »

Quelle grande chose que le fait de fumer ! En particulier dans un compartiment pour non-fumeurs. Il suffit de cela pour que s'amorce une vie sociale même entre inconnus, comme chez les chiens, bien que ce soit avec moins d'enthousiasme.

Avec autant d'amabilité, M. Aghios y consentit, et voulant être plus affable encore, il ajouta un acte de gentillesse à ses gentils propos. Bien qu'il n'eût guère envie de fumer, car il venait tout juste de le faire, il tira une autre cigarette de sa poche et dit en souriant : « Je vais profiter moi-même de mon autorisation. » Mais il ne trouvait plus ses allumettes. Il dut fouiller dans les trois poches de son pardessus, dans les trois de sa veste (et non dans la quatrième car M. Aghios trouva sa poche intérieure tellement gonflée qu'il se rappela immédiatement l'argent qui s'y trouvait), les deux poches du gilet et celles du pantalon. Entre-temps le gros monsieur se montra une fois de plus très aimable et lui tendit une allumette allumée.

Alors, vraiment ému, M. Aghios remercia. L'autre lui sourit sans répondre, ayant fort à faire avec son cigare qui devait être un peu humide.

Poi, però, la conversazione si ravvivò perché il signor Aghios, avendo ricordato che sua moglie sempre diceva che le donne ne avevano troppo poche di tasche e gli uomini di troppe, si mise a ridere ad alta voce et dovette dare una spiegazione della sua ilarità.

Il grosso suo compagno di viaggio rise, ma piuttosto per compiacenza che per proprio bisogno. Poi protestò. Non vedeva la giustezza dell'osservazione : «Io so sempre tutto quelle che ho in ogni singola tasca. Vuole il mio biglietto? Eccolo! Il mio specchietto? Gli occhiali per leggere?» Anche quelli erano grossissimi. Aveva grande ordine, forse necessario con quegli occhi difettosi. Aveva un mondo di cose quel signore, come un armadio ambulante et tutte al loro posto. L'idea era buona di tenere tanto ordine nelle tasche ed il signor Aghios si propose di adottarla. Anzi avrebbe messo in una delle tasche un bel registro contenente la pianta delle tasche con l'enumerazione degli oggetti contenutivi. E pensò con buon umore e senza risentimento, che il suo nuovo amico non aveva fatto vedere il portafogli. Anche lui non aveva toccato quella tasca. È un bel sentimento quello di sentirsi furbi.

Poi, per rassicurare anche meglio quel signore ch'egli non aveva riso di lui, il signor Aghios escogitò una gentilezza da usargli. Ricordò ch'era il vanto di tutti i fumatori di toscani di saper sopportare tanto veleno.

Toutefois, la conversation se ranima par la suite car M. Aghios, s'étant souvenu d'une réflexion de sa femme à ce propos, à savoir que les femmes ont trop peu de poches et que les hommes en ont trop, se mit à rire tout haut et dut donner la raison de son hilarité.

Son gros compagnon de voyage rit à son tour, plutôt par complaisance que par conviction. Puis il protesta. Il ne percevait pas la justesse de l'observation : « Moi je sais toujours ce que contient chacune de mes poches. Voulez-vous mon billet ? Le voici. Mon petit miroir ? Mes lunettes pour lire ? » Celles-ci aussi étaient très épaisses. Il était extrêmement ordonné, et cet ordre était sans doute nécessaire à cause de sa vue défectueuse. Il trimbalait une foule de choses, ce monsieur, comme une armoire ambulante, et chacune bien à sa place. L'idée était bonne d'avoir autant d'ordre dans les poches, et M. Aghios se proposa de l'adopter. Mieux encore, il placerait dans une des poches un beau registre comportant le plan de toutes les autres, avec la liste des objets qu'elles contenaient. Et il nota avec bonne humeur et sans ressentiment que son nouvel ami n'avait pas exhibé son portefeuille. Lui aussi avait évité la poche en question. C'est un beau sentiment que celui de se sentir rusé.

Ensuite, pour rassurer tout à fait ce monsieur qu'il n'avait pas ri de lui, M. Aghios fit appel à son esprit inventif pour trouver une gentillesse à son endroit. Il se rappela que les fumeurs de toscans se vantaient de bien supporter tout ce poison.

In verità egli non sentiva tanta ammirazione, perché sapeva che il fumo del toscano non si usava lasciar andare ai bronchi e polmoni, ma si espelleva subito, non appena avutone in bocca il sapore. Ma valeva bene la pena di dire una bugia per garantire intorno a sé tutta la necessaria gentilezza. E disse : «Come fa lei a sopportare tutto quel veleno ?»

Curioso ! L'altro non sentì tali parole quali un complimento. «Non credo di avvelenarmi più di lei con le sue Macedonia. Lei ne gettò via una or ora e ne ha già accesa un'altra. Questo è il terzo mezzo toscano che fumo oggi e fino a questa sera, dopo il pasto, non fumo altro. So come vada con le Macedonia. Scommetto che lei ne fuma una quarantina al giorno ! »

Non era vero. Questa ch'egli aveva in bocca, il signor Aghios l'aveva accesa proprio a scopo sociale, altrimenti egli avrebbe saputo restarne senza per lungo tempo. Ma la gentilezza ! Mentì una seconda volta assentendo, ma ne fu subito consapevole.

Strano ! Con gli sconosciuti si mentiva disordinatamente, senza un vero scopo. Con lo sconosciuto non c'era mai un vero accordo. Anche con chi intimamente si conosceva c'era spesso la stonatura, ma non così.

En vérité, il n'était pas aussi admiratif qu'il voulait le paraître, car il savait qu'habituellement les fumeurs de toscans n'aspirent pas la fumée jusqu'aux bronches et aux poumons, mais l'exhalent dès qu'ils en ont eu la saveur en bouche. Néanmoins cela valait la peine de faire un mensonge pour garantir autour de lui toute la gentillesse voulue. Et il s'exclama : « Comment faites-vous pour supporter tout ce poison ? »

Curieusement, l'autre ne prit pas ces mots pour un compliment. «Je ne crois pas que je m'empoisonne plus que vous avec vos Macedonia[1]. Vous en avez à peine jeté une que vous en allumez déjà une seconde. Celui-ci est le troisième demi-toscan que je fume aujourd'hui, et je n'en prendrai pas un autre avant ce soir après dîner. Je sais comment cela se passe avec les Macedonia. Je parie que vous en fumez une quarantaine par jour ! »

Ce n'était pas vrai. Celle qu'il était en train de fumer, M. Aghios l'avait allumée rien que par esprit de sociabilité, autrement il s'en serait passé pendant un bon bout de temps. Mais la gentillesse ! Il mentit une seconde fois en acquiesçant, mais en eut immédiatement conscience.

Que c'est étrange ! Avec des inconnus, on ment d'une façon désordonnée, sans objet précis. Il ne s'établit jamais une véritable harmonie avec un inconnu. Même avec ceux que l'on connaît intimement, une dissonance peut fréquemment se produire, mais pas de la même façon.

1. Marque de cigarettes.

Così era un gridìo discorde, come nelle orchestre quando ogni singolo suonatore tocca lo strumento per provarlo, sentirlo e regolarlo. La menzogna con coloro che ci conoscevano s'adattava a tutte le circostanze per essere più credibile. Nel treno che correva era suggerita dal capriccio, mancava dello sforzo consapevole ch'era un fine lavoro mentale. Il signor Aghios si toccò la bocca per frenarla e toglierle quella libertà. Egli voleva traversare il mondo serio, serio, non falsificandolo con parole che somigliavano ai sassi che il monello gettava per il solo bisogno di moversi, senza preoccuparsi dove andava a finire, magari nell'occhio del prossimo. Era dunque più difficile di saper muoversi con dignità fra sconosciuti e a lui era toccato di sbagliare perché poco uso alla libertà, come quei cani di catena che appena liberi guastano il giardino.

Ma c'era dell'imbarazzo nel suo animo e il signor Aghios, per moversi e svincolarsi, aperse il finestrino e comperò un arancio. Una lira! Egli non aveva fame, perché aveva mangiato poco prima di lasciare Milano. Ma non era male di avere un arancio in tasca per l'eventualità di essere colto dalla sete. Una lira, una lira intera!

Il fumatore di toscani era sempre occupato a tirare e sotto ai grossi occhiali gli occhi loscavano per veder meglio il sigaro. Tuttavia doveva aver seguita la transazione fatta dal signor Aghios perché mormorò : « Un arancio una lira. Almeno con questo prezzo non c'è da perdere tempo. Si dà la lira e non c'è resto. »

Là, c'est une clameur discordante, comme lorsque dans un orchestre chaque musicien accorde individuellement son propre instrument. Le mensonge fait avec ceux qui nous connaissent s'adapte à toutes les circonstances pour être plus persuasif. Dans le train qui roulait, il était inspiré par le caprice, il était dépourvu de cet effort conscient qui relève d'un travail mental subtil. M. Aghios effleura sa bouche pour la freiner et lui supprimer cette liberté. Il voulait traverser le monde avec sérieux, beaucoup de sérieux, évitant de le fausser par des mots qui ressemblaient à ces cailloux que lance un gamin par simple besoin de bouger, sans se soucier de leur point de chute, fût-ce dans l'œil du voisin. Il était donc plus difficile de savoir se mouvoir avec dignité parmi des inconnus, et voilà qu'il lui était arrivé de se méprendre parce qu'il était peu accoutumé à la liberté, comme ces chiens enchaînés qui, une fois libérés, font des dégâts dans un jardin.

Cependant son esprit demeurait perplexe, et M. Aghios, pour bouger et se dégager, baissa la vitre et acheta une orange. Une lire ! Il n'avait pas faim, ayant mangé peu avant de quitter Milan. Mais il était bon d'avoir une orange dans sa poche au cas où il aurait soif. Une lire, une lire entière !

Le fumeur de toscans était toujours occupé à tirer sur son cigare et, sous les gros verres, ses yeux louchaient pour mieux le voir. Il avait dû toutefois suivre la transaction faite par M. Aghios car il murmura : « Une orange, une lire. Au moins on ne perd pas de temps avec ce prix-là. On donne la lire et il n'y a pas de monnaie à rendre.

«Né arresto del treno» disse il signor Aghios, pensando subito che con gli sconosciuti si dicevano più parole inutili che con gli amici. Allora si avrebbe dovuto tacere?

Non aveva scrupoli l'altro, perché si mise a parlare abbondantemente dei prezzi bassi di cui si aveva goduto nella sua infanzia. Accarezzava quei prezzi bassi come se fossero stati suoi cari congiunti decessi. E, ad onta degli scrupoli ch'egli aveva interi, anche il signor Aghios parlò di sue lontane rimembranze. Dopo le prime parole si trovò trasportato in tutt'altra epoca, quasi dimenticando che s'era mosso per riscontrare dei prezzi.

Una luminosa mattina di agosto sulla bella strada che va da Tricesimo alla Carnia. Lui e un suo amico, un pittore, in una carretta tirata da un cavallo, che ha il vizio ad ogni tratto di rallentare il passo per sentire meglio quello che si dice nel veicolo cui è legato. Non vi sono frustate, perché nella vasta verde campagna friulana, tra quelle colline che si sporgono cariche di alberi, nella quiete della mattina soleggiata, l'ira stonerebbe. I due giovini, nella loro gioia, sono buoni e amano il cavallino che, insieme alla carretta, per una giornata intera costa due lire.

«Non è molto, ma neppure tanto poco», disse dottoralmente l'altro. «Anche oggidì in Brianza, ma d'inverno...»

Il signor Aghios subì tranquillamente l'interruzione.

— Et pas d'arrêt du train non plus », répliqua M. Aghios en pensant immédiatement qu'avec les inconnus on disait plus de mots inutiles qu'avec des amis. Aurait-il donc mieux fait de se taire ?

L'autre, ne s'embarrassant pas de ces scrupules, se mit à parler d'abondance des prix modiques dont on jouissait lorsqu'il était enfant. Il caressait de la voix ces prix modiques comme s'il s'agissait de chers parents décédés. Et, malgré ses scrupules qui étaient restés entiers, M. Aghios se mit à évoquer à son tour ses souvenirs lointains. Dès les premiers mots, il se sentit transporté à une tout autre époque, oubliant presque qu'il s'était mis en frais pour comparer des prix.

Un matin lumineux du mois d'août, sur la belle route qui mène de Tricesimo en Carnie. Il se trouvait avec un de ses amis, un peintre, dans une carriole tirée par un cheval qui avait la mauvaise habitude de ralentir le pas à tout instant, pour mieux entendre ce qui se disait dans le véhicule auquel il était lié. Pas de coups de fouet, car dans la vaste et verte campagne frioulane, entre ces collines qui s'avancent chargées d'arbres, dans la quiétude du matin ensoleillé, la colère détonnerait. Les deux jeunes gens, dans leur joie, sont bienveillants et ils aiment le petit cheval qui leur coûte avec la carriole deux lires pour toute la journée.

« Ce n'est pas beaucoup, mais ce n'est pas peu non plus, dit l'autre d'un ton doctoral. De nos jours aussi, dans la Brianza, mais en hiver... »

M. Aghios subit tranquillement l'interruption.

Egli era ora col pensiero tutto in un piccolo luogo della Carnia, Torlano, ai piedi della Carnia, un luogo che a lui, che allora era capitato per la prima volta in una parte nuova del Friuli, sembrava non friulano e neppure italiano. I tetti delle case erti, vicini alla perpendicolare, sembravano fatti per coprire delle case nordiche. Il signor Aghios non ricordava dettagli, ma ricordava tutto l'insieme nitido sorridente, con tanto colore italiano sulle linee quasi gotiche. Accanto a lui, il pittore guardava con gli occhi semichiusi e ambedue associavano la loro ammirazione, la società più intima umana. C'era anche un ruscello, imponente per certi strati azzurri nell'acqua qua e là profondissima e per la foga dell'acqua, viva per la sua recente caduta di montagna. E di tutto questo il signor Aghios tacque, perché non era cosa che appartenesse al signore dai grossi occhiali.

Ma gli raccontò che in quella perla del Friuli lui e il suo amico andarono a rassodare il loro entusiasmo ad una merenda. Fu una merenda a periodi. Dapprima un latte squisito, tinto da un po' di caffè e pane casalingo ancora caldo e un burro autentico, un po' ingenuo e aspro. L'appetito aumentò e vennero due uova al tegame. Poi un po' di salame tenerello, perché anch'esso nato appena e non ancora cristallizzatosi nel nuovo assetto. E giovine anche il formaggio che seguì, e il vecchio signor Aghios sapeva che il formaggio vetusto è buono, ma che il giovanissimo ha pure i suoi pregi.

Sa pensée était à présent fixée tout entière sur un petit coin de la Carnie, Torlano, au pied de la Carnie, et pour lui qui se trouvait pour la première fois dans une nouvelle partie du Frioul, cet endroit ne semblait pas être frioulan, ni même italien. Les toits raides des maisons, presque perpendiculaires, appartenaient plutôt à des maisons nordiques. M. Aghios ne se souvenait pas des détails, mais il se rappelait l'ensemble, net et souriant, avec toute cette couleur italienne sur des lignes presque gothiques. Près de lui, le peintre contemplait de ses yeux mi-clos, et tous deux conjuguaient leur admiration, dans l'intimité de la communion humaine. Il y avait aussi un ruisseau, rendu imposant par certaines couches bleues dans l'eau très profonde par endroits, et par l'impétuosité de l'eau vive qui se précipitait du haut de la montagne. M. Aghios ne mentionna rien de cela car ce n'était pas des choses qui appartenaient au monsieur portant de gros verres.

Mais il lui raconta que, dans cette perle du Frioul, son ami et lui allèrent consolider leur enthousiasme en se mettant quelque chose sous la dent. Ils goûtèrent par étapes. D'abord du lait exquis, teinté d'un peu de café, avec du pain fait maison, encore chaud, et du vrai beurre, un peu brut et âpre. L'appétit augmentant, ils prirent deux œufs au plat. Puis un peu de saucisson bien tendre, à peine né, pas encore raffermi dans sa récente confection. Tout aussi jeune fut le fromage qui suivit, et le vieux M. Aghios savait que le fromage sec est bon, mais que le fromage tout frais a ses mérites, lui aussi.

La merenda fu chiusa da una bottiglia di vino di Torlano. Oh! il vino di Torlano! Giallo e luminoso di luce propria e vivo come l'acqua di Torlano, scesa allora allora dalla montagna. E il vecchio s'incantò a ricordare quella roba giovine e quel vino vecchio (aveva tre anni, di quegli anni lunghi della montagna) e la propria fresca gioventù resa geniale dal grande pittore triestino, sparito tanto presto e che guardando il ponte di Torlano sapeva come Manet l'avrebbe ritratto. Ma a Torlano, dove la montagna incombeva, il ponte non avrebbe potuto restare solo e giganteggiare. Tutto era sparito. Era impossibile che Torlano esistesse ancora, quand'era morto il pittore che l'aveva baciato, e lui era là molto simile a quanto era stato, ma non più simile di una fotografia ad una cosa viva. Ed ora, che guardava indietro, era immobile come una fotografia. Pare che ricordare non sia una vera azione. Il ricordo lo si subisce immobile. Chi ricorda e chi è ricordato s'immobilizzano.

Il suo compagno lo richiamò al movimento del treno. «E il conto fu piccolo?» E infatti il vecchio sentì, ritornando in sé, la spinta del treno che lo fece piegare per innanzi.

Aghios sorrise. «Non basta ancora. Anche il cavallo ebbe la sua merenda : Granturco, perché non c'era avena.

Le goûter fut clos par une bouteille de vin de Torlano. Ah ! le vin de Torlano ! Jaune et lumineux de sa propre lumière, et vif comme l'eau de Torlano, tout juste jaillie de la montagne. Et le vieil homme se perdit dans ses réminiscences de toute cette jeunesse et de ce vieux vin (il avait trois ans, de ces longues années montagnardes), et de la fraîcheur de sa propre jeunesse rendue géniale par le grand peintre triestin, prématurément disparu, lui qui, contemplant le pont de Torlano, savait comment Manet l'aurait peint. Mais à Torlano où la montagne menaçait, le pont n'aurait pu subsister et s'ériger en géant. Tout avait disparu. Il était impossible que Torlano existât encore, alors qu'était mort le peintre qui l'avait étreinte, et que lui-même était là, présent, très semblable à ce qu'il avait été, mais pas plus ressemblant qu'une photographie ne ressemble à la chose vivante. Et maintenant qu'il regardait en arrière, il était aussi immobile qu'une photographie. On dirait que le fait d'évoquer ses souvenirs ne constitue pas une véritable action. On subit le souvenir dans l'immobilité. Celui qui se souvient et celui dont on se souvient se figent.

Son compagnon de voyage le ramena aux trépidations du train. « Et l'addition fut raisonnable ? » Le vieux sentit en effet, comme il revenait à lui, les secousses du train qui le firent se plier en avant.

Aghios sourit : « Ce n'est pas tout. Le cheval à son tour eut son goûter. Du maïs car il n'y avait point d'avoine.

In un cortile vasto (lo spazio a Torlano non manca) fu lavata accuratamente la carretta ch'era sudicia, perché, essendo stata guidata dal pittore, aveva finito talvolta fuori della strada carrozzabile.»

«Ebbene!» disse il grosso uomo. «Io scommetto d'indovinare a quanto ammontò il conto. Due lire o, tutt'al più, due lire e cinquanta.»

«Ella sbaglia di una lira intera» disse il signor Aghios.

L'altro fece atto di non credere. Parve anche fosse in procinto di protestare. Poi s'accontentò di far conti e mormorò : «Due tazze di latte, pane *à volonté*... quattro uova al tegame... due formaggi. Una lira e cinquanta a me pare poco.»

Al signor Aghios, che pur tanto amava la sincerità, la protesta dell'altro parve scortese e anche imprudente. Che cosa poteva lui saperne dei prezzi di Torlano nel milleottocento e novantatré?

E brevemente aggiunse : «Io fui tanto stupito di tale conto, che proposi al pittore di dare una lira intera di mancia, nel quale caso la merenda avrebbe costato proprio quello ch'ella dice. Ma il pittore m'ingiunse di dare solo venti centesimi di mancia, perché pretese che altrimenti il mondo si guastava. Io feci come egli disse. Così truffai Torlano e, tuttavia, come si vide, il mondo si guastò.»

Dans une vaste cour (l'espace ne manque pas à Torlano), la carriole fut lavée avec soin, elle en avait bien besoin, crottée comme elle l'était, car étant conduite par le peintre, elle avait plus d'une fois quitté la route carrossable.

« Eh bien, dit le gros homme, je parie que je peux deviner le montant de l'addition : deux lires ou, tout au plus, deux lires cinquante.

— Vous vous trompez d'une lire entière », répondit M. Aghios.

L'autre fit mine de ne pas croire. Il sembla même être sur le point de protester. Puis il se contenta de faire le calcul et murmura : « Deux tasses de lait, pain *à volonté*... quatre œufs au plat... deux fromages. Il me semble qu'une lire cinquante, c'est peu. »

La protestation de l'autre parut désobligeante et même imprudente à M. Aghios qui aimait pourtant tellement la sincérité. Que pouvait-il savoir, lui, des prix de Torlano en 1893 ?

Et il ajouta brièvement : « Je fus tellement stupéfait d'une telle addition que je proposai au peintre de donner une lire entière de pourboire, auquel cas notre goûter serait revenu à ce que vous avez présumé. Mais le peintre me recommanda bien de ne laisser que vingt centimes, soutenant qu'autrement le monde se gâterait. Je suivis son conseil. Ainsi j'escroquai Torlano, et cependant, comme on l'a constaté, le monde s'est gâté. »

Meno male che il suo interlocutore a quest' osservazione dell'Aghios vivamente assentì ed anche rise, perché una constatazione molto giusta fa sempre da ridere. Volle però aggiungere la sua pezzetta e disse : « Chissà se anche Torlano è tanto guasta ? »

« Io spero di no » disse l'Aghios fervidamente. E non pensò ai prezzi, ma a quell'acqua bene incanalata che cantava la sua mite canzone, a quel ponte e a quelle case grandi abitate da gente semplice, ma nutrita di buone cose.

I due s'erano ormai fatti abbastanza intimi e si presentarono. « Ragioniere Ernesto Borlini. »

Il Borlini si stupì nel sentire il nome dell' Aghios. « Greco ? »

« D'origine, ma lontana. » Era da lungo tempo che l'Aghios non pensava al suo nome greco, perché chi lo conosceva accettava quel nome come se fosse stato italiano. Certo nella sua vita, causa quel nome, spesso egli aveva rovistato nel proprio animo curioso di scoprirvi qualche cosa del più geniale dei popoli. Tante volte aveva analizzato qualche propria parola per vedere se poteva considerarla arrivata da paesi lontani e tante volte aveva accarezzato una propria idea come sorprendente, nata in un cervello atteggiato altrimenti dai cervelli dei suoi vicini. Adesso pensò : "Se l'origine valesse qualche cosa, io, dunque, mi troverei in viaggio tutto l'anno."

Heureusement que cette remarque valut à M. Aghios le vif assentiment de son interlocuteur, et même le rire, car une constatation juste provoque toujours le rire. Il voulut cependant mettre son grain de sel en disant : « Qui sait si même Torlano est tellement altérée ?

— J'espère que non », s'écria M. Aghios avec ferveur. Et il ne pensa pas aux prix, mais à cette eau bien canalisée qui chantonnait sa douce chanson, à ce pont, et à ces grandes maisons habitées par des gens simples mais nourris de bonnes choses.

Les deux voyageurs avaient à ce point suffisamment lié connaissance pour devoir se présenter. « Ernesto Borlini, comptable. »

Borlini s'étonna en entendant le nom d'Aghios. « Grec ?

— D'origine, mais lointaine. » Il y avait beau temps qu'Aghios ne pensait plus à son nom grec, car ceux qui le connaissaient acceptaient ce nom comme tout à fait italien. Il lui était bien sûr arrivé dans sa vie de fouiller dans son esprit à propos de ce nom, curieux d'y découvrir quelque chose du plus génial des peuples. Bien des fois il avait analysé certains des mots qui lui étaient propres, se demandant s'il pouvait les considérer comme venant de pays lointains, et bien des fois il avait caressé une de ses idées comme étant surprenante, jaillie d'un cerveau constitué autrement que celui du voisin. « Si l'origine valait quelque chose, pensait-il maintenant, je me trouverais donc en voyage toute l'année. »

Ma molta sua superbia era sparita dacché egli aveva accanto il figliuolo che ne sapeva più di lui.

Rapido il pensiero del vecchio si ripiegò su se stesso. Subito egli dovette ridere. Somigliava egli a Dante o a Omero? In complesso non c'era niente da perdere scegliendo una nazione o l'altra. Umiliato dal proprio riso, passò a considerare le tabelle statistiche. Delitti passionali e fazioni da una parte e dall'altra. Nulla da guadagnare mettendosi di qua o di lì. Eppoi quanti italiani non erano greci senza saperlo? No! No! Anche lui, per trovarsi in viaggio, doveva pagare il biglietto ferroviario.

«Ho piacere ch'ella non sia greco!» disse il Borlini. «Io, i greci, non li posso soffrire.»

L'Aghios ebbe una smorfia d'imbarazzo. Che cosa poteva dire a quel grosso uomo che in quel momento gli aveva serrata la mano e che subito gli dichiarava che metà del suo organismo gli era odiosa? Il signor Aghios si rassegnò a pensare: "Se tu odii i greci io me ne infischio. Di te non so che il nome, Borlini, e m'è odioso perché lo porti tu." E tacque. Non occorreva abbandonare la propria famiglia per litigare.

I due cominciavano a conoscersi ed era una intimità.

Mais une bonne partie de sa fierté s'était envolée depuis qu'il avait auprès de lui son fils qui en savait plus long.

La pensée du vieux se replia rapidement sur lui-même et il ne put s'empêcher de rire aussitôt. Ressemblait-il à Dante ou bien à Homère ? Dans l'ensemble il n'y avait rien à perdre dans le choix de l'une ou de l'autre nation. Humilié par son propre rire, il se mit à considérer les tableaux statistiques. Crimes passionnels et factions d'un côté comme de l'autre. Rien à gagner au fait d'être d'ici ou de là. Et puis, combien d'Italiens n'étaient-ils pas grecs sans le savoir ? Non ! Non ! Lui, comme les autres, devait payer pour son billet de chemin de fer s'il voulait voyager.

« Je suis content que vous ne soyez pas grec ! dit Borlini. Moi, les Grecs, je ne peux pas les souffrir. »

Aghios fit une moue embarrassée. Que pouvait-il répondre à ce gros homme qui venait de lui serrer la main et qui lui déclarait peu après que la moitié de son organisme lui était détestable ? M. Aghios se résigna à penser : « Si tu hais les Grecs, moi, je m'en moque. Je ne connais de toi que le nom, Borlini, et il m'est odieux car il est porté par toi. » Et il se tut. Il n'était pas nécessaire d'abandonner sa propre famille pour devoir se disputer.

Les deux hommes commençaient à se connaître et c'était une intimité.

Improvvisamente il signor Aghios fu nettato dal suo disgusto da un suono strano, nuovo, che interrompeva le tre, quattro o più note prodotte dal procedere del treno. Il giovinotto, nel cantuccio, ch'era rimasto immoto con una mano sugli occhi, emise un vero gemito. Il gemito è veramente un suono d'intimità. Tutta una via cambia d'aspetto se un suono simile vi è emesso in modo da esser sentito. L'indifferente viandante s'arresta e pensa : "Oh ! poverino ! Guarda quello che gli accade e può domani accadere a me che ogni giorno passo per questa stessa via."

L'Aghios e il Borlini, stupiti, guardarono il gemente. Troppo a lungo tacquero e ciò rese accorto il giovinotto che lo si osservava. Levò la mano dagli occhi e guardò i due compagni di viaggio. Lo guardavano, il Borlini proprio chino per innanzi per accostarglisi meglio.

« Sta forse male ? » domandò l'Aghios, subito fraterno.

« Perché ? » domandò il giovinotto stupito. Aveva dei begli occhi bruni sotto una chioma quasi bionda.

« Scusi tanto ! » disse l'Aghios. « Ha sognato forse e ha emesso un gemito. »

« Può essere » rispose il giovine. « Ciò mi avviene talvolta. Mi scusino. Io non sono malato. Pensavo a certa mia sventura e perciò gemetti. Mi compatiscano. » Chiuse gli occhi e si riadagiò nel suo cantuccio.

À l'improviste, M. Aghios fut purifié de son dégoût par un son étrange, nouveau, qui venait interrompre les trois, quatre notes ou davantage produites par le roulement du train. Le jeune homme qui était demeuré immobile dans son coin, une main sur ses yeux, poussa un gémissement. Le gémissement est vraiment un son intime. Toute une vie change d'aspect si un son pareil est émis de façon à être entendu. Le promeneur indifférent s'arrête et se dit : « Oh ! le pauvre homme ! Vois ce qui lui arrive, et qui pourrait m'arriver demain, moi qui passe tous les jours par ici. »

Stupéfaits, Aghios et Borlini regardèrent tous deux celui qui se plaignait, et demeurèrent silencieux si longtemps que le jeune homme s'avisa qu'on l'observait. Il écarta les mains de ses yeux et vit ses compagnons de voyage qui le fixaient, Borlini était même penché en avant pour se rapprocher de lui.

« Seriez-vous souffrant ? s'enquit Aghios, tout de suite fraternel.

— Pourquoi ? » demanda le jeune homme, tout étonné. Il avait de beaux yeux bruns sous une chevelure presque blonde.

« Excusez-nous ! dit Aghios. Vous avez sans doute rêvé, mais vous avez gémi.

— Il se peut bien, répondit le jeune homme. Cela m'arrive quelquefois. Excusez-moi. Je ne suis pas malade. Je pensais à quelque chose de malheureux qui m'est arrivé, et c'est pourquoi j'ai gémi. Pardonnez-moi. » Il ferma les yeux et s'abandonna de nouveau dans son petit coin.

Poco dopo trasse a sé la tenda e se ne coperse il capo. Voleva una grande oscurità quel disgraziato, perché nella vettura la luce era scarsissima. S'era già al crepuscolo, eppoi il cielo s'era coperto.

Il signor Aghios continuò a guardarlo. Oh! quanto avrebbe desiderato di poter lenire il primo dolore in cui s'imbatteva in quel suo viaggio. Un gemito, poi, è il suono più familiare che un uomo possa indirizzare ad un altro. Lo s'intende subito. È più intelligibile di una parola, perché sfuggito all'organismo che lo formò e non lo volle come tutte le sue funzioni. Così il polmone respira e il cuore batte. E il suono va direttamente al cuore degli altri che sanno anch'essi formarlo e perciò l'intendono.

Invece il Borlini guardava il dormente con quei suoi occhi rotondi sotto agli occhiali, con piena, grande diffidenza. Quando avvenne la solita rivoluzione all'arrivo a Verona e la gente di tutto il vagone si mosse, uscendo a prendere aria sulla banchina della fosca stazione o per restare nella più luminosa delle città, il giovinotto si destò, si levò e uscì sul corridoio a guatare la penombra, la fronte poggiata sul vetro della finestra.

Il Borlini si chinò all'Aghios: «Chi geme in pubblico, si prepara a domandare dei denari in prestito.»

Peu après, il tira le rideau vers lui et s'en couvrit la tête. Il souhaitait l'obscurité profonde, ce pauvre garçon, car la lumière était plutôt faible dans le compartiment. On était déjà au crépuscule et, en outre, le ciel s'était couvert.

M. Aghios continuait de l'observer. Oh ! comme il aurait aimé pouvoir adoucir la première douleur qu'il rencontrait au cours de son voyage ! Le gémissement est le son le plus familier qu'un homme puisse adresser à un autre. On le comprend sur-le-champ. Il est plus intelligible qu'un mot car il s'est échappé de l'organisme qui l'a produit et n'en a pas voulu dans l'ensemble de ses fonctions. Ainsi le poumon respire et le cœur bat. Et le son plaintif va directement au cœur des autres qui savent eux aussi le produire, et le comprennent donc à ce titre.

En revanche Borlini considérait le jeune homme endormi de ses yeux ronds derrière les lunettes, avec une grande et entière méfiance. Lorsque, à l'arrivée à Vérone, survint le brouhaha habituel, et que les gens de tout le wagon se mirent en mouvement pour sortir prendre l'air sur le quai de la gare sombre, ou pour s'acheminer vers la plus lumineuse des villes, le jeune homme se réveilla, se leva et sortit dans le couloir épier la pénombre, le front appuyé contre la vitre de la fenêtre.

Borlini se pencha vers Aghios : « Celui qui se plaint en public s'apprête à solliciter un prêt d'argent. »

Era una gentilezza e l'Aghios sorrise per ringraziare, ma non sentì gratitudine. Se si doveva guardare con diffidenza un uomo che gemeva, allora si faceva meglio di restare celato fra le proprie pareti e non moversi. Sentire un gemito e diffidare? Solo diffidare? Era proprio come chi si mette a correre sentendo chiamare aiuto, perché il grido è in sé un avvertimento di pericolo.

Il giovinotto ritornò al suo posto e si sdraiò nel suo cantuccio proprio nella posizione di prima. Intanto il signor Aghios intese ch'egli non poteva soccorrerlo neppure con una parola. La buona educazione imponeva così.

Quando si sorprende un gemito si deve fingere di non averlo sentito. Non per niente si era un gentiluomo. Tutto doveva continuare come se il gemito non fosse stato emesso. "Non devi intrudere" ammonì se stesso il signor Aghios.

C'était une gentillesse et Aghios sourit pour remercier mais il n'éprouva aucune reconnaissance. S'il fallait considérer avec méfiance un homme qui gémit, mieux valait demeurer chez soi tapi entre ses quatre murs sans bouger. Entendre une plainte et se méfier ? Se méfier seulement ? C'était exactement comme de fuir à toutes jambes en entendant appeler à l'aide parce que le cri est en soi un avertissement de danger.

Le jeune homme regagna sa place et s'étendit dans son coin, dans la même position qu'avant. M. Aghios comprit qu'il ne pouvait le secourir, fût-ce d'un mot. La bonne éducation l'exigeait ainsi.

Lorsqu'on surprend un gémissement, il faut feindre de ne pas l'avoir entendu. On sait tout de même se conduire en gentleman. Tout devait continuer comme si le gémissement n'avait pas eu lieu. « Il ne faut pas que tu te mêles de ce qui ne te regarde pas », s'exhorta M. Aghios.

## III

## VERONA-PADOVA

Ma prima di abbandonare Verona la vettura accolse tre nuovi ospiti che al signor Aghios parve di riconoscere. Il contadino, la moglie e la figliuola ch'egli credeva di aver visti alla stazione di Milano. Gli pareva soprattutto di riconoscere il gonnellino, rigonfio molto, della fanciulla. Questa gli pareva più giovinetta di quella che aveva visto dormire alla stazione, perché questa non poteva avere neppure dieci anni. Ma non si poteva dirlo, perché un bambino con gli occhi aperti non somiglia ad uno che li ha chiusi. La madre era ben vestita con un fazzoletto di seta annodato sul capo in luogo del cappello. La sua faccina sotto a quel fazzoletto, un po' incartapecorita forse dalle intemperie, era ammorbidita dagli occhi azzurri, serii, ma vivi. Il contadino era privo di colletto, ma vestito pulitamente alla cittadina. Quel fazzoletto sulla testa della contadina, nitido e bianco, era adorabile. La donna inchinavasi agli antenati per sottomettersi al marito che non li curava.

## III

## VÉRONE-PADOUE

Mais avant de quitter Vérone, le compartiment accueillit trois nouveaux hôtes que M. Aghios crut reconnaître pour les avoir aperçus à la gare de Milan : le paysan, sa femme et leur petite fille. Il lui semblait reconnaître surtout la petite jupe très bouffante de la fillette. Celle-ci, qui ne devait même pas avoir dix ans, lui paraissait plus jeune que celle qu'il avait vue en train de dormir à la gare, mais il était difficile de le dire, car un enfant qui a les yeux ouverts ne ressemble pas à un autre qui les a fermés. La mère était bien vêtue et portait, en guise de chapeau, un mouchoir de soie noué autour de la tête. Sous ce mouchoir, son petit visage, quelque peu parcheminé peut-être par les intempéries, était adouci par des yeux bleus, sérieux mais vifs. Le paysan était dépourvu de faux col mais il était proprement vêtu d'habits de ville. Ce mouchoir sur la tête de la paysanne, blanc et net, était adorable. La femme s'inclinait devant les ancêtres pour se soumettre à son mari qui ne se souciait pas d'eux.

Il giovinotto nel cantuccio fu obbligato di ritirare le gambe. Lo fece senza dire una parola, ciò che al signor Aghios parve scortese, lui che voleva il suo viaggio soffuso di gentilezza. Del resto a lui pareva d'imbattersi in conoscenti e avrebbe voluto aprire loro le braccia. Doveva però diffidare, perché al signor Aghios mancavano due qualità : L'orientamento e il riconoscimento delle fisonomie. A Milano, dopo esserci stato tante volte, non sapeva andare da solo dalla stazione a piazza del Duomo ed era incapace di trovare sulla via chi conosceva ed incapace di non salutare tutti gli sconosciuti. Per essere sicuramente conosciuti da lui bisognava averlo praticato da molti anni. Come è tanto difficile di apprendere da vecchi una lingua, così egli non sapeva più stampare nel suo cervello la fisonomia di gente nuova. Forse era la stessa deficienza che gl'impediva l'orientamento. Infatti, intorno al naso e agli occhi degli uomini, ci sono delle vie, androne e piazze di cui, per la loro minutezza, è difficile d'intendersi. Li conosceva o non li conosceva quei contadini? I biglietti ferroviari erano ora tenuti in mano, fissati negligentemente col pollice sulle altre dita robuste e rudi della donna, mentre a Milano li aveva tenuti il contadino. Ecco una differenza e il signor Aghios fu più dubbioso che mai.

Anche il Borlini guardò quei biglietti.

Le jeune homme dans le coin fut contraint de retirer ses jambes. Il le fit sans mot dire, ce qui parut désobligeant à M. Aghios, lui qui désirait que son voyage fût empreint de gentillesse. Du reste, il avait l'impression d'être tombé sur des connaissances et il aurait aimé leur ouvrir les bras. Toutefois il lui fallait se méfier, car M. Aghios était dépourvu de deux qualités : le sens de l'orientation et la mémoire des visages. Lorsqu'il se trouvait à Milan, et après y avoir été nombre de fois, il ne savait pas se diriger tout seul de la gare à la place du Duomo, et il était incapable de reconnaître les connaissances qu'il croisait dans la rue comme il était incapable de ne pas saluer tous les inconnus. Pour être certain d'être reconnu par lui, il fallait l'avoir fréquenté depuis de nombreuses années. De même qu'il est si difficile d'apprendre une langue étrangère lorsqu'on est âgé, de même il ne pouvait plus imprimer dans son esprit la physionomie des nouvelles connaissances qu'il faisait. Peut-être était-ce cette même déficience qui l'empêchait de s'orienter. En effet, autour du nez et des yeux des personnes, il y a des rues, des porches, des places, dont le dessin minutieux est tel qu'il est difficile de s'y retrouver. Ces paysans, les connaissait-il ou non ? C'était la paysanne qui tenait maintenant les billets de chemin de fer, en appuyant négligemment le pouce sur ses autres doigts rudes et robustes, alors qu'à Milan, ils se trouvaient dans la main du mari. Voilà une différence et M. Aghios douta plus que jamais.

Borlini considérait ces billets, lui aussi.

Si chinò all'Aghios, come per dirgli qualche cosa d'importante, e gli soffiò nell'orecchio : « Quei biglietti sono di terza classe. »

Il treno correva da una decina di minuti e la fanciulla si guardava intorno come se cercasse qualche cosa. Poi si piegò sul grembo della madre e mormorò : « Mama, voio veder. »

Anch'essa aveva la testa coperta dal fazzoletto annodato al mento. La faccia sua era rosea e fresca, gli occhi azzurri, più chiari che della madre, grandi, la cornea bianca, luminosa anch'essa. Parlavano il veneto ed era difficile fossero venuti da Milano.

La madre si chinò e disse : « Guarda alora. No ghe xe gnente da veder. » Parlava a bassa voce. Pareva intimidita dalla compagnia di quei signori silenziosi.

Il signor Aghios, che non aspettava di meglio, fece posto alla finestra : « Vuol vedere ! Ha ragione ! Anch'io quando viaggio voglio vedere. La ponga qui. »

La bambina guardò supplichevole la madre, la quale volse il guardo come a domandare consiglio al marito. Questi sorrise : « Se sto sior xe tanto bon, no vedo perché la picola no dovaria godersela. Zà no restemo tanto, perché ghe semo subito a... »

E subito preso in braccio il piccolo fagotto di vestiti, lo depose al posto lasciato libero dal signor Aghios.

Il se pencha vers Aghios comme pour lui dire quelque chose d'important et lui souffla à l'oreille : « Ce sont des billets de troisième classe. »

Le train roulait depuis une dizaine de minutes et la fillette jetait des regards autour d'elle comme si elle cherchait quelque chose. Puis elle se blottit sur les genoux de sa mère et chuchota : « Maman, je veux voir. »

Elle aussi avait la tête couverte d'un mouchoir noué autour du cou. Son visage était frais et rose, ses yeux bleus, plus clairs que ceux de sa mère, grands, la cornée blanche, lumineuse elle aussi. Ils parlaient entre eux en dialecte vénitien et il était peu probable qu'ils fussent venus de Milan.

La mère se pencha et dit : « Regarde alors. Il n'y a rien à voir. » Elle parlait à voix basse et semblait intimidée par la présence de ces messieurs silencieux.

M. Aghios, qui n'attendait qu'une occasion à saisir, se poussa pour lui faire de la place du côté de la fenêtre tout en disant : « Elle veut voir ! Elle a raison ! Moi aussi, lorsque je voyage je veux voir. Mettez-la donc ici. »

L'enfant jeta un regard suppliant sur sa mère qui, à son tour, fixa son mari comme pour lui demander son avis. Celui-ci sourit : « Si ce monsieur est si bon, je ne vois pas pourquoi la petite ne devrait pas en profiter. De toute façon, nous ne restons pas longtemps puisque nous serons bientôt à... »

Et il empoigna sur-le-champ le petit tas de vêtements et le déposa sur la place que M. Aghios avait libérée.

La piccina guardò la campagna che fuggiva e per qualche minuto stette silenziosa. Poi aderì con tutta la faccia al vetro e il signor Aghios sorrise perché intese che faceva così per vedere meglio. Indi si volse al padre piagnucolando : «Mi voria veder.»

«E no ti vedi?» domandò il padre stupito.

«Mi no che no vedo!» esclamò la fanciulla e volse alla madre i chiari occhi, resi anche più chiari dalle lacrime che cominciavano a formarvisi. La madre accorse e sedette fra il padre e la bambina, così che il signor Aghios dovette spostarsi ancora una volta per fare luogo, fatica che gli fu resa più facile da un cordiale : «El scusa tanto!» del contadino, mentre il Borlini lanciava un biasimo parlante traverso ai suoi occhiali.

La madre domandò : «Ma coss'ti vol veder? No ti vedi tuto?»

La fanciulla scoppiò in pianto : «No vedo el treno.»

Il Borlini scoppiò in una risata e i genitori risero anche loro, un po' imbarazzati dalla bestialità della figliuola. Il solo Aghios fu commosso. Egli solo sentiva e sapeva il dolore di non poter vedere se stesso come viaggiava.

Il piacere del viaggio sarebbe tutt'altro se si avesse potuto vedere il grande treno con la sua macchina come procedeva traverso alla campagna, come un serpente veloce e silenzioso.

:ttore Schmitz naît à Trieste en 1861. La ville, qui se trouve alors sous domina-
.on austro-hongroise, est une mosaïque de langues et cultures diverses. Le
seudonyme, Italo Svevo, employé pour la première fois en 1892, rappelle sa
ouble origine, l'Italie et la Souabe.

Vue de Trieste au début du siècle, *in* John Gatt-Rutter, *Alias Italo Svevo, vita
i Ettore Schmitz, scrittore triestino,* Nuova Immagine Editrice, Siena, 1988.

2

2 Ulisse Caputo, *Symphonie*, 1914, musée d'Orsay, Paris.

3 Le Simplon Express, publicité des Ferrovie dello Stato, compagnie du ch min de fer italien, vers 1900.

« ... un voyage qui le ramenait chez lui à Trieste, où elle le rejoindrait deu semaines plus tard, cela ne valait pas la peine d'en parler.
Pourtant, on en avait parlé, et sans arrêt, depuis plusieurs jours. La décisio avait été très difficile à prendre, justement parce que tous deux l'avaient so haitée, et que tous deux, pour être sûrs de la voir aboutir, avaient cru néce saire de masquer leur sentiment. »

SIMPLON EXPRESS
CALAIS-PARIS-LAUSANNE-MILANO-VENEZIA

Ettore Schmitz fit des études primaires dans sa ville natale et à douze ans il fut envoyé par son père au collège de Segnitz, à Wurtzbourg en Bavière. Il y séjourna cinq ans et se passionna pour la littérature allemande.

4

« ... M. Aghios mentionna à haute voix le nom d'Umberto Veruda, le grand peintre triestin dont le chef-d'œuvre reposait là. »

5

6

Photographies extraites de l'ouvrage de John Gatt-Rutter, *op. cit.*)

Ettore Schmitz à douze ans.

Le peintre Umberto Veruda fut l'un des amis les plus proches de Svevo. .es voici ensemble vers 1890.

Ettore Schmitz, alias Italo Svevo, avec sa femme Livia Veneziani et leur fille .etizia, vers 1904.

7 

7 Corso Vittorio Emanuele, dans le centre de Milan, photographie coloriée 1890.

8 Carte postale du début du siècle, collection particulière.
« Seul Aghios fut ému. Lui seul ressentait et connaissait la douleur que l'on éprouve de ne pouvoir se voir soi-même en train de voyager. »

ULRICO HOEPLI E
LIBRAIO della REAL

Simplon-Express.
SIMPLON

8

9

10

11

9 Milan, la gare au début du siècle, photographie.

10 Trieste, place de la Bourse, photographie.

11 Milan, les guichets au départ, vers 1900, gravure.

4
701

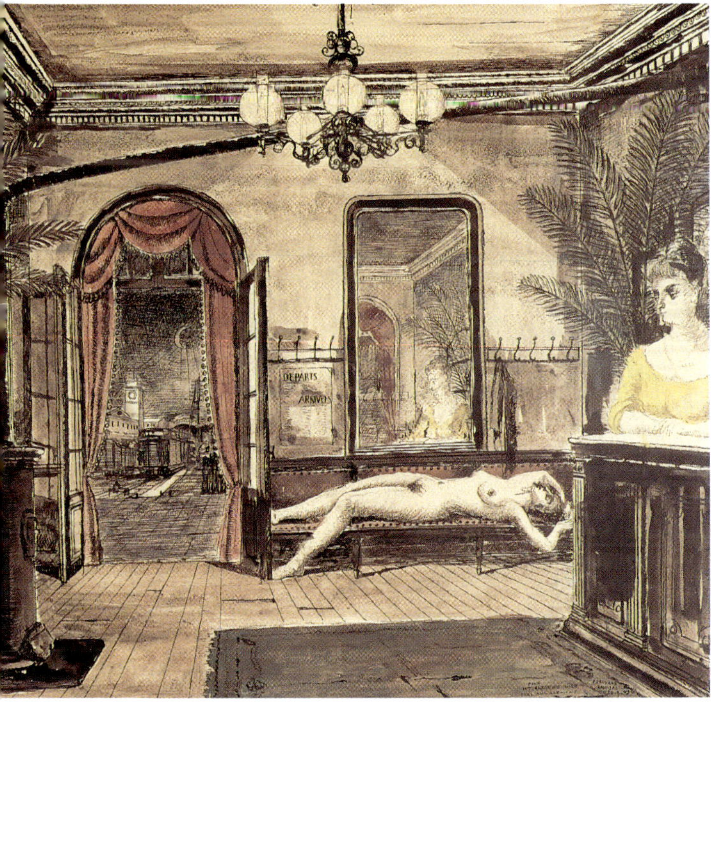

13

« Le rêve se présente comme une suite d'éclairs, et pour en faire une aventure, il faut que l'éclair devienne une lumière permanente, et que même ce qui est demeuré indistinct dans l'ombre soit reconstitué. En somme, le souvenir que l'on garde du rêve n'est jamais le rêve lui-même. »

12 Paul Delvaux, *Le Train bleu*, peinture, 1946, collection particulière.

13 Paul Delvaux, *Le Train de nuit*, aquarelle, 1947, collection particulière.

14

Le 24 mai 1899, Svevo accepte la proposition que lui fait sa belle-mère, Olga Veneziani, d'occuper un poste de responsable dans l'entreprise familiale. « Dans ma famille (je ne parle pas de ma femme), pour croire en la littérature, il faudrait qu'ils voient de l'argent. »

14 Plaquette publicitaire de la société Veneziani.

15 Promenade en famille au « Carso », dans les environs de Trieste, vers 1913.

16 Svevo et sa femme dans le jardin de « Villa Veneziani ».
(Photographies extraites de l'ouvrage de John Gatt-Rutter, *op. cit.*)

15

16

17

18

« Ensuite, tandis que la gondole glissait sur l'eau transparente que les dernières lueurs oubliées par un soleil déjà disparu illuminaient encore, une caresse, une douce surprise après le long voyage à travers la campagne automnale, M. Aghios donna l'ordre à Bortolo de suivre le chemin le plus court pour arriver à la place Saint-Marc. »

17 La place devant le palais des Doges, Venise, photographie coloriée de P. Salviati, 1895.

18 Vue du « Fondaco dei Turchi » sur le Canal Grande, photographie coloriée, 1890.

« Il savait qu'on se souvient de peu de choses d'un voyage. Les physionomies passent et s'entassent confusément dans un coin de la mémoire [...] C'était comme pour les rêves, qu'il est si difficile de se rappeler, car ils foncent sur vous dans la nuit profonde tel un éclair de magnésium dans lequel s'agitent les personnes et les choses. »

19 Venise, le « traghetto », 1913, photographie de John Duddley Johnston, Royal Photographic Society, Bath.

*Crédits photographiques*

1, 4, 5, 6, 14, 15, 16 : Droits réservés. 2 : RMN. 3, 7, 13, 17, 18 : AKG Photo. 6, 9, 10, 11, *Couverture* : Farabola Foto, Milan. 8, 12, 19 : Edimedia.

La petite fille contempla la campagne qui défilait devant ses yeux et demeura silencieuse pendant quelques instants. Ensuite elle plaqua son visage contre la vitre et M. Aghios sourit car il comprit qu'elle cherchait ainsi à mieux voir. Puis elle se retourna vers son père en pleurnichant : « Je voudrais voir, moi.

— Et tu ne vois donc pas ? demanda le père étonné.

— Eh non, que je ne vois pas ! » s'exclama l'enfant, et elle tourna vers sa mère ses yeux clairs, rendus plus clairs encore par les larmes qui commençaient à perler. La mère s'empressa de venir s'asseoir entre le père et l'enfant, de sorte que M. Aghios dut se pousser une fois de plus pour faire de la place, effort qui lui fut rendu moins laborieux par un cordial « Mille excuses » de la part du paysan, tandis que Borlini dardait à travers ses lunettes un blâme éloquent.

« Mais qu'est-ce que tu veux voir ? s'enquit la mère, tu ne vois donc pas tout ? »

L'enfant fondit en larmes : « Je ne vois pas le train. »

Borlini partit d'un grand éclat de rire et les parents rirent à leur tour, un peu embarrassés par la niaiserie de leur fille. Seul Aghios fut ému. Lui seul ressentait et connaissait la douleur que l'on éprouve de ne pouvoir se voir soi-même en train de voyager.

Le plaisir du voyage aurait été tout différent si l'on avait pu voir le grand train avec sa locomotive comme il avançait à travers la campagne, tel un serpent rapide et silencieux.

Vedere la campagna, il treno e se stessi nello stesso tempo. Quello sarebbe stato il vero viaggio.

Domandò sorridendo : « È la prima volta che la cara bambina viaggia ? »

« Sì ! » disse pronta la contadina. « E se ghe ne parla zà da quindese zorni de sto viagio. »

L'Aghios si commosse. Quindici giorni su questo viaggio e trovarsi poi in questa gabbia chiusa ! Nella mente giovinetta il viaggio avrebbe dovuto concedere il piacere di una passeggiata senza fatica moltiplicato per infiniti numeri. Quale delusione !

Poi venne il peggio. Il controllore si presentò alla porta a rivedere i biglietti. Quelli dei tre ultimi venuti erano di terza classe ed essi dovettero sgombrare. È vero che alla prossima stazione sarebbero discesi, ma intanto dovevano cambiare di vagone. Per quanto il controllore fosse abbastanza urbano, tuttavia la sua voce ebbe qualche accento imperioso. La bambina non pianse più e si ficcò timorosa fra padre e madre ch'erano già in piedi. L'Aghios domandò al controllore : « Non si può chiudere un occhio per una stazione sola ? » I contadini erano già usciti dallo scompartimento. Il controllore cortesemente disse : « Io faccio il mio dovere. »

E l'Aghios deplorò di non aver avuto il coraggio di stampare un bacio sulla fronte della bambina, là, sopra agli occhi chiari che avrebbero voluto vedere il treno. Lui, di seconda classe, per affetto alla terza.

Voir à la fois la campagne, le train et soi-même, voilà ce qui aurait constitué le vrai voyage.

Il demanda en souriant : « Est-ce la première fois que la chère petite voyage ?

— Oui ! répondit promptement la paysanne. Et c'est qu'on en parle déjà depuis quinze jours, de ce voyage. »

Aghios s'attendrit. Quinze jours pour rêver d'un voyage à faire et se trouver ensuite bouclé dans une cage ! Dans le jeune esprit de l'enfant, le voyage aurait dû fournir le plaisir d'une promenade sans fatigue, multiplié à l'infini. Quelle déception !

Puis survint le pire. Le contrôleur se présenta à la porte pour vérifier les billets. Les trois derniers arrivés étaient munis de billets de troisième classe, et il leur fallut quitter les lieux. Il est vrai qu'ils allaient descendre à l'arrêt suivant, mais entre-temps ils devaient changer de wagon. Bien que le contrôleur fût assez courtois, sa voix avait cependant un accent autoritaire. L'enfant cessa de pleurer et se fourra, craintive, entre son père et sa mère qui étaient déjà debout. Aghios demanda au contrôleur : « Ne pourrait-on fermer les yeux pour un seul arrêt ? » Les paysans étaient sortis du compartiment. Le contrôleur répondit poliment : « Moi, je fais mon devoir. »

Aghios déplora de n'avoir pas eu le courage d'appliquer un baiser sur le front de l'enfant, là, au-dessus des yeux clairs qui auraient voulu voir le train. Lui, voyageur de seconde classe, par affection pour ceux de troisième.

Il Borlini era tutto approvazione: «Ordine ci deve essere.» L'Aghios non protestò, perché pensava a cappuccetto bianco come passava fra la gente sul corridoio.

«Quella del treno mi piacque» disse il Borlini. «Tanti bambini tardano molto a intendere le cose. Vuol vedere il treno e c'è dentro.»

Poi raccontò di avere anche lui a casa due bambini, uno di sei e l'altro di quattro anni e mezzo. Egli s'era sposato tardi. «Sì! Dopo raggiunta la necessaria posizione.» Il secondo vedeva tutte le cose che non importavano, le automobili che passavano lontane e non quelle che minacciavano di schiacciarlo e il palazzo alto e non la pietra su cui incespicava.

«Dovrebbe essere consanguineo di quella bambina che non vedeva il treno» disse il signor Aghios.

Il Borlini non parve approvare l'osservazione. «Il mio è un po' più fine per quanto bestia anche lui.»

Poi raccontò che pochi giorni prima era con Pucci a passeggio e videro due carabinieri col loro mantello un po' minaccioso sotto a quel cappello napoleonico. E il bimbo spaventato domandò se quei carabinieri sapevano ch'essi non erano dei ladri. «Si può essere più sciocchi di così?» esclamò il Borlini.

Subito l'Aghios prese interesse al chiacchierio vuoto del suo compagno. Come si sentiva amico del piccolo Pucci dal cuore palpitante di paura d'essere preso per un ladro o forse di esserlo!

Borlini était toute approbation : « Il faut qu'il y ait de l'ordre. » Aghios ne protesta pas ; il pensait au petit chaperon blanc se frayant un passage parmi les gens du couloir.

« La réflexion au sujet du train m'a plu, dit Borlini. Nombre d'enfants mettent du temps à comprendre les choses. Elle veut voir le train et elle se trouve dedans ! »

Puis il raconta que lui-même avait deux enfants, l'un âgé de six ans et l'autre de quatre ans et demi. Il s'était marié sur le tard. « Oui ! après m'être fait une situation. » Le plus jeune ne semblait voir que les choses les moins importantes, les autos qui passaient au loin et non celles qui menaçaient de l'écraser, le grand immeuble et non la pierre contre laquelle il butait.

« Il devrait être le frère consanguin de cette gamine qui ne voyait pas le train », dit M. Aghios.

Borlini ne parut pas apprécier la remarque. « Mon enfant est un peu plus fin, bien que niais lui aussi. »

Puis il raconta qu'au cours d'une promenade qu'il avait faite avec Pucci quelques jours auparavant, ils avaient vu deux carabiniers avec leur manteau un peu menaçant sous ce chapeau napoléonien. L'enfant épouvanté avait demandé si ces carabiniers savaient qu'ils n'étaient pas des voleurs. « Peut-on être plus sot ! » s'exclama Borlini.

Aussitôt Aghios s'intéressa au creux verbiage de son compagnon. Comme il se sentait proche du petit Pucci au cœur palpitant de crainte d'être pris pour un voleur, et peut-être de l'être !

Il ladro poteva essere preso in flagrante, ma non c'era una prova così risolutiva per il non ladro. Era come la prova Wassermann. La negativa non era mai sicura. Il microbo del furto poteva esserci nel sangue, ma aspettare una buona occasione per dar segno di vita.

Poi il Borlini, fra una tirata e l'altra del suo minuscolo toscano che gli aveva consumato una scatola intera di cerini, disse ancora di Pucci, che aveva paura di notte, ma che si sentiva più sicuro se gli permettevano di tener nel letto un giocattolo, per esempio la palla di gomma. « C'è senso ? » domandò il Borlini. « È però di buona razza » disse il Borlini, « e somiglierà presto a suo fratello che non ha di tali rane. »

Strana asserzione ! Se non ci fosse stato l'obbligo della cortesia il signor Aghios, per la propria esperienza di sessant'anni, avrebbe potuto raccontargli che quando si nasce fatti in un modo, si resta così. Era invece un grande disgraziato, quel povero Paolucci ch'era nato in una famiglia che non faceva per lui. L'Aghios lo intendeva, perché anche lui aveva sofferto di paure quando ancora la vita non gli aveva insegnato quanto minacciosa essa fosse.

Un voleur pouvait être pris en flagrant délit, mais il n'existait pas de preuve aussi décisive pour le non-voleur. C'était comme pour la réaction de Wassermann, la négative n'était jamais sûre. Le microbe du vol pouvait se trouver dans le sang, mais il attendait une bonne occasion pour se manifester.

Ensuite Borlini, entre deux bouffées de son minuscule toscan pour lequel il avait utilisé une boîte entière de *cerini*[1], dit encore de Pucci qu'il avait peur la nuit, mais qu'il se sentait plus en sécurité si on lui permettait de prendre un jouet dans son lit, par exemple sa balle de caoutchouc. « Cela vous paraît-il sensé ? demanda Borlini. Il est pourtant de bonne race, poursuivit-il, et bien vite il ressemblera à son frère qui n'a pas de telles lubies. »

Étrange assertion ! N'était l'obligation de se montrer poli, M. Aghios aurait pu rétorquer, de par sa propre expérience de soixante ans, que lorsqu'on naît constitué d'une certaine façon, on reste ainsi fait. En revanche, ce pauvre Paolucci était bien malheureux d'être né dans une famille qui ne lui convenait guère. Aghios le comprenait car lui aussi avait souffert de terreurs lorsque la vie ne lui avait pas encore enseigné combien elle était menaçante.

1. Petites allumettes de cire.

Aveva sognato di quegli animalucci piccoli, rapidi, inafferrabili e schifosi, roditori e insetti quando ancora non aveva sospettato che prima o poi l'avrebbero raggiunto, e di grandi oscurità prima di sapere che l'oscurità era la nostra meta. E nel suo letto egli aveva portato con sé un cavalluccio di legno e dormendo lo stringeva al petto. Finora egli aveva creduto d'aver fatto così per bontà, attribuendo una vita bisognosa di calore a quel suo cavalluccio di legno che alla vita apparteneva per la sua forma ruvidamente sbozzata. Ma la palla? Quel Paolucci, il suo vero fratello, teneva in letto una palla! Quella poi non aveva bisogno di calore, con quella sua forma rigidamente rotonda che non apparteneva alla vita. E quando l'aveva vicina si tranquillava e aveva meno paura! Ma era un simbolo quello; s'attaccava al suo divertimento per dimenticare la vita (divertimento = diversivo, pensò l'Aghios senza che il suo figliuolo sentisse). Come il piccolo Paolucci aveva potuto assurgere a tanta altezza! Ma ora, in tutta la sua vita, che l'Aghios sinceramente gli augurava lunga, egli non poteva apprendere nulla di più nuovo, nulla di più alto, nulla di più amaro. Perché viveva ancora? Il fratello suo! Quale avvenire lo aspettava! Anche lui, quando non aveva saputo simulare, aveva passato la sua vita fra sorrisi di scherno, correzioni imperiose o sprezzi.

Il avait rêvé de ces petits animaux, rapides, insaisissables et répugnants, rongeurs et insectes, lorsqu'il ne soupçonnait pas encore que, tôt ou tard, ils l'atteindraient, et d'obscurité profonde avant même de savoir que l'obscurité était notre fin. Il avait emporté dans son lit un petit cheval de bois qu'il serrait contre son cœur en dormant. Jusqu'ici il avait cru avoir agi ainsi par bonté, attribuant à son petit cheval de bois une vie qui avait besoin de chaleur, lui qui appartenait à la vie par sa forme grossièrement ébauchée. Mais la balle ? Ce Paolucci, son vrai frère, gardait une balle dans son lit ! Celle-ci après tout, avec sa forme rigoureusement ronde qui n'appartenait pas à la vie, n'avait aucun besoin de chaleur. Mais sa présence à ses côtés le rassurait, et il avait moins peur ! Or ceci était un symbole ; il s'attachait à son divertissement pour oublier la vie (divertissement = diversion, pensa Aghios sans que son fils l'entende). Comment le petit Paolucci avait-il pu s'élever à tant de grandeur ! Maintenant, au cours de toute sa vie qu'Aghios sincèrement lui souhaitait longue, il ne pourrait apprendre rien de plus neuf, rien de plus élevé, rien de plus amer. Pourquoi continuait-il à vivre ? Son frère ! Quel était l'avenir qui l'attendait ? Sa vie à lui aussi, lorsqu'il avait été incapable de feindre, s'était écoulée entre des sourires railleurs, des punitions rigoureuses ou des mépris.

Per sua sfortuna e propria sventura il figliuolo suo non gli somigliava affatto, privo di paure, accorto e abile, sentendo il divertimento come il suo destino. Non sospettava che cosa fosse la vita e non se ne curava, come se egli alla vita non avesse appartenuto. La godeva dimenticandola. Studiava poco, ma sapeva maneggiarsi. Sapeva anche poco, ma aveva sempre pronti molti dati precisi che gli davano facilmente la vittoria. E aveva a disposizione molti libri in cui sapeva trovare tutto quanto gli occorreva per discutere.

E per lungo tempo il piccolo Paolucci fu il suo compagno di viaggio. Il Borlini ne disse ancora una parola : «Mentre suo fratello maggiore camminava sicuro, attaccato alla mano del padre, Paolucci si faceva sempre trascinare. Era come la moglie di Lot e guardava dietro a sé. Certo per vedere più a lungo le cose.»

Paolucci Borlini poteva diventare un grand' uomo oppure un triste depravato o infine un uomo comunissimo come lui stesso, il signor Aghios. Meno felice in tutti i casi. Anche per far valere delle grandi qualità ci voleva dell'accortezza. E non avendo questa, si poteva vivere come se la si avesse avuta e traboccare per afferrare le cose di cui l'uso non è concesso che per quella conquista che designano come legittima.

Pour son malheur et sa malchance, son fils ne lui ressemblait en aucune manière ; avisé et astucieux, dépourvu de craintes, reconnaissant le divertissement comme son destin, il ne se doutait pas de ce qu'était la vie et ne s'en souciait guère, comme si lui-même n'appartenait pas à la vie. Il jouissait d'elle en l'oubliant. Il étudiait peu mais se débrouillait toujours. Il savait peu de chose aussi, mais était à même de fournir immédiatement nombre de données précises qui lui procuraient une victoire facile. Et il avait à sa disposition des quantités de livres dans lesquels il pouvait trouver tout ce dont il avait besoin pour discuter.

Et pendant un bon bout de temps, le petit Paolucci fut son compagnon de voyage. Borlini parla encore de lui : « Alors que son grand frère marchait d'un pas sûr, tenant fermement la main de son père, Paolucci se faisait toujours traîner. Comme la femme de Loth, il regardait toujours en arrière. Certainement pour voir les choses plus longuement. »

Paolucci Borlini pouvait devenir un grand homme, ou bien un triste dépravé, ou enfin un homme tout à fait ordinaire, comme l'était M. Aghios lui-même. Dans tous les cas, moins heureux. Même pour faire valoir de grandes qualités il fallait de l'habileté. Et à défaut de celle-ci, il était possible de vivre comme si on en était pourvu, et déborder de soi pour saisir les choses dont l'usage n'est concédé que moyennant cette conquête désignée comme légitime.

O infine poteva adattarsi di vivere la vita più comune, riservando il libero movimento delle grandi qualità nei brevi intervalli in cui viaggiava.

Addio caro, piccolo fratellino.

Eppure dopo di essersi congedato da lui, il signor Aghios s'imbatté in lui anche una volta. Per dimostrare anche una volta la bestialità del bambino, il Borlini raccontò che una mattina Paolucci si destò affannato e raccontò di aver sognato di asini e cavalli, che gli correvano addosso minacciosi, per dargli calci. E il Borlini, vantandosi, raccontò ch'egli interruppe il racconto domandandogli : «Ti davano dei calci con le zampe anteriori o con le posteriori?» «Con le anteriori!» disse il bambino. «Ebbene!» disse il Borlini. «È un sogno impossibile, perché quegli animali non possono dare dei calci con le gambe anteriori.»

Il signor Aghios rise, ma pensò : "Povero Paolucci! Una vera crudeltà! Spezzare i sogni dei bambini con la scienza."

E quando Paolucci definitivamente lo abbandonò, egli restò proprio solo col Borlini. Molto solo! Ci furono dei momenti in cui egli rivide uno per uno i simpatici veronesi che lo avevano abbandonato a Porta Vescovo e alla Centrale e ripensò ai due contadini (quell'indimenticabile donna dagli occhi dolci e dalla pelle bruciata!) e pensò che il suo viaggio sarebbe stato ben più lieto se uno qualunque di costoro fosse rimasto al posto del Borlini.

Ou enfin il pouvait s'adapter à mener la vie la plus banale, réservant la liberté de déployer ses grandes qualités aux brefs intervalles au cours desquels il voyagerait.

Adieu, cher petit frère.

Pourtant, bien qu'il eût pris congé de lui, M. Aghios le rencontra encore. Pour démontrer une fois de plus la niaiserie de l'enfant, Borlini raconta que Paolucci s'était réveillé un matin hors d'haleine en disant qu'il avait rêvé d'ânes et de chevaux qui fonçaient sur lui, menaçants, pour lui donner des coups de sabot. Et Borlini se vanta d'avoir interrompu le récit de l'enfant pour lui demander : « Est-ce qu'ils ruaient avec leurs membres antérieurs ou postérieurs ? — Avec leurs pattes antérieures, répondit le petit. — Eh bien ! rétorqua Borlini, c'est un rêve impossible car ces animaux ne ruent point avec leurs membres antérieurs. »

M. Aghios rit mais il pensa : « Pauvre Paolucci ! Une vraie cruauté que de briser les rêves des enfants avec la science. »

Et lorsque Paolucci l'eut abandonné pour de bon, il se retrouva vraiment seul avec Borlini. Très seul ! Il y eut des moments où il revit un à un les Véronais sympathiques qui l'avaient quitté à Porta Vescovo et à la gare centrale ; il évoqua les deux paysans (cette femme inoubliable avec ses yeux doux et sa peau hâlée !), et il pensa que son voyage aurait été bien plus joyeux si n'importe lequel de tous ceux-là était demeuré à la place de Borlini.

Peccato che quel giovinotto, reso interessante da tanto dolore, continuasse a dormire nel suo cantuccio.

E bisognò parlare col Borlini. Stavano là, seduti a guardare, traverso la finestra, la notte oramai completa, e cortesia voleva di far sentire la propria voce. Disse subito una bugia lamentando di dover sobbarcarsi alla fatica del viaggio. Aveva preso lo slancio al complimento (che per sua natura è menzognero) e disse la bugia completa : Per lui il viaggio era una tortura.

E in un lampo il signor Aghios evocò delle immagini che dovevano rendere vera quella bugia. In prima linea la bambina di poco prima, che aveva immaginato il viaggio come qualche cosa che meglio si senta e si veda. Anche lui era come la bambina. Il vero viaggio sarebbe stato quello con la diligenza traverso a vere vie naturali (chiamava naturali quelle prive di ferro) e ai luoghi abitati, con gli arresti non alle stazioni, che in Italia mai davano l'immagine del luogo di cui erano la porta d'ingresso, ma davanti ad un'osteria del luogo, parte di esso, ove i cavalli si rifocillavano o cambiavano. Neppure in automobile la via, il luogo, la gente non era tanto intimamente sfiorata dal viaggiatore. E il viaggio, in compagnia del Borlini, era meno viaggio che mai.

Il quale rispose all'osservazione dell'Aghios con una domanda : « Quante volte viaggia lei in un mese ? »

Dommage que ce jeune homme, que la douleur rendait si intéressant, continuât à dormir dans son coin.

Et il fallait s'entretenir avec Borlini. Ils étaient là, assis tous deux, en train de regarder par la fenêtre la nuit qui était tout à fait tombée cette fois, et la politesse voulait que l'on fît entendre sa propre voix. Immédiatement il débita un mensonge en se plaignant de devoir s'astreindre à la corvée du voyage. Il avait voulu se lancer dans un compliment (lequel est mensonger de par sa nature même) ; et il fit un mensonge complet : pour lui, le voyage constituait une torture.

En un éclair, M. Aghios évoqua des images qui devaient rendre ce mensonge véridique. En premier lieu la petite fille de tout à l'heure qui avait imaginé le voyage comme étant quelque chose que l'on sent et que l'on voit mieux. Lui-même était pareil à l'enfant. Le vrai voyage aurait été celui que l'on effectue en diligence à travers de vraies voies naturelles (il les appelait ainsi car elles étaient dépourvues de rails), passant par des lieux habités, avec des arrêts non point aux gares qui ne donnent jamais en Italie l'image de l'endroit qu'elles desservent, mais devant l'auberge qui fait partie du lieu, où les chevaux reprenaient des forces ou étaient relayés. Même en auto le voyageur n'effleure pas aussi intimement la route, le lieu, les gens. Et le voyage en compagnie de Borlini était rien moins qu'un voyage.

Celui-ci répondit à la remarque faite par Aghios par une question : « Combien de fois par mois voyagez-vous ? »

Ed il signor Aghios disse un'altra bugia: «Due o tre volte al mese.» Era già la seconda volta — disse — che in un mese andava da Trieste a Milano. Quest'ultima comunicazione era vera. La prima volta su e giù con la moglie; la seconda volta si concludeva ora col suo ritorno da solo. Ma prima, da anni, non s'era mosso da Trieste.

Il Borlini vivamente stava contando aiutandosi con le dita e mormorava: «Lodi (sporgendo il pollice), Vicenza (l'indice), Siracusa (il medio), Ancona, Siena, Perugia...» Dieci città e l'Aghios guardava quelle dita tozze che le segnavano e correva a vederne tutto l'aspetto in rapida sintesi: Lodi (non v'era stato, ma ricordava che la poverina non aveva saputo imporre il proprio nome alla sua squisita invenzione attribuita a Parma), Vicenza (il Palladio, le cui opere venivano spregiate da quel saputo del figliuolo suo, quei palazzi marmorei che l'Aghios vedeva lucere nelle vie poco popolose in una giornata festiva di sole), Siena (oh! quel duomo risultato più piccolo del proposito e piccolo per tenere tanta bellezza. Siena? Diecimila fiorentini ammazzati in un giorno!), Perugia (le volte, Assisi vicina e i campi verdi coi greggi bianchi, tutto un paese che sta aspettando un altro santo). Ma il Borlini non lo lasciò pensare più oltre. «Dieci volte!» esclamò. «Io lasciai Milano durante questo mese, e siamo al venticinque, ben dieci volte.

M. Aghios fit un autre mensonge : « Deux ou trois fois par mois. » C'était déjà la seconde fois, ajouta-t-il, qu'il allait ce mois-ci de Trieste à Milan. Cette dernière information était vraie. La première fois, il avait fait l'aller et retour en compagnie de sa femme ; la seconde se terminait maintenant avec son retour tout seul. Mais avant cela, il y avait des années qu'il n'avait bougé de Trieste.

Borlini se mit vivement à compter en s'aidant de ses doigts tout en murmurant : « Lodi (en tendant le pouce), Vicence (l'index), Syracuse (le majeur), Ancône, Sienne, Pérouse… » Dix villes, et Aghios contemplait ces doigts boudinés qui les signalaient, et se hâtait de se représenter l'aspect de chacune d'elles en de rapides synthèses : Lodi (il n'y était jamais allé mais il se rappelait que la pauvre petite ville n'avait jamais pu imposer son nom à son exquise invention attribuée à Parme), Vicence (Palladio, dont les œuvres étaient méprisées par son pédant de fils, ces palais marmoréens qu'Aghios voyait luire dans les rues peu populeuses par une journée de fête ensoleillée), Sienne (oh, cette cathédrale, plus petite par rapport au projet initial, et trop petite pour contenir tant de beauté. Sienne ? Dix mille Florentins décimés en un jour !), Pérouse (les voûtes, Assise à proximité, et les champs verts avec les troupeaux blancs, toute une contrée qui attend un autre saint). Mais Borlini ne le laissa pas poursuivre sa méditation. « Dix fois ! s'exclama-t-il. J'ai bien quitté Milan dix fois au cours de ce mois, et nous ne sommes que le 25.

E non me ne dico stanco, perché, per essere ben fatto, il dovere dev'essere un piacere. »

Oh ! Questa, poi, era grossa ! Se il dovere fosse il piacere, allora non ci sarebbe merito. Egli, l'Aghios, aveva il vanto di aver fatto tutta la sua vita il vero dovere, abbandonando i suoi cari pensieri, le sue care fantasie, il vero piacere. Se lo avessero lasciato in pace, egli avrebbe percorso il mondo, non per guardarlo, ma per trovare maggiore stimolo a staccarsene, abbellirlo e offuscarlo. Anche il figliuolo suo diceva che ognuno a questo mondo faceva quello che doveva e perciò lui si divertiva, mentre altri (il signor Aghios) soffriva. C'era sicuramente una differenza ! Ma dove ?

Non protestò. Tutta quella conversazione non gli sembrava una vera conversazione. Perché avrebbe dovuto faticarsi a discutere ? Si moveva la bocca così, per dar tempo al treno di procedere.

« Ella è dunque un viaggiatore di commercio ? » domandò tanto per dire qualche cosa.

« Macché ! » disse il Borlini con disdegno per chi non meglio lo giudicava. « Io sono l'ispettore viaggiante di una società d'Assicurazioni. »

Il signor Aghios s'inchinò, come per congratularsi dell'alta carica. Ispettore ! Era tutt'altra cosa di commesso viaggiatore !

Si vedevano in distanza, sotto la montagna, le luci di una borgata ai piedi di una collina. Luce tranquilla, immota !

Et je ne dis pas que j'en suis las car, pour qu'il soit bien fait, le devoir doit être un plaisir. »

Oh ! c'était le comble, ça ! Si le devoir était un plaisir, il n'y aurait aucun mérite à l'accomplir. Lui, Aghios, se vantait d'avoir fait son véritable devoir toute sa vie, abandonnant ses chères pensées, ses chères fantaisies, son vrai plaisir. Si on l'avait laissé en paix, il aurait parcouru le monde non pas pour le regarder, mais pour trouver une plus grande incitation à s'en détacher, à l'enjoliver et à le ternir. Même son fils disait que chacun ici-bas faisait ce qu'il devait faire, et c'est pourquoi lui, il s'amusait, tandis que d'autres (M. Aghios) souffraient. Il y avait certainement une différence ! Mais où ?

Il ne protesta pas. Toute cette conversation ne lui semblait pas être une vraie conversation. Pourquoi devait-il prendre la peine de discuter ? On remuait les lèvres comme cela, pour donner au train le temps d'avancer.

« Vous êtes donc un voyageur de commerce ? demanda-t-il, juste pour dire quelque chose.

— Pensez-vous ! riposta Borlini avec dédain envers celui qui ne le jugeait pas mieux. Je suis l'inspecteur itinérant d'une compagnie d'assurances. »

M. Aghios s'inclina, comme pour le complimenter sur sa haute fonction. Inspecteur ! C'était tout autre chose que d'être un commis voyageur !

On voyait au loin, sous la montagne, les lumières d'une bourgade au pied d'une colline. Lumière paisible, immobile !

Del resto una luce lontana è sempre tranquilla, è sempre immota! Può soffiare il vento e, se non l'estingue, è come quella delle stelle; brilla con la tranquillità di un colore (se ce ne fossero di tanto brillanti). E per qualcuno in quella borgata doveva esserci il turbine. Ma la lontananza è la pace.

Ma bisognava intanto muovere la bocca e il signor Aghios disse delle altre bugie, senz'intenzione, per mancanza di sorveglianza: «Io non amo di lasciar sola la mia vecchia moglie.»

«So che vi sono degli uomini fatti così» disse l'ispettore guardando attentamente il signor Aghios come se avesse voluto studiare un animale strano.

E l'Aghios insistette nelle bugia: «Badi ch'io alla città non ci tengo affatto e che mi trovo altrettanto bene a Milano che a Trieste. La questione è che non so vivere solo.»

E pensò: "Guarda, guarda pure, ad onta di tanto occhiale non ci capirai nulla." Stimo io! Se quello che diceva doveva contare, era impossibile d'indovinarlo. E disse ancora ch'egli amava la vita di famiglia. Cercò una parola più intelligente per addobbare la bugia e la trovò subito: Egli amava la vita di famiglia ove era necessario di pensare ora all'uno ora all'altro e mai a se stessi, alla propria miseria.

Du reste, une lumière lointaine est toujours paisible, toujours immobile ! Si le vent qui souffle ne l'éteint pas, la lumière est pareille à celle des étoiles; elle brille avec la sérénité d'une couleur (s'il en existait d'aussi lumineuses). Et pour certains habitants de cette bourgade, ce devait être la tourmente. Mais la distance suggère la paix.

Entre-temps il fallait remuer les lèvres, et M. Aghios fit d'autres mensonges, non pas de propos délibéré mais par inadvertance : « Cela ne me plaît guère de laisser ma vieille épouse toute seule.

— Je sais qu'il existe des hommes ainsi faits », répondit l'inspecteur en scrutant attentivement M. Aghios comme s'il avait voulu étudier un animal étrange.

Et Aghios s'obstina dans son mensonge : « Remarquez que je ne tiens pas particulièrement à une ville plutôt qu'à une autre; je me trouve aussi bien à Milan qu'à Trieste. Le problème est que je ne sais pas vivre seul. »

Et il se dit : « Tu peux toujours regarder ! Malgré toutes tes lunettes tu n'y verras goutte. » Pour sûr ! Si ce qu'il disait devait compter, il était impossible de le deviner. Et il ajouta qu'il aimait la vie de famille. Il chercha un mot plus subtil pour revêtir le mensonge et le trouva sur-le-champ : il aimait la vie de famille au sein de laquelle il était nécessaire de penser tantôt à l'un, tantôt à l'autre, et jamais à soi-même, à ses propres misères.

Parlava della propria miseria in un momento in cui assolutamente non la sentiva, coi soldini in tasca pronti per le mance e il suo affetto per tutti i deboli in cui s'imbatteva, il suo affetto tanto grande da raggiungere anche delle persone che non aveva mai visto, come l'indimenticabile Paolucci.

Il Borlini brontolò : «La mia vita di famiglia è tutt'altra cosa. Quando ci sono io tutti pensano a me e così faccio anch'io, cioè penso a tutti loro. Quando viaggio allora, naturalmente, lascio la libertà a tutti, ma spero che a me si pensi. Io sono assorbito dagli affari e non penso che a questi. Ma perché ci sono gli affari? Non forse per la famiglia? Quando penso agli affari, penso alla famiglia.»

L'Aghios rimase ammirato. Quest'era la presentazione del vero uomo normale! Non gli era simpatico. L'uomo normale voleva che tutti pensassero a lui (e rivelò il suo vero pensiero confessando, dapprima, che così faceva anche lui, per disdirsi, poi, con una spiegazione che annullava la parola sfuggita). Forse tutti pensavano a lui per augurargli la morte. Come era migliore lui, che non domandava niente. Non gli pareva d'aver amato meno la propria famiglia perché non lo curava abbastanza. No! Egli l'amava meno perché sentiva il bisogno della famiglia maggiore, il mondo.

Fu una vera antipatia per il suo interlocutore che lo trascinò ad una discussione.

Il parlait de ses misères à un moment où il ne les sentait pas du tout, avec dans ses poches les pièces de monnaie prêtes pour les pourboires, et sa tendresse pour tous les faibles qu'il rencontrait, une tendresse si vaste qu'elle englobait aussi des personnes qu'il n'avait jamais vues, comme l'inoubliable Paolucci.

Borlini grommela : « Ma vie de famille est tout autre chose. Lorsque je suis présent, tous pensent à moi et j'en fais autant, c'est-à-dire que je pense à eux. Quand je voyage, je leur laisse naturellement alors toute liberté mais j'espère que chacun pense à moi. Les affaires m'absorbent beaucoup et je ne pense qu'à elles. Mais pourquoi y a-t-il des affaires ? N'est-ce pas pour la famille ? Lorsque je pense aux affaires, je pense à la famille. »

Aghios fut émerveillé. Voilà comment se présentait le vrai homme normal ! Il ne lui était pas sympathique. L'homme normal exigeait que tous ses proches pensent à lui (et il révélait sa véritable pensée en avouant d'abord qu'il en était de même pour lui, pour se dédire ensuite par une explication qui annulait les propos qu'il avait laissé échapper). Peut-être tous pensaient-ils à lui pour lui souhaiter la mort. Comme il était meilleur, lui, qui ne demandait rien. Il ne lui semblait pas avoir témoigné moins d'amour à sa famille parce qu'elle ne prenait pas suffisamment soin de lui. Non ! Il l'aimait moins car il ressentait le besoin d'une famille plus vaste, celle du monde.

Ce fut une véritable antipathie pour son interlocuteur qui l'entraîna à entamer une discussion.

Non bisognava permettergli di dire delle cose tanto ingiuste con quel tono di predicatore sicuro di sé. Seccamente, con piena sincerità, egli disse : « Io, invece, quando sono in famiglia penso a tutti loro e spero che quando sono assente tutti pensino a me. » C'era la bugia nella seconda parte della dichiarazione, ma questa era risultata da un'istintiva modestia. Temeva di apparire troppo alto se avesse confessato che poco prima egli aveva desiderato che sua moglie, durante la sua assenza, non l'avesse ricordato. Troppo alto? Dicendo il suo intimo pensiero forse non avrebbe appartenuto tanto in alto.

Il Borlini si mise a ridere, di un riso sonoro, a scatti, il rumore di un motore che s'avvia : « Ma questa è poesia ; vera, futile poesia ! Sarebbe ella forse un poeta travestito ? »

Dapprima il signor Aghios sentì la parola come un'insolenza. Travestito ? Ma poi guardò in se stesso con curiosità. Egli credeva d'essere un uomo che desiderava tante cose non permesse e che — visto che non erano permesse — le proibiva a se stesso, lasciandone però vivere intatto il desiderio. Egli poi non ne parlava neppure e stava facendo delle asserzioni che dovevano celare meglio — negandoli — quei desiderii. Era perciò un poeta travestito ? Se avesse cantato di quei desiderii non permessi sarebbe stato un poeta non travestito. E negandoli ? Se per negarli avesse saputo elevare la voce fino al canto, anche negandoli sarebbe stato un poeta. Che bestia quel Borlini !

Il ne fallait pas permettre à celui-ci de dire des choses aussi injustes sur ce ton de prédicateur sûr de lui. Il répondit sèchement, en toute sincérité : « Moi par contre, quand je suis en famille, je pense à eux tous, et j'espère que tous pensent à moi lorsque je suis absent. » Le mensonge flottait dans la seconde partie de sa déclaration, mais il découlait d'une modestie instinctive. Il aurait craint de paraître trop élevé s'il avait avoué que, peu auparavant, il avait désiré que, durant son absence, sa femme l'oubliât un peu. Trop élevé ? En exprimant sa pensée intime, peut-être n'aurait-il pas paru tellement élevé.

Borlini se mit à rire, d'un rire sonore, saccadé, tel le bruit d'un moteur qui se met en marche : « Mais c'est de la poésie, de la véritable et futile poésie ! Seriez-vous un poète déguisé, par hasard ? »

Tout d'abord M. Aghios ressentit le mot comme une insolence. Déguisé ? Puis il regarda en lui-même avec curiosité. Il croyait être un homme qui désirait une foule de choses non autorisées, et qui, du fait même qu'elles n'étaient pas permises, se les interdisait à lui-même, laissant pourtant subsister, intact, le désir qu'il en avait. D'ailleurs, il n'en parlait même pas, et tenait des propos qui devaient mieux dissimuler — en les niant — ces désirs. Était-ce la raison pour laquelle il était un poète déguisé ? S'il avait chanté ces désirs interdits, il aurait été un poète non déguisé. Et en les niant ? S'il avait su élever sa voix jusqu'au chant pour les nier, même dans ce cas il aurait été un poète. Quel sot que ce Borlini !

Come può travestirsi un poeta? Tacendo? Non è un travestimento infatti ma perché il silenzio pensò l'Aghios. Nella vita si può essere bestia quanto si vuole, ma non un poeta se non si sa cantare la propria bestialità.

Disse con semplicità: «Non so neppure di quante sillabe si componga un endecasillabo.»

«Undici» disse il Borlini. «Lei, greco, lo deve sapere. Si traveste ancora.»

«Ma che poeta» disse l'Aghios, ridendo un po' compiaciuto e un po' offeso. «Pensi che io ora corro a Trieste senza moglie e senza figlio per un affare urgente.»

Non poteva aprir bocca senza dire qualche parola di troppo. E trovò una verità da dire e la disse subito, come se una parola vera potesse cancellare la vergogna di una parola falsa: «Si figuri se è un piacere viaggiare così, carico di denari.» E si batté la tasca di petto.

Il Borlini si mise a ridere più a bassa voce, guardando con diffidenza verso il loro compagno che ancora sempre sonnecchiava nel suo cantuccio: «Anch'io ne ho del denaro in tasca, e molto. Da lei è un'imprudenza, da me una necessità.»

Il Borlini diventava veramente aggressivo ed il signor Aghios sconcertato tacque. Dopo una pausa alquanto lunga il grosso uomo riprese la parola in tono più di convinzione. Forse s'era pentito del suo tono troppo aggressivo.

Comment un poète peut-il se déguiser ? En se taisant ? Ce n'est pas un déguisement que celui du silence, se dit Aghios. Dans la vie on peut être aussi sot qu'on le veut mais on n'est pas un poète si on ne sait pas chanter sa propre sottise.

Il dit avec simplicité : « Je ne sais même pas de combien de syllabes se compose un hendécasyllabe.

— Onze, dit Borlini. Vous qui êtes grec, vous devriez le savoir. Vous vous déguisez encore.

— Poète ? Allons donc ! répliqua Aghios en riant, mi-satisfait, mi-vexé. Figurez-vous que je me précipite à Trieste, sans ma femme ni mon fils, pour une affaire urgente. »

Il ne pouvait ouvrir la bouche sans lâcher un mot de trop. Il trouva une vérité à dire et l'énonça aussitôt, comme si un mot vrai pouvait gommer la honte d'un mot faux : « Je vous demande si c'est un plaisir de voyager ainsi, bourré d'argent comme je le suis. » Et il se frappa la poche intérieure.

Borlini se mit à rire plus bas, en jetant un regard méfiant du côté de leur compagnon qui sommeillait toujours dans son coin. « Moi aussi, j'ai de l'argent dans ma poche, et une belle somme. De votre part c'est une imprudence, pour moi c'est une nécessité. »

Borlini devenait vraiment agressif et M. Aghios, déconcerté, se tut. Après une pause quelque peu prolongée, le gros homme reprit la parole d'une voix plus convaincante. Peut-être avait-il regretté son ton trop agressif.

«Pensi quello ch'io faccio per la mia famiglia eppoi mi dica se in contraccambio non ho il diritto di esigere che tutti i suoi membri pensino costantemente a me. Vi sono certi uomini a questo mondo che lavorano come me, ma nessuno più di me. Questi viaggi non possono essere considerati quali un riposo. Le pare?»

Al signor Aghios pareva che fino a quel momento in cui aveva incontrato il suo interlocutore, il viaggio fosse stato veramente un riposo. Ora, costretto di dar continuamente ragione a qualcuno che egli non amava, si sentiva afferrato da una famiglia e per di più da una famiglia che non amava. Poté perciò consentire con piena sincerità : «No, assolutamente non è un riposo!» Non era un riposo! Per godere del riposo bisognava aspettare Padova, varie ore!

«Pensi poi alla responsabilità che mi tocca assumere! Talvolta liquido io, da solo, un danno! dall'a alla zeta! Apprezzazione del danno e accordo definitivo! Naturalmente che so quello che faccio e mai ebbi ad incorrere in alcun rimprovero. Oggi, per esempio, corro a Padova proprio per una cosa simile. Un grossissimo cliente ebbe un incendio ed esigeva centosettantacinque mila lire. A Milano proponevano di mandare dei periti, quegli ingegneri imbecilliti nella matematica.

« Pensez à ce que je fais pour ma famille et dites-moi si, en échange, je n'ai pas le droit d'exiger que tous ses membres pensent constamment à moi. Il y a des hommes ici-bas qui travaillent autant que moi, mais personne davantage. Ces voyages ne peuvent être considérés comme étant du repos. Qu'en pensez-vous ? »

M. Aghios pensait que jusqu'au moment où il avait rencontré son interlocuteur, le voyage avait été vraiment un délassement. À présent, contraint de donner continuellement raison à quelqu'un qu'il n'aimait guère, il se sentait nanti d'une famille, et, par surcroît, d'une famille qu'il n'aimait pas. C'est pourquoi il put acquiescer en toute sincérité : « Non, ce n'est absolument pas un repos ! » Ce n'était pas du repos ! Pour jouir du repos, il fallait attendre Padoue, encore plusieurs heures !

« Imaginez aussi les responsabilités qui m'incombent ! Quelquefois je règle tout seul de A à Z une affaire de préjudices subis. Appréciation du dommage et accord définitif ! Naturellement je sais ce que je fais et n'ai jamais eu à encourir le moindre reproche. Tenez, aujourd'hui par exemple, je me rends à Padoue pour une affaire de cet ordre. Un très gros client exige la somme de cent soixante-quinze mille lires à la suite d'un incendie dont il a été victime. À Milan, ils proposaient d'envoyer des experts, ces ingénieurs abêtis par les mathématiques.

Io dissi al direttore di provare d'incaricare me della liquidazione e mi ripromettevo saldare tutto con centocinquantamila lire e conservarmi la riconoscenza del cliente. Il direttore, che mi conosce, disse subito: "Va bene! Tentiamo questa volta noi, uomini d'affari, senza ingerenza di quelle bestie di tecnici. Faccia lei!" Ed io partii dopo di aver messo nel mio portafogli centocinquanta pezzi da mille lire. Guardi qua!» e trasse dalla tasca di petto un portafoglio gonfio, che aperse. «Noi arriviamo a Padova troppo tardi per riscuotere un vaglia e perciò mi carico di tutte queste banconote. Il cliente sarà reso più mite, se vede le banconote in natura», e il grosso uomo rise mostrando i suoi bei denti di carnivoro, «eppoi, chissà che una parte di queste banconote non ritorni alla Società? Il vaglia invece è difficile di frazionare e non si potrebbe offrirne una parte alla volta.» Qui il signor Aghios poté competere coll'ispettore. «Anch'io per la mia famiglia assumo volentieri qualunque responsabilità. Nella mia tasca di petto ho...» esitò per un istante, perché stava per dire la verità, cioè trentamila lire; poi si ricredette e disse: «cinquantamila lire».

«E non ha paura di portare tanti denari con sé?»

J'ai suggéré au directeur d'essayer de me charger de l'affaire, me promettant de tout liquider moyennant cent cinquante mille lires, et de conserver en outre la reconnaissance du client à mon égard. Le directeur, qui me connaît bien, y consentit aussitôt : "Soit ! Tentons cette fois nous-mêmes, entre hommes d'affaires, sans que ces sots de techniciens y mettent leur nez. Faites comme vous l'entendez !" Et je me mis en route après avoir rangé dans mon portefeuille cent cinquante billets de mille lires. Voyez vous-même ! » ; et il tira de sa poche intérieure un portefeuille bien garni qu'il alla même jusqu'à ouvrir. « Nous arrivons trop tard à Padoue pour toucher un chèque, et c'est pourquoi je transporte tous ces billets de banque. Le client sera amadoué à la vue des billets en espèces », et le gros homme se mit à rire en montrant ses belles dents de carnivore, « et puis, qui sait, une partie de ces billets pourrait bien retourner à la Compagnie ? Tandis que le chèque porte la somme intégrale et ne permet pas une négociation par degrés. » À ce point, M. Aghios put rivaliser avec l'inspecteur. « Moi aussi, j'assume volontiers n'importe quelle responsabilité lorsqu'il s'agit de ma famille. Dans la poche intérieure de ma veste j'ai... » Il hésita un instant, sur le point de dire la vérité, c'est-à-dire trente mille lires, puis il se ravisa et dit : « Cinquante mille lires.

— Et n'avez-vous pas peur de transporter tant d'argent sur vous ? »

Il signor Aghios s'arrabbiò : « Se lei crede di saper difendere centocinquantamila lire, io ne saprò certo difendere cinquantamila ! »

L'ispettore si mise a ridere di un riso molto più gradevole di prima e l'accompagnò di un'occhiata d'ammirazione pel signor Aghios. « Una vera frase da poeta cotesta ! » osservò.

Il signor Aghios si sentiva solleticato nel suo amor proprio, ma tuttavia era in dubbio se aveva ragione di non offendersi. Il poeta era un uomo che sapeva scrivere, ciò che il signor Aghios non sapeva e, non sapendo fare delle poesie, il suo destino era di falsare la verità, vedere aria dove c'era una parete e sbattervi la testa. Fino a Padova non occorreva offendersi però ; perché convincere quel signore che non avrebbe rivisto mai più ?

Eppure la loro recente relazione doveva farsi più gradevole. Doveva dipendere dal fatto che l'ispettore pensava di essersi presentato a sufficienza e che ormai poteva trattare con più semplicità. Intanto si preoccupò del denaro del signor Aghios. « Non dica più di avere quel denaro. Capisco che sono stato io a fare il malanno. Ma io ho buon naso e subito compresi che con lei non c'era pericolo. Quello lì, dorme della grossa. » Ambedue si misero a guardare il biondino pallido, sempre immobile nel suo cantuccio.

M. Aghios s'emporta : « Si vous vous estimez capable de défendre cent cinquante mille lires, je saurai bien défendre cinquante mille ! »

L'inspecteur se mit à rire, d'un rire beaucoup plus agréable que tout à l'heure, accompagnant son rire d'un regard d'admiration pour M. Aghios. « Voilà une vraie phrase de poète ! » remarqua-t-il.

M. Aghios sentit son amour-propre chatouillé ; néanmoins il n'était pas certain d'avoir raison de ne pas se vexer. Le poète était un homme qui savait écrire, chose que M. Aghios ne savait point faire, et ne sachant pas écrire des poèmes, son destin était d'altérer la vérité, de voir de l'air là où il y avait un mur et de s'y cogner la tête. Cependant il était inutile de se froisser d'ici à Padoue ; à quoi bon convaincre ce monsieur qu'il ne reverrait jamais plus ?

Et pourtant leur récente relation devait prendre un tour plus plaisant. Cela découlait probablement du fait que l'inspecteur, pensant qu'il s'était suffisamment présenté, pouvait désormais s'entretenir avec plus de simplicité. Pour l'instant, il se faisait du souci pour l'argent de M. Aghios. « Ne dites plus que vous avez cette somme sur vous. J'admets que c'est moi qui ai fait le mal, mais j'ai du nez, et j'ai tout de suite compris qu'avec vous il n'y avait aucun danger. Quant à celui-là, il dort comme une souche. » Tous deux tournèrent leurs regards vers le jeune blondin pâle, toujours immobile dans son coin.

Dormiva tranquillo e giaceva sul guanciale come un pupazzetto di cera, scosso dai sobbalzamenti del treno. Soltanto le narici del suo naso fine parevano allargate, quasi per uno sforzo di lasciar passare maggior quantità d'aria. Da quei biondini trasparenti le narici sembravano delle piccole ali. Ma poi il signor Aghios ricordò un suo cavallo imbolsito, che tendeva le narici col solito sforzo fuori di posto dei malati e mormorò : « Dev'essere enfisematico ».

Oramai il signor Aghios era accorato per il ricordo del suo cavallino bolso. Nella malattia le bestie somigliavano di più all'uomo. Solo a loro mancava la parola, cioè la bestemmia che più attenua il dolore della malattia. Povere bestie. Il cavallino soffriva e non lo sapeva, ma il suo affanno era molto umano.

L'ispettore aveva acceso il suo toscano e per far dimenticare di essersi vantato di una regola ferrea, gettò un complimento al signor Aghios : « In buona compagnia si fuma di più. » Ed il signor Aghios fumò soltanto per restituire il complimento.

Poi l'ispettore predicò e fu molto noioso, ma la salvezza era a mano. Il treno faceva un rumore indiavolato e bastava cessare dallo sforzo di stare a sentire per non sentire più nulla. Tuttavia il signor Aghios sapeva quello che l'ispettore stava dicendo.

Il dormait paisiblement, et reposait sur l'oreiller comme un petit bonhomme de cire, secoué par les soubresauts du train. Seules les narines de son nez mince semblaient dilatées, comme par un effort pour laisser passer une plus grande quantité d'air. Les narines de tels individus, blonds et transparents, semblent être de petites ailes. Et un souvenir émergea dans l'esprit de M. Aghios, celui d'un petit cheval poussif qu'il possédait autrefois, et qui dilatait ses naseaux avec l'effort habituel incongru propre aux malades. « Il doit être emphysémateux », murmura-t-il.

Le souvenir de son petit cheval poussif affligeait M. Aghios. Lorsque les bêtes sont malades, elles ressemblent davantage aux hommes, excepté qu'il leur manque la parole, c'est-à-dire la possibilité de lâcher un juron, ce qui atténue le plus les souffrances de la maladie. Pauvres bêtes ! Le petit cheval souffrait et il ne le savait pas, mais son halètement était très humain.

L'inspecteur avait allumé son toscan, et pour faire oublier qu'il s'était vanté d'une discipline de fer, il lança un compliment à l'endroit de M. Aghios : « En bonne compagnie, on fume davantage. » Et M. Aghios fuma uniquement pour rendre le compliment.

Puis l'inspecteur se mit à pérorer et il devint fort ennuyeux, mais le salut était à portée de la main. Le train faisait un vacarme infernal et il suffisait de cesser de tendre l'oreille pour ne plus rien entendre. Toutefois, M. Aghios savait de quoi parlait l'inspecteur.

Parlava di politica ed asseriva che sarebbe bastato il buon volere di tutti per trarre l'Italia da ogni difficoltà. Circa quaranta milioni di buon volere. L'unanimità! Era troppo, mentre il signor Aghios (che si sentiva greco) aveva osservato che quando due italiani si trovano allo stesso tavolo, avevano la gran voglia di lasciarlo per non sentire più l'altro. E lui stesso, ch'era italiano per la nonna e la madre, non avrebbe voluto saltar fuori dal treno per non vedere più il signor ispettore?

E, mentre il signor ispettore parlava, il signor Aghios restò ad analizzare il ricordo della propria nonna. Com'era pallido. Una sola frase che forse gli era stata ripetuta da altri: Il letto è una buona cosa, perché se non si dorme si riposa. Ed una fotografia sbiadita di donna grassa, cadente, vestita a festa con vestiti impossibili che la stringevano nella vita e le lasciavano la gonna larga. La frase era altrettanto sbiadita e il signor Aghios non sapeva staccare la fotografia dalla frase, né la frase dalla fotografia. Pareva insomma che la fotografia avesse parlato. Perciò quella fotografia era più espressiva di ogni altra. Poteva avvenire che quella donna si rimettesse a discorrere.

Ora il signor ispettore era arrivato a parlare delle elezioni. Il signor Aghios, per cortesia, si spostò in avanti per avvicinarsi all'oratore e sentì chiaramente questa frase: «Il voto... obbligatorio». Ritornò al suo posto subito.

Il discourait de politique et affirmait que pour tirer l'Italie de ses difficultés, il aurait suffi de la bonne volonté de chacun. Environ quarante millions de bonnes volontés ! L'unanimité ! C'était trop, tandis que M. Aghios (qui se sentait grec) se faisait la remarque que lorsque deux Italiens se trouvaient à la même table, chacun d'eux était tenté de se lever afin de ne plus entendre l'autre. Et lui-même, qui était italien par sa mère et sa grand-mère, n'aurait-il pas eu envie de bondir hors du train pour ne plus voir M. l'inspecteur ?

Et tandis que l'inspecteur parlait toujours, M. Aghios s'attarda à évoquer le souvenir de sa grand-mère, un souvenir bien pâle. Il ne lui restait qu'une seule phrase qui lui avait peut-être été répétée par les autres : « Le lit est une bonne chose car même si on ne dort pas, du moins on se repose », et la photographie défraîchie d'une femme grasse, décrépite, portant d'invraisemblables vêtements de fête, serrés à la taille, avec une jupe très ample. La phrase était tout aussi délavée et M. Aghios ne savait plus détacher la photo de la phrase, ni la phrase de la photo. C'était en somme comme si la photo avait acquis l'usage de la parole. C'est pourquoi elle était plus expressive qu'aucune autre. Il n'était pas impossible que cette femme se remît à parler.

À présent, M. l'inspecteur en était arrivé à discourir sur les élections. Par amabilité, M. Aghios se pencha en avant pour se rapprocher de l'orateur, et il entendit clairement ces mots : « Le vote… obligatoire. » Il retourna aussitôt à sa place.

Tutto era obbligatorio in questa vita, anche di stare a sentire il signor ispettore. Se si divideva la vita nella parte dedicata alle azioni e alle parole obbligate e in quella riservata ai movimenti di libera iniziativa e ch'era quella che solo meritava il nome di vita, come questa era meschina in confronto di quella. Il signor Aghios era partito anelante alla libertà, ma sapeva che, di lì a qualche giorno, della libertà ne avrebbe avuto abbastanza e avrebbe ambito di riavere il suo giogo. Era così! La schiavitù non era solo un destino, ma anche un'abitudine. Era bello avere la libertà nel momento in cui ci si liberava, come aveva fatto lui che lasciava chiacchierare il signor ispettore senza starlo ad ascoltare.

Ma l'ispettore lo guardò ed egli di nuovo per cortesia s'avvicinò a lui per udirne la parola e sentì : «In Italia ci sono troppi capi.»

Il signor Aghios, rimessosi al suo posto, seppe subito dimenticare che in Italia ci fossero troppi capi. Aveva guardato fuori della finestra donde era proibito di augurare il bene ed era stato colto da un'idea terribile : "L'avvenire del mondo era di divenire tutto un'unica, una sola città. Addio campagne, addio boschi, addio prati. Come avrebbero mangiato tutti costoro? Chimicamente? Oh! disgraziati." L'idea colossale gli era venuta dalla vista di tre case coloniche con altre tre più in là e due prima e infine altre quattro. Invadevano i campi!

Tout était obligatoire dans cette vie, même de devoir écouter M. l'inspecteur. Si l'on partageait sa vie en deux parties, celle qui se trouve consacrée aux actes et aux paroles par obligation, et celle que l'on réserve aux mouvements de libre initiative, partie qui seule mérite le nom de vie, comme celle-là se révélait mesquine en comparaison de celle-ci. M. Aghios était parti, désirant ardemment la liberté, mais il savait que, d'ici peu, il se lasserait de la liberté et aspirerait à retrouver son joug. C'était ainsi ! L'esclavage n'était pas seulement un destin mais aussi une habitude. Il était beau de posséder la liberté au moment où l'on se libérait, comme il le faisait lui-même en laissant pérorer M. l'inspecteur sans même faire l'effort de devoir l'écouter.

Mais l'inspecteur le regardait et lui, toujours par politesse, s'approchant de lui pour entendre ce qu'il disait, saisit : « En Italie il y a trop de chefs. »

Revenu à sa place, M. Aghios sut immédiatement oublier qu'il y avait trop de chefs en Italie. Il avait regardé par la fenêtre par où il était interdit de souhaiter le bien, et une idée terrible s'était emparée de lui : « L'avenir du monde s'acheminait vers le devenir d'une seule et unique ville. Adieu campagnes, adieu bois, adieu prés. Comment se nourriraient-ils, tous ceux-là ? Chimiquement ? Oh ! les malheureux ! » L'idée colossale lui était venue à l'esprit à la vue de trois fermes, trois autres un peu plus loin, deux autres avant celles-ci, et enfin quatre encore, qui toutes envahissaient les champs.

Egli vedeva come fra tutte queste case se ne sarebbero messe delle altre e tutte in fila. Ma però, quando il mondo sarebbe stato tutta una città, lui, sua moglie e persino suo figlio avrebbero domandato poco posto. Era giusto di tranquillizzarsi con tanto egoismo? Non sarebbe stato meglio di soffrire per i posteri? Il signor Aghios sorrise. Il mondo era costruito tanto bene che certi dolori sono impossibili.

In seguito ad un altro richiamo dell'ispettore il signor Aghios arrivò a sentire ancora: «In conclusione io pretendo che il cittadino si scelga un Governo, eppoi non s'ingerisca di altro. Questa è la vera libertà.» Sì! Questa era la libertà! Venticinque anni prima il signor Aghios s'era scelta la consorte. Quale gioia quando, vincendo ogni difficoltà, egli era arrivato a dirla sua, trovando naturale che, in compenso, egli appartenesse a lei. Egli era stato felicissimo. Oh! tanto! Nelle grande libertà del viaggio egli tuttavia pensò che se venticinque anni prima, invece che sentire il bisogno di sposarsi, egli avesse sentito l'istinto del malfattore e l'avesse soddisfatto con un omicidio, certo a quest'ora, a forza di amnistie, egli sarebbe stato del tutto libero, magari di viaggiare.

Nel pensiero solitario non c'era nulla di compromettente ed il signor Aghios con un sorriso continuò a vedersi nella veste di un malfattore liberato.

Il voyait déjà comment d'autres surgiraient parmi celles-ci, et toutes bien alignées. Néanmoins, lorsque le monde ne serait plus qu'une seule ville, lui, sa femme, et même son fils, auraient exigé peu de place. Était-il juste de se tranquilliser avec autant d'égoïsme ? N'eût-il pas mieux valu souffrir pour les générations à venir ? M. Aghios sourit. Le monde était si bien bâti que certaines douleurs étaient impossibles.

À la suite d'un autre rappel de l'inspecteur, M. Aghios parvint à entendre encore : « En conclusion, je prétends que le citoyen doit opter pour un gouvernement de son choix, mais qu'ensuite il ne se mêle plus de rien. Voilà la vraie liberté ! » Eh oui ! Voilà ce qui constituait la vraie liberté ! Vingt-cinq ans plus tôt, M. Aghios avait choisi son épouse. Quelle joie lorsque, surmontant toutes les difficultés, il était parvenu à la déclarer sienne, trouvant tout naturel qu'en retour il lui appartînt. Il avait été très heureux. Oh ! Si heureux ! Toutefois, dans la grande liberté du voyage, il se plut à penser que si vingt-cinq ans plus tôt, au lieu d'éprouver le besoin de se marier, il avait ressenti l'instinct du malfaiteur et l'avait assouvi en commettant un homicide, à coup sûr à l'heure actuelle, à force d'amnisties, il se serait retrouvé complètement libre, peut-être de voyager.

Il n'y a rien de compromettant dans une réflexion solitaire, et M. Aghios continua en souriant à s'imaginer sous le jour d'un malfaiteur libéré.

È certo che, abitudinario come egli era, avrebbe avuto un desiderio intenso di ritornare alla galera, come fra poco avrebbe anelato di rimettersi sotto la protezione della moglie e soprattutto andare a proteggere quello scervellato di suo figlio, insomma il ritorno alla sua galera. E del resto che cosa poteva rimproverare a quella sua cara (oh! tanto cara!) moglie? Assidua lavoratrice, economa, bella, aveva vissuto alla lettera per lui. Certo lo seccava (ed il signor Aghios sorrise di nuovo) che quand'egli trovava bella una donna, essa subito interveniva a criticarne il naso o la figura. Eppoi essa lo accettava e amava com'era fatto, ma troppo spesso lo incitava di essere meno distratto e più accorto. Insomma veniva costantemente esercitata una pressione su di lui ed egli ora, in viaggio, libero, tentava di ritrovarsi intero. Certo, doveva riconoscere che la pressione non era tanto grave quanto quella che su lui tentava di esercitare quel signor ispettore viaggiante...

A proposito! L'ispettore, che per parecchio tempo era rimasto a guardare fuori della finestra in un sogno vago, quasi fosse alla ricerca di ulteriori idee politiche, s'era abbandonato sul sedile e dormiva russando leggermente.

Di gusto il signor Aghios si mise a ridere e al suono del suo riso l'ispettore non si mosse affatto.

Routinier comme il l'était, il aurait éprouvé sans nul doute un intense désir de retourner au bagne, tout comme sous peu il allait aspirer à se remettre sous la protection de sa femme, et surtout à vouloir protéger son écervelé de fils, en somme à retrouver son bagne. Du reste, que pouvait-il reprocher à sa chère (oh ! si chère !) épouse ? Belle, économe, travailleuse assidue, elle avait littéralement vécu pour lui. Certes, elle l'agaçait quand (et M. Aghios sourit de nouveau), dès lors qu'il jugeait une femme belle, elle intervenait aussitôt pour critiquer son nez ou sa taille. Et puis, elle l'aimait et l'acceptait tel qu'il était, mais il lui arrivait trop souvent de l'inciter à être moins distrait et plus avisé. Bref, une pression était constamment exercée sur lui, et maintenant, en voyage, libre, il cherchait à se retrouver lui-même intégralement. Il lui fallait tout de même reconnaître que cette pression n'était pas aussi fâcheuse que celle qu'exerçait sur lui M. l'inspecteur itinérant...

À ce propos ! L'inspecteur, qui pendant un bon bout de temps était demeuré à regarder par la fenêtre en rêvassant, comme s'il était à la recherche d'autres idées politiques, s'était abandonné sur son siège et dormait en ronflant légèrement.

M. Aghios se mit à rire de bon cœur, et l'inspecteur ne bougea guère au bruit que fit son rire.

Era un bravo uomo quest'uomo d'affari, che si diceva tanto accorto e che dopo di aver raccontato pubblicamente di tener in tasca centocinquantamila lire si metteva a russare. Il signor Aghios si sentì sollevato, come quando trovava la moglie in sbaglio di distrazione. Questo predicatore qui era veramente ridicolo! La vendetta del signor Aghios sarebbe stata più completa se gli fosse stato permesso di rubare quelle banconote. Sarebbe stata una grande soddisfazione di andarsene con quelle centocinquantamila lire. Peccato non essere un ladro! E il signor Aghios, senza nessuna intenzione di attuarlo, studiò il piano per arrivare a quel portafogli da cui avrebbe preso il denaro e anche le carte d'affari, per distruggere queste ultime, visto che bisognava dare una lezione completa a quel grand'uomo. Era tanto semplice! Bisognava sbottonare la giubba chiusa da un bottone solo e, arrivato al portafogli, estrarlo lentamente secondando il movimento del treno.

Il biondino nell'altro cantuccio si agitò, come se nel sonno avesse avuto un incubo.

Non ce ne sarebbe stato di bisogno, perché il signor Aghios mai più avrebbe proceduto ad attuare il piano. Il suo pensiero era tanto libero precisamente perché ogni attuazione ne era lontana. Libero veramente, il pensiero non può essere che quando si muove fra fantasmi. Anche quella giubba e quel bottone in realtà potevano essere più duri di quanto egli sognasse.

Il signor Aghios sorvegliò il biondino, per non sognare neppure il suo delitto prima che l'altro non dormisse.

C'était un brave homme, cet homme d'affaires qui se prétendait tellement avisé et qui se mettait à ronfler après avoir raconté publiquement qu'il détenait la somme de cent cinquante mille lires dans sa poche. M. Aghios se sentit soulagé comme lorsqu'il surprenait chez sa femme une étourderie. Ce prédicateur ici était vraiment ridicule ! La vengeance de M. Aghios aurait été plus complète s'il lui avait été permis de dérober ces billets de banque. Quelle belle satisfaction que de pouvoir s'en aller avec ces cent cinquante mille lires ! C'est bien dommage de ne pas être un voleur ! Sans aucune intention de le mettre à exécution, M. Aghios se mit à élaborer un plan en vue de parvenir à ce portefeuille dont il aurait subtilisé l'argent ainsi que les documents, qu'il aurait détruits puisqu'il fallait donner une leçon complète à ce grand homme. C'était si simple ! Il suffisait de déboutonner le veston fermé par un seul bouton, d'arriver au portefeuille, et de le retirer tout doucement en suivant les secousses du train.

Le blondin s'agita dans son coin, comme s'il venait de faire un cauchemar.

Ce n'était pas nécessaire car jamais M. Aghios n'aurait tenté d'exécuter son plan. Sa pensée n'était aussi libre que justement parce que toute réalisation en était éloignée. Une réflexion n'est vraiment libre que lorsqu'elle se meut au milieu de fantasmes. Ce veston, ce bouton pouvaient en réalité être plus difficiles qu'il ne l'imaginait.

M. Aghios surveilla le blondin pour ne même pas rêver son délit avant que l'autre ne fût endormi.

Ma allora un altro pensiero lo agitò. Si doveva essere vicinissimi a Padova. E se l'ispettore avesse continuato a dormire? Finché dormiva meno male, ma se si fosse destato e avesse continuato a procedere fino a Venezia? Altre prediche, gran Dio!

In quel momento per buona fortuna venne il conduttore a rivedere i biglietti.

Il biondino diede il suo ed anche l'ispettore si destò e subito domandò: «Quando arriviamo a Padova?»

«Fra dieci minuti!» rispose il conduttore.

Meno male. Dieci minuti di predica si potevano sopportare.

Ma il signor ispettore s'era destato di malumore. Non aperse bocca per cinque minuti. Poi si rizzò con risoluzione ferrea e trasse dalla rete la sua valigetta che pose accanto a sé. Guardò poi fuori della finestra e il signor Aghios guardò anche lui nella stessa direzione, con l'unica cortesia che l'ispettore gli permettesse. Il cielo s'era coperto di nubi nere ed il sole del tramonto, invisibile, illuminava la loro parte inferiore, che pareva composta di piante leggere, luminose d'argento, d'oro e di qualche metallo sconosciuto, trasparente e irrorato di luce propria.

«Pioverà» mormorò l'ispettore di malumore.

Mais alors une autre idée suscita son inquiétude. On devait se trouver tout près de Padoue. Et si l'inspecteur avait continué à dormir ? Tant qu'il dormait, tout allait bien, mais s'il devait se réveiller et décidait de poursuivre jusqu'à Venise ? Grands dieux ! Encore des sermons !

Par bonheur, le contrôleur se présenta à ce moment-là pour vérifier les billets.

Le blondin tendit le sien et l'inspecteur se réveilla, demandant aussitôt : « Quand arrivons-nous à Padoue ?

— Dans dix minutes », répondit le contrôleur.

À la bonne heure ! Dix minutes de prêche étaient encore supportables.

Mais M. l'inspecteur s'était réveillé de mauvaise humeur. Il n'ouvrit pas la bouche pendant cinq minutes. Puis il se dressa avec une résolution de fer et tira du filet sa petite valise qu'il posa à ses côtés. Il regarda par la fenêtre, et M. Aghios se mit à regarder lui aussi, dans la même direction, témoignant ainsi la seule politesse que l'inspecteur lui permît. Le ciel s'était couvert de nuages noirs, et le soleil du couchant, dissimulé par eux, illuminait leur partie inférieure qui semblait composée de plantes légères, lumineuses, d'or, d'argent, et de quelque métal inconnu, transparent, baigné de sa propre lumière.

« Il va pleuvoir, murmura l'inspecteur de méchante humeur.

«Non sempre piove quando il cielo ha quest' aspetto, denso e nero, con propaggini luminose» disse il signor Aghios, tentando di ridare il buonumore all'ispettore o forse per incoraggiarlo ad andarsene, come se la pioggia avesse potuto indurlo a fermarsi nel treno.

Infatti l'ispettore parve contento. «Lei se ne intende del tempo» e per la prima volta guardò il signor Aghios con grande rispetto.

«Non tanto!» disse il signor Aghios con modestia. «Però osservai spesso che il sole, al momento di partire, s'ammanta, quasi volesse nascondervisi, di dense nubi che poi, quando non vi è più bisogno di loro, spariscono.»

Il signor ispettore fece tre cose in una volta: Sbadigliò, sorrise e disse: «Poeta». Soltanto che la "e" di poeta divenne una "a" larga come quella bocca.

E quando l'ispettore dopo un breve saluto partì, il signor Aghios pensò che il maggior frutto del suo viaggio era la scoperta di essere un poeta.

Allora, da Padova a Mestre, fu la piena libertà. Il biondino nel cantuccio continuava a dormire e così il signor Aghios ebbe, per essersi staccato dal signor ispettore, lo stesso senso di libertà come quando s'era staccato dalla moglie. E questa libertà si precisò in parecchie osservazioni. Su un campo vide lavorare insieme un uomo e una donna.

— Il ne pleut pas toujours quand le ciel a cet aspect dense et noir, avec des franges lumineuses », dit M. Aghios, cherchant à redonner sa bonne humeur à l'inspecteur, ou l'encourageant peut-être ainsi à partir, comme si la pluie pouvait l'engager à rester dans le train.

En effet, l'inspecteur se montra content. « Vous vous y connaissez en matière de temps ? » ; et pour la première fois il examina M. Aghios avec grand respect.

« Pas tellement ! répondit M. Aghios avec modestie. Mais j'ai souvent remarqué qu'au moment de se coucher, le soleil s'enveloppe d'un manteau de nuages épais comme s'il désirait être masqué par eux, et ces nuages disparaissent ensuite lorsqu'ils ne sont plus nécessaires. »

M. l'inspecteur fit trois choses à la fois : il bâilla, sourit et dit : « Poète ! » Sauf que le « è » de poète devint un « a » aussi grand que sa bouche.

Et lorsque l'inspecteur, après avoir brièvement salué, quitta le train, M. Aghios pensa que le plus grand bénéfice qu'il retirait de son voyage provenait de la découverte qu'il était un poète.

Alors, de Padoue à Mestre, ce fut la liberté totale. Le blondin dormait toujours dans son coin et, comme il venait juste de se séparer de M. l'inspecteur, M. Aghios éprouva à son égard le même sentiment de liberté que lorsqu'il avait quitté sa femme. Plusieurs remarques qu'il se fit vinrent préciser cette liberté. Il aperçut un homme et une femme qui travaillaient ensemble dans un champ.

Non vide che una fisonomia sorridente di giovine donna, perché la corsa del treno non gli diede il tempo di vedere anche l'uomo. Potevano essere brutti o belli, ciò non importava. Non si poteva essere sicuri se erano sposati. Quello che era certo, era che lavoravano insieme, ma che si amavano o meglio che formavano quella società sessuale in origine, che doveva degenerare in una società d'interessi abbracciante il campo su cui lavoravano e la casetta, molto lontana forse, dove dormivano. Che truffa colossale! Venivano presi con dolcezza, avvolti nel loro proprio calore naturale e coperti di catene senza che se ne avvedessero. Se il signor Aghios non si fosse trovato in viaggio, dei due che lavoravano cantando sul campo non avrebbe osservato altro che l'aspetto della donna, per compiangere o invidiare il marito. Anche lui, coperto da catene, non sapeva vedere più in là del naso, mentre ora, in viaggio, assurgeva fino a vedere nel destino dell'uomo quello di tutti gli animali domestici. I polli non venivano mica trattati brutalmente. Anzi, veniva propinato loro il cibo che meglio loro si confaceva. Il male era che ad un dato momento venivano sgozzati.

Ed una seconda, benché orribile visione diede ancora la prova dell'altezza del pensiero del signor Aghios. Una donna vecchia, molto grassa, faceva da cantoniera poco prima di Mestre.

Il ne distingua qu'une souriante physionomie de jeune femme, car l'allure du train ne lui donna pas le temps de voir aussi l'homme. Ils pouvaient être beaux ou laids, cela n'importait guère. On ne pouvait pas être sûr qu'ils étaient mariés. Ce qui était certain, c'est qu'ils travaillaient ensemble, mais qu'ils s'aimaient, ou plutôt qu'ils constituaient une société originellement sexuelle, appelée à dégénérer en une société d'intérêts englobant le champ sur lequel ils travaillaient et la petite maison, peut-être fort distante, où ils dormaient. Quelle colossale escroquerie ! Ils se laissaient prendre avec douceur, enveloppés dans leur propre chaleur naturelle, et se retrouvaient enchaînés sans même s'en apercevoir. Si M. Aghios n'avait pas été en voyage, il n'aurait observé chez ces deux personnes qui labouraient leur champ en chantant que l'aspect de la femme, afin de plaindre ou d'envier le mari. Enchaîné lui aussi, il ne savait pas voir plus loin que le bout de son nez, tandis que maintenant, en voyage, il s'élevait jusqu'à découvrir dans le destin de l'homme celui de tous les animaux domestiques. Les poules n'étaient pas traitées brutalement pour finir. Au contraire, on leur dispensait la nourriture qui leur convenait le mieux. L'ennui est qu'à un certain moment on les égorgeait.

Bien qu'horrible, une seconde vision fournit une preuve supplémentaire de l'élévation de pensée de M. Aghios. Un peu avant Mestre, le poste de garde-barrière était tenu par une femme âgée et très grosse.

Pareva che il petto, molto grosso, le rendesse difficile di stare eretta. E il signor Aghios seppe indignarsi di quello che gli parve la massima ingiustizia fra le tante che facevano le leggi di questo mondo. Gli organi sessuali secondari della donna, le piante più deliziose del mondo, troppo spesso degeneravano in modo da torturare coloro cui non servivano più. Ed il signor Aghios ricordò che, poco prima di partire, aveva visto una cosa simile ed era passato oltre mormorando : «Ammazzarla!» Tanto il suo pensiero s'ingentiliva nella solitudine!

Al momento di lasciare Mestre il biondino nel cantuccio si mosse, tese i bracci per sgranchirsi, come se fosse uscito da un sonno profondo, e mormorò chiaramente : «Come i sogni sono belli! Peccato lasciarli!»

Fu un'avventura enorme del viaggio del signor Aghios di sentirsi dire una cosa simile da uno sconosciuto. Veniva improvvisamente ammesso nell'intimità di un proprio simile sconosciuto. Con costui non occorreva mica fumare per accostarlo.

Volle ripagarlo di uguale moneta consegnando anche lui qualche cosa della sua intimità. «Io so sognare anche senza dormire» disse sorridendo.

«Eh! sì!» disse con tristezza il biondino, «si può! Quando la realtà non è troppo forte e si può dimenticare.» Guardò sorridendo il signor Aghios. Questo sorriso, che seguiva a quelle parole, certificava la loro relazione già divenuta più intima di quelle che di solito si fanno nell'ozio del viaggio. Si conoscevano intimamente.

On aurait dit que sa forte poitrine l'empêchait de se tenir droite. Et M. Aghios sut s'indigner contre ce qui lui parut être la plus grande injustice parmi toutes celles qui faisaient la loi en ce monde. Les organes sexuels secondaires de la femme, ces plantes les plus délicieuses du monde, dégénéraient trop souvent de façon à torturer celles à qui ils ne servaient plus. Et M. Aghios se souvint que, peu avant de partir, il avait vu quelque chose de semblable et il avait passé son chemin en murmurant : « Il faudrait la tuer ! » Combien sa pensée s'affinait dans la solitude !

Au moment de quitter Mestre, le blondin bougea dans son coin, s'étira pour se dégourdir comme s'il émergeait d'un profond sommeil, et murmura clairement : « Que les rêves sont beaux ! Quel dommage de devoir s'en séparer ! »

Ce fut une énorme aventure du voyage de M. Aghios de s'entendre dire pareille chose par un inconnu. Il se trouvait soudain admis dans l'intimité de son semblable étranger. Point n'était besoin de fumer pour aborder celui-ci.

Il voulut le payer de retour en lui confiant aussi quelque chose de son intimité, et dit en souriant : « Moi, je sais rêver même sans dormir.

— Eh oui ! répondit le blondin avec tristesse, on peut le faire ! Lorsque la réalité n'est pas trop forte et qu'il est possible d'oublier. » Il regarda M. Aghios en souriant. Ce sourire, après ce propos, attestait que leur rapport était déjà devenu plus intime que ne le sont les relations habituellement nouées dans l'oisiveté du voyage. Ils se connaissaient intimement.

Il signor Aghios era un uomo felice, la cui realtà spariva quand'egli chiudeva gli occhi. Il giovinetto invece era un uomo torturato, che per obliare doveva abbandonarsi al sonno. Due destini o forse due caratteri.

Il signor Aghios, nel suo sentimentalismo da viaggiatore ozioso, corse ad aiutare : « Voi, giovini » disse « molto spesso attribuite troppa importanza a cose che non ne hanno. Guardi ! Non volendo dormire troppo, per togliere importanza alla realtà basta pensare una cosa sola : Che cosa sarà di noi due di qui a cent'anni ? Non ci sarà che la calma e percio è facile di anticiparla. Di tutte le cose che a noi d'intorno si muovono, non si moverà che questo vagone, perché la Ferrovia dello Stato tarda molto a mettere in pace le cose. »

Il biondino rise e aggiunse anche la sua approvazione ad alta voce : « Sì, la Ferrovia dello Stato è molto economica. » Poi si raccolse per trovare la risposta da dare. Infine parve ritirarsi nel proprio guscio, come se fosse pentito di discutere con uno straniero, e con un'occhiata molto eloquente, timida e supplice, disse al signor Aghios : « Per giudicare bisognerebbe lei sapesse tutto e non si può. » Guardò fuori della finestra i primi canali della Laguna.

Il signor Aghios ammonì se stesso come talvolta soleva : "Bada di non intrudere !"

M. Aghios était un homme heureux, dont la réalité s'effaçait sitôt qu'il fermait les yeux. Le jeune homme, au contraire, était un être torturé qui, pour oublier, devait se réfugier dans le sommeil. Deux destins, ou peut-être deux caractères.

Avec la sentimentalité du voyageur désœuvré, M. Aghios se précipita à l'aide : « Vous les jeunes, dit-il, vous attribuez très souvent trop d'importance à des choses qui n'en ont guère. Voyez-vous ! Pour ôter de son importance à la réalité, et si l'on ne veut pas trop dormir, il suffit de penser à une seule chose : qu'en sera-t-il de nous deux d'ici cent ans ? Il n'y aura que la paix, et par conséquent, il est facile de l'anticiper. De toutes les choses qui se meuvent autour de nous, seul ce wagon continuera à se mouvoir, car les Chemins de Fer de l'État tardent à mettre leur matériel au rancart. »

Le blondin se mit à rire et manifesta aussi son approbation à haute voix : « Oui ! les Chemins de Fer de l'État sont très économes. » Puis il se recueillit pour trouver une réponse. Enfin il donna l'impression de vouloir rentrer dans sa coquille comme s'il s'était repenti de s'entretenir avec un étranger, et dit à M. Aghios en lui lançant un regard très éloquent, timide et suppliant : « Pour juger, il faudrait que vous sachiez tout, et cela n'est pas possible. » Il regarda par la fenêtre les premiers canaux de la lagune.

M. Aghios se réprimanda comme il en avait parfois l'habitude : « Prends garde de ne pas te mêler des affaires d'autrui ! »

Volle anche informare il giovinetto che non gli teneva rancore perché non voleva confidarsi a lui e disse, guardando anche lui fuori della finestra: «La Laguna qui sembrerebbe intaccare la terra ferma ed è invece la terra ferma che aggredisce la laguna. Guardi quei piani fangosi screpolati che giacciono all'aria. Neppur dieci anni fa erano ancora coperti di acqua.» E per lungo e per largo il signor Aghios raccontò della lotta secolare fra laguna e terra ferma e delle spese e fatiche che implicavano la conservazione della laguna. Perciò Venezia non poteva sopportare un secondo ponte con la terra ferma, perché ogni piuolo piantato nel fondo della Laguna adunava intorno a sé la fanghiglia, che altrimenti sarebbe andata via, e costituiva una nuova aggressione alla Laguna.

Era un nuovo vantaggio del viaggio per il signor Aghios. Egli sapeva da lunghi anni la storia della Laguna moribonda, che minacciava di finire, come quella di Ravenna, ma il male era che anche sua moglie la sapeva, avendo abitato con lui a Venezia e sentito lui parlarne tante volte. Il suo interlocutore invece, benché certamente veneto, della Laguna non sapeva nulla e stava a sentirlo con gli occhi spalancati, mormorando a mo' di scusa: «Io, a queste cose, non ci pensai giammai, perché ho da lavorare ogni giorno.»

Il voulut informer le jeune homme qu'il ne lui tenait pas rigueur de ne pas vouloir se confier à lui, et dit en regardant par la fenêtre à son tour : « Il semble que ce soit la lagune qui entame la terre ferme alors qu'au contraire c'est la terre ferme qui assaille la lagune. Regardez ces étendues bourbeuses et crevassées qui se trouvent à découvert. Il y a dix ans à peine, elles étaient encore recouvertes d'eau. » Et M. Aghios raconta en long et en large la lutte séculaire entre la lagune et la terre ferme, les frais et les efforts qu'impliquait la conservation de la lagune. C'est pourquoi Venise ne pouvait supporter un second pont avec la terre ferme, car chaque pieu planté dans le fond de la lagune amassait autour de lui la boue qui, autrement, aurait été charriée, et constituait une nouvelle agression contre la lagune.

C'était pour M. Aghios un avantage nouveau de son voyage. Il connaissait depuis de longues années l'histoire de la lagune moribonde qui menaçait de finir comme celle de Ravenne, mais l'ennui était que sa femme la savait aussi, ayant habité à Venise avec lui, et l'ayant si souvent entendu en parler. Son interlocuteur, en revanche, bien que certainement originaire de la Vénétie, ignorait tout de la lagune, et l'écoutait attentivement, les yeux écarquillés, murmurant en guise d'excuse : « Je n'ai jamais eu le loisir de penser à ces choses, mon travail m'occupe trop tous les jours. »

Ed il signor Aghios, sentendosi pervaso dalla gioia di poter raccontare, insegnare e inventare (non era mica vero che fosse occorso di deviare tanti di quei fiumi per proteggere la laguna!), non poté far a meno di ricordare che una persona che lo conosceva pochissimo, poco prima lo aveva designato di poeta. Come si scoprivano cose e persone in viaggio!

Il biondino sospirò: «Dio sa quello ch'io farò a Venezia fino alla mezzanotte, l'ora del mio treno.»

«Anche lei parte alla mezzanotte?» domandò il signor Aghios.

«Sì» disse il biondino. «Vado per un affare a Gorizia e domani ritorno a Udine.»

«E allora vuole che attendiamo il treno insieme? Io devo andare in piazza San Marco per una mezz'oretta. Se vuole tenermi compagnia, io la invito!»

Il senso dell'ultima dichiarazione non ammetteva dubbio. Parve che il biondino volesse sottolineare l'evidente significato. «Io la ringrazio della sua generosità, ma non vorrei disturbarla.»

Doveva conoscere bene il signor Aghios, quel biondino. Con quella sua risposta aveva proprio messo la firma a un contratto ed il signor Aghios aveva la religione del contratto. Quando egli aveva detto una parola vi si sentiva legato e inchiodato. Ora egli la parola d'invito l'aveva detta e l'altro aveva fatto segno di averla intesa. Non c'era la possibilità di ritirarsi.

Perciò il signor Aghios insistette. L'altro non ancora accettò.

Et M. Aghios, envahi par la joie de pouvoir raconter, enseigner, voire inventer (ce n'était pas vrai qu'il avait fallu dévier tant de fleuves pour protéger la lagune !), ne pouvait s'empêcher de se rappeler qu'une personne qui le connaissait à peine l'avait, peu avant, qualifié de poète. Comme on découvrait les choses et les personnes en voyage !

Le blondin soupira : « Dieu sait ce que je ferai à Venise jusqu'à minuit, l'heure de mon train.

— Vous aussi vous partez à minuit ? s'enquit M. Aghios.

— Oui, répondit le jeune homme. Je dois me rendre à Gorizia pour régler une affaire et je rentre demain à Udine.

— Voulez-vous alors que nous attendions le train ensemble ? Il me faut aller place Saint-Marc pour une demi-heure environ. Si vous voulez me tenir compagnie, je vous invite à m'accompagner. »

La signification de cette phrase était sans équivoque. Il sembla que le blondin voulût en souligner le sens évident : « Je vous remercie de votre générosité, mais je ne voudrais pas vous importuner. »

Il devait bien connaître M. Aghios, ce blondin. Avec sa réponse, il avait apposé sa propre signature à un contrat, et M. Aghios avait la religion du contrat. Quand il avait prononcé une parole, il se sentait lié et cloué par elle. Or, il avait bien parlé d'invitation, et l'autre avait signalé qu'il avait compris. Il n'y avait pas la possibilité de se rétracter.

C'est pourquoi M. Aghios insista. L'autre n'acceptait pas encore.

Oramai ci si trovava in piena laguna. Da lontano si vedevano le luci di Murano che il signor Aghios tanto bene conosceva. Si fermò dall'insistere per parlare al suo nuovo amico di Murano e dei suoi vetri.

On se trouvait maintenant en plein dans la lagune. Au loin, on pouvait distinguer les lumières de Murano que M. Aghios connaissait si bien. Il cessa d'insister pour parler à son nouvel ami de Murano et de ses verreries.

## IV

## VENEZIA

Uscirono dalla stazione dopo di aver messo le loro due valigette nel deposito contro una sola ricevuta.

Il signor Aghios aveva un piano ben definito. Avrebbe voluto andare col vaporino fino alla Riva del Carbon e da lì a piedi — per sgranchirsi un poco — a S. Marco. Era del resto l'unica via di Venezia che il signor Aghios avrebbe saputo camminare da solo e il suo compagno era a Venezia per la seconda volta, ma non ne sapeva gran che.

Si avviarono dunque al vaporino. Già il signor Aghios stava per presentarsi alla cassa, accompagnato dal suo nuovo amico che oramai lo seguiva senza aver ancora decisamente accettato il suo invito, quando si sentì chiamare : « Signor Aghios ! » Si volse. Era Bertolo, il gondoliere di Murano. Il signor Aghios lo salutò con grande affabilità : « Come va ? Hai venduto la gondola, che sei qui *con la vita*[1] ? »

1. Expression dialectale qui signifie « à pied ».

IV

## VENISE

Ils sortirent de la gare après avoir mis leurs deux petites valises à la consigne, et retiré un seul ticket de bagages.

M. Aghios avait un plan bien défini. Il pensait prendre le petit bateau à vapeur jusqu'à la Riva del Carbon et se diriger ensuite à pied vers la place Saint-Marc pour se dégourdir un peu les jambes. C'était du reste l'unique chemin que M. Aghios aurait su emprunter tout seul à Venise, et bien que son compagnon se trouvât pour la seconde fois dans cette ville, il n'en savait guère plus long.

Ils s'acheminèrent donc vers le bateau. Accompagné de son nouvel ami qui désormais le suivait, sans avoir toutefois encore franchement accepté son invitation, M. Aghios était sur le point de se présenter à la caisse lorsqu'il s'entendit interpeller : « Monsieur Aghios ! » Il se retourna. C'était Bortolo, le gondolier de Murano. M. Aghios le salua avec une grande cordialité : « Comment vas-tu ? As-tu vendu ta gondole, pour qu'on te voie ici à pied ? »

Il gondoliere, un uomo sulla cinquantina, alto e magro, tutto nervi e muscoli, la faccia rugosa illuminata da due occhi azzurri giovanili, fu affettuoso e cortese e, prima di rispondere, domandò notizie della salute del signor Aghios, poi della signora Eleonora e infine del figliuolo. Poi, appena, dichiarò che la gondola era laggiù a sua disposizione : « Vorla degnarse ? Andemo a S. Marco. »

Il signor Aghios rise e propose di fare le condizioni. Domandò quanto avrebbe dovuto pagare per avere la gondola a disposizione fino alla mezzanotte, l'ora del suo treno.

Bortolo non volle fare delle condizioni. Era sempre così. Poi era difficile di contentarlo quando aveva compiuto il suo servizio. Quella gondola era simile a un locale di divertimenti, di cui il signor Aghios aveva sentito parlare, dall'ingresso libero visto che si pagava all'uscita.

Ma come sempre il signor Aghios s'adattò. Prima di parlare aveva preveduta la risposta, ma aveva voluto parlare anche lui per essere meglio armato per il momento in cui si sarebbe arrivati al pagamento.

Invitò il suo giovine amico a seguirlo e, guidati da Bortolo, scesero all'imbarcadero. Bortolo saltò in una peata, poi in una gondola e infine in un'altra ch'era la sua.

Le gondolier, un homme grand et sec d'environ cinquante ans, tout en nerfs et en muscles, le visage rugueux éclairé par deux yeux bleus et juvéniles, se montra poli et affectueux et, avant de répondre, il s'enquit des nouvelles de la santé de M. Aghios, de celle de Madame Eleonora, et enfin de leur fils. Ce n'est qu'alors qu'il déclara que sa gondole se trouvait un peu plus loin, à sa disposition : « Voulez-vous daigner… ? Nous allons à Saint-Marc. »

M. Aghios se mit à rire et proposa de s'entendre sur les conditions. Il demanda combien il lui faudrait payer pour disposer de la gondole jusqu'à minuit, l'heure de son train.

Bortolo refusa d'en parler. C'était toujours ainsi. Ensuite, une fois son service achevé, il était difficile de le contenter. Cette gondole était pareille à un de ces lieux de divertissements dont M. Aghios avait eu vent, et dont l'entrée était libre puisqu'on payait à la sortie.

Néanmoins, et comme toujours, M. Aghios s'adapta à la circonstance. Il avait prévu la réponse avant même de poser la question, mais il avait tenu à le faire afin d'être mieux armé au moment du paiement.

Il invita son jeune ami à le suivre et, guidés par Bortolo, ils gagnèrent l'embarcadère. Bortolo sauta dans une *peata*[1], puis dans une gondole et enfin dans une autre qui était la sienne.

1. Grande barque à fond plat que l'on utilise dans la lagune vénitienne pour le chargement des marchandises.

Si rizzò con l'aspetto di un generale su un campo di battaglia e cercò il posto necessario per moversi et arrivare alla riva. Gridò a un suo vicino di moversi, ma l'altro dimostrò con parole vivaci di non poterlo fare. Infine Bortolo prese la sua decisione. Disse : «El sior Aghios xe abituà alla laguna e lo go visto far tuto el Tio della Canonica saltando de barca in barca. Lu po' (e si rivolse all'ignoto amico del signor Aghios) non so come che el se ciama, ma so che el xe zovine e el pol anca lu far sto salto. Vegno a aiutarli.» Ritornò alla prima barca ormeggiata alla riva e s'inginocchiò a poppa per offrire il suo braccio saldo in appoggio al signor Aghios che con facilità montò sulla peata. Fu seguito dal compagno un po' esitante. Più difficile fu il passaggio sul leggero sandalo che pur bisognava varcare. Anzi il giovine fu in procinto di cadere in acqua e trascinare seco Bortolo. Fu un brutto attimo da cui Bortolo uscì illeso e il giovinotto si fece male al ginocchio che era andato a battere sull'orlo del sandalo.

Bortolo non finiva più di esprimere il suo dispiacere per l'avvenuto. Diceva che non aveva saputo di aver da fare con un uomo che non conosceva le barche. «Me dispiase tanto. So che dolor ch'el è de fracassarse l'osso sacro del zenocio.»

Il nuovo amico del signor Aghios s'era accomodato nella gondola e si fregava ancora il ginocchio.

Il se dressa avec l'air d'un général sur le champ de bataille, cherchant la place nécessaire pour pouvoir manœuvrer son embarcation et atteindre la rive. Il cria à son voisin de se déplacer, mais celui-ci, en quelques mots très vifs, prouva qu'il lui était impossible de le faire. Finalement Bortolo prit sa résolution et dit : « M. Aghios est accoutumé à la lagune, je l'ai vu faire tout le Rio de la Canonica en sautant de barque en barque. Quant à vous (et il s'adressa à l'ami inconnu de M. Aghios), je ne sais comment vous vous nommez, mais je sais que vous êtes jeune et que vous pouvez sauter de la sorte tout aussi bien. Je viens vous aider. » Il retourna à la première barque amarrée près du bord et s'agenouilla à l'arrière afin d'offrir son bras ferme comme appui à M. Aghios qui grimpa sur la *peata* sans encombre. Son compagnon, un peu hésitant, le suivit. Ce fut plus difficile de passer sur le léger esquif qu'il leur fallait tout de même franchir. Le jeune homme faillit même tomber à l'eau, entraînant Bortolo avec lui. Ce fut un mauvais moment dont Bortolo sortit indemne, tandis que le jeune homme se fit mal au genou en heurtant le bord de l'embarcation.

Bortolo n'en finissait pas d'exprimer ses regrets pour l'incident. Il ne s'était pas rendu compte, disait-il, qu'il avait affaire à un homme qui ne connaissait pas les barques. « Je suis désolé. Je sais combien il est douloureux de se fracasser l'os sacré du genou. »

Le nouvel ami de M. Aghios s'était installé dans la gondole, et frottait encore son genou.

Mormorò: «Non fa nulla. È stato proprio per colpa mia. Avrei dovuto far meglio attenzione.» E al signor Aghios, che anche lui s'informava come si sentisse, disse che non valeva la pena di parlarne.

Poi, mentre la gondola s'avviava sull'acqua trasparente, illuminata dagli ultimi bagliori dimenticati del sole già sparito, una sorpresa dolce, una carezza, venendo dal lungo viaggio traverso la campagna autunnale, il signor Aghios diede ordine a Bortolo di portarli in piazza per la via più breve. Al ritorno sarebbero passati per il Canal Grande.

«Io mi chiamo Giacomo Aghios» disse il signor Aghios volgendosi al suo vicino. Probabilmente era stato spinto a questa presentazione dall'osservazione fatta poco prima dal gondoliere di non sapere il nome del giovinotto.

Questi strinse la mano portagli dall'Aghios ed esitò per un istante. Ma poi l'esitazione fu spiegata: «Strano! Anch'io mi chiamo Giacomo. Giacomo Bacis. Il nome rivela la mia origine friulana. Anche il suo mi pare?»

«No! No!» disse il signor Aghios ridendo di cuore. «Io discendo da una razza molto più antica della celta.»

«Greca?» domandò il Bacis ammirando.

Il signor Aghios annuì. «È comodo» disse «di appartenere ad un'altra razza. Così è come se ci si trovasse sempre in viaggio. Si ha il pensiero più libero.

Il murmura : « Ce n'est rien. C'est entièrement de ma faute. J'aurais dû faire plus attention. » Et comme M. Aghios s'enquérait, lui aussi, de son mal, il répondit que cela ne valait pas la peine d'en parler.

Ensuite, tandis que la gondole glissait sur l'eau transparente que les dernières lueurs oubliées par un soleil déjà disparu illuminaient encore, une caresse, une douce surprise après le long voyage à travers la campagne automnale, M. Aghios donna l'ordre à Bortolo de suivre le chemin le plus court pour arriver à la place Saint-Marc. Au retour, ils passeraient par le Grand Canal.

« Je m'appelle Giacomo Aghios », dit M. Aghios en s'adressant à son voisin. Il avait probablement été incité à se présenter par la remarque que le gondolier avait faite peu auparavant, soulignant qu'il ne connaissait pas le nom du jeune homme.

Celui-ci serra la main que lui tendait Aghios et hésita un instant. Mais l'hésitation s'expliqua aussitôt : « Que c'est étrange ! Moi aussi je m'appelle Giacomo. Giacomo Bacis. Le nom révèle mon origine frioulane. Le vôtre aussi, il me semble.

— Non ! Non ! dit M. Aghios en riant de tout cœur. Je descends d'une race bien plus ancienne que les Celtes.

— Grecque ? » demanda Bacis admiratif.

M. Aghios fit un signe de tête affirmatif. « Il est commode, ajouta-t-il, d'appartenir à une autre race. C'est comme si l'on se trouvait toujours en voyage. On est doué d'une pensée plus libre.

È così che quando si tratta di modo di vedere italiano io non sono d'accordo neppure col modo di vedere greco. L'ultimo greco col quale fui d'accordo è Socrate.»

«Io» disse il Bacis, «sono di quei friulani che sanno due lingue e un dialetto. Sono in viaggio anch'io.» Rise per la prima volta dopo la stazione di Milano di un riso abbondante, quasi infantile, che lo portò subito più vicino al cuore del signor Aghios, il quale anche pensò : "Com'è intelligente il mio nuovo amico. Immediatamente intese intera la teoria che fa del viaggiatore una persona di eccezione, mentre io per elaborare un concetto tanto semplice impiegai quasi 60 anni."

Passato il Ponte della Ferrovia poterono gettare un'occhiata al grande canale. La modestia della penombra crepuscolare su quell'acqua e su quei marmi ne rilevava il colore e la linea. Subito entrarono nel rio dove le forme grandiose del canale si riducevano e variavano in motivi capricciosi ch'erano la continuazione, anzi, la integrazione della forte melodia che non ancora aveva liberato i loro sensi. Davvero a Venezia si può credere che di tutte le costruzioni grandiose siano avanzati dei pezzi e che tali pezzi siano serviti a costituire piccoli organismi, che all'altro somigliano nel dettaglio e ne differiscono radicalmente nell'espressione.

Cela fait que je ne suis pas d'accord avec la façon de voir des Italiens, pas plus que je ne le suis avec la façon de voir des Grecs. Le dernier Grec avec lequel je me suis entendu a été Socrate.

— Moi, répliqua Bacis, je suis un de ces Frioulans qui connaissent deux langues et un dialecte. Moi aussi je me trouve en voyage. » Et il se mit à rire pour la première fois depuis la gare de Milan, d'un rire exubérant, presque enfantin, qui le rapprocha immédiatement du cœur de M. Aghios, et lui suggéra cette réflexion : « Comme mon nouvel ami est intelligent ! Il a immédiatement saisi la théorie qui fait du voyageur un personnage d'exception, alors que j'ai mis, moi-même, près de soixante ans pour élaborer un concept aussi simple. »

Ils dépassèrent le pont du chemin de fer et purent jeter un coup d'œil sur le Grand Canal. La douceur de la pénombre crépusculaire sur cette eau et ces marbres faisait ressortir les teintes et les contours. Ils s'engagèrent aussitôt dans le canal où l'on retrouvait les formes grandioses du Grand Canal, mais réduites et diversifiées en motifs capricieux qui semblaient être la suite, ou plutôt l'intégration de la puissante mélodie dont leurs sens n'avaient pas encore été libérés. À Venise, on peut vraiment croire que des éléments de toutes les constructions majestueuses ont subsisté et que ces éléments ont servi par la suite à bâtir de petits édifices qui ressemblent aux autres par le détail et en diffèrent radicalement par l'expression.

E la gondola della benevolenza (perché c'era lui, il signor Aghios, e il suo nuovo amico che egli sottraeva ad una grande tristezza e il gondoliere che tanto volentieri per lui vogava) procedeva nel rio oscuro, misterioso, allargantesi ora per una vasta marmorea scala d'approdo, ora ristretto fra mura sormontate dal verde, ancora evidente nell'oscurità, di alberi incredibilmente vivi nell'ambiente dell'acqua salata e delle pietre.

«Magnifico!» mormorò il Bacis.

All'Aghios batté il cuore dalla compiacenza. Era come se gli fosse stato indirizzato un ringraziamento vivissimo, il più fervido che la nostra lingua comporti. E a sua volta egli mandò un saluto riverente agli antenati pirati che sulle loro piccole piroghe erano corsi per il mondo a cercare oggetti preziosi per portarli nella loro strana casa e disporli in modo da renderli tutti egualmente preziosi. Chi sa donde era venuta quella pietra bianca che nel rio scuro segnava dinanzi ad una porta l'altezza dell'acqua. Era possibile che in mezzo al combattimento il pirata si fosse fermato a guardare quella pietra intensamente, ricordando la propria abitazione dormente nel rio tranquillo e si fosse caricato del grosso oggetto solo per disegnare sulla casa già completa una linea nuova?

Il signor Aghios aveva una nozione molto superficiale della storia di Venezia e di Venezia stessa. Perciò con tanta facilità la sua scienza si convertiva in un sentimento.

Et la gondole de la bienveillance (car elle transportait à la fois M. Aghios lui-même, son nouvel ami qu'il distrayait de sa grande tristesse, et le gondolier qui ramait si volontiers pour lui), cette gondole s'avançait dans le canal obscur et mystérieux, que l'on voyait tantôt s'évaser à l'approche du vaste escalier de marbre d'un embarcadère, tantôt se resserrer entre de hauts murs surmontés du feuillage vert, encore visible dans l'obscurité, d'arbres incroyablement vivants dans ce milieu d'eau salée et de pierres.

« Magnifique ! » murmura Bacis.

Aghios sentit son cœur battre de plaisir. C'était comme si on lui avait adressé un très vif remerciement, le plus fervent que le langage puisse exprimer. Et, à son tour, il rendit un respectueux hommage aux ancêtres pirates qui avaient sillonné le monde sur leurs petites pirogues à la recherche d'objets précieux, afin de les rapporter dans leurs étranges demeures et de les y disposer de façon à les rendre tous également précieux. Qui sait d'où provenait cette pierre blanche qui, dans le sombre canal, marquait devant une porte la hauteur de l'eau. Est-il possible qu'en plein combat le pirate se soit soudain arrêté pour contempler cette pierre avec intensité, songeant à sa propre demeure dormant dans le canal tranquille, et qu'il se soit chargé de ce gros objet rien que pour dessiner sur sa maison déjà achevée une ligne nouvelle ?

M. Aghios avait une notion très superficielle de l'histoire de Venise et de Venise elle-même. Aussi son savoir se muait-il en sentiment avec une grande facilité.

Anche dagli altri greci ogni ignoranza aveva creato il premio. Egli sapeva il nome di qualche palazzo, ma specialmente sapeva la differenza fra palazzi giacenti nei rii e quelli del Canalazzo dall'unica facciata adorna; magnifici quelli, alcuni però tronfi, in lotta con la magnificenza del loro contorno, mentre nei rii i palazzi erano quadrati e completi e s'adagiavano nel contorno, sua parte evidente. Non conosceva Venezia, ma la teoria su Venezia.

Poi il signor Aghios si dimostrò veramente incapace Cicerone. Era stato preso da un vivo desiderio del Rio di Noal, ch'egli non vedeva da vari anni e, in mezzo ai tanti rii per cui passarono e persino quando giunsero dinanzi alla Salute e a S. Marco, continuò a parlare di quel rio ampio, tranquillo e modesto, che non era stato addobbato da nessun altro che dalla propria vita tranquilla, la propria necessità di bellezza.

«Andiamoci!» propose a mezza voce il Bacis.

«Non si può» disse sospirando l'Aghios. «Adesso sono le otto. Perderemo sicuramente una mezz'ora in piazza. Poi ci vorrà, con questo benedetto Bortolo, più di un'ora per arrivare alla stazione e infine bisognerà anche mangiare qualche cosa, perché di notte con quel nostro treno non troveremo nulla fino a Trieste.»

Même chez les autres Grecs, chaque ignorance avait engendré une récompense. Il connaissait le nom de quelques édifices, mais il savait surtout que la différence entre les palais qui longeaient les petits canaux et ceux du Canalazzo résidait uniquement dans la façade ornementée de ceux-ci. Ces palais du Canalazzo étaient somptueux, encore que certains fussent prétentieux et eussent juré avec la magnificence de leur cadre, tandis que le long des petits canaux, les édifices étaient carrés et achevés, et se livraient à leur décor, comme une partie évidente. Il ne connaissait pas Venise mais la théorie sur Venise.

M. Aghios démontra par la suite qu'il était un cicérone vraiment incompétent. Il avait été pris d'un vif désir d'évoquer le Rio di Noal qu'il ne voyait plus depuis plusieurs années, et au milieu de tant de canaux par lesquels ils passèrent, et même lorsqu'ils arrivèrent devant la Salute et à Saint-Marc, il continua de discourir sur ce Rio ample, tranquille et modeste, qui n'avait été orné par rien d'autre que par sa propre vie paisible, son propre besoin de beauté.

« Allons-y, proposa Bacis à mi-voix.

— Ce n'est pas possible, répondit Aghios en soupirant. Il est huit heures maintenant. Nous perdrons certainement une demi-heure place Saint-Marc. Puis il faudra compter plus d'une heure, avec ce sacré Bortolo, pour arriver à la gare, et enfin nous devrons aussi manger un morceau car, avec notre train de nuit, nous ne trouverons rien jusqu'à Trieste. »

Del resto e nell'intimo dell'animo suo il signor Aghios lo riconobbe. Non sarebbe stato bene di vedere quella sera il Rio di Noal. Così desiderato da lontano, posto al disopra della piazzetta e della vista su S. Giorgio, diventava una cosa enorme. Lo adornava il desiderio e anche l'impossibilità di raggiungerlo.

E davanti al palazzo dei dogi il signor Aghios parlò ancora dell'unico ponte di legno che fosse a Venezia, situato anche quello nel *suo* rio... Poi egli stesso s'avvide che non era possibile di continuare a parlare del Rio di Noal a chi non l'aveva mai visto e stava guardando la Chiesa di S. Marco intento e raccolto.

Poi il signor Aghios parlò del quarto d'ora terribile di Venezia, non durante la guerra, ma molto prima, alla caduta del campanile, e descrisse il terrore che aveva provocato lo stato del Palazzo, l'allontanamento della Biblioteca e la chiavatura delle mura che danno sul Rio della Canonica, fasciature che rappresentavano il pericolo enorme e anche un dolore come di mal di denti.

Il signor Aghios propose al Bacis di lasciarlo dinanzi alla chiesa intanto ch'egli avrebbe fatto un salto alle Mercerie per eseguire la sua missione. E avviandosi il signor Aghios con piena sincerità pensò : "Egli vedrà Venezia meglio se lasciato solo. Già io, il poeta, non so dire nulla che valga a comunicare le mie impressioni.

Du reste, et dans son for intérieur, M. Aghios reconnut qu'il n'était guère souhaitable de voir le Rio di Noal ce soir-là. Ainsi désiré de loin, placé au-dessus de la Piazzetta et de la vue sur Saint-Georges, il devenait quelque chose d'énorme. Le désir, et l'impossibilité de l'assouvir, l'embellissaient.

Et devant le palais des Doges, M. Aghios parla encore de l'unique pont de bois qui se trouvait à Venise, situé lui aussi dans *son* canal... Puis il s'avisa lui-même qu'il n'était guère possible de continuer à parler du Rio di Noal à quelqu'un qui ne l'avait jamais vu, et qui contemplait la basilique Saint-Marc avec attention et recueillement.

Là-dessus, M. Aghios parla du quart d'heure terrible que vécut Venise, non pas pendant la guerre, mais bien avant, lors de l'effondrement du campanile, et il décrivit la terreur qu'avait provoquée l'état du Palais, et comment on éloigna la Bibliothèque et on barra les murailles donnant sur le Rio de la Canonica, mesures qui montraient l'ampleur du danger et signifiaient aussi la douleur éprouvée, comparable à une rage de dents.

M. Aghios proposa à Bacis de le laisser devant la basilique pendant qu'il ferait un saut jusqu'à la rue des Mercerie pour s'acquitter de sa mission. Tout en s'éloignant, M. Aghios pensa en toute sincérité : « Il verra mieux Venise si on le laisse seul. Déjà moi, un poète, je ne sais rien dire qui vaille pour communiquer mes impressions.

La storia non la so, lo stile non conosco. Dunque?" E ammirò che bastava la compagnia prolungata di un solo uomo per togliergli la grande libertà del viaggio. Ci poteva essere meno libertà che quella di essere costretto di parlare di cose che non si sapevano? E poi pensò: "Non sarebbe perciò stato meglio di dividersi dal suo nuovo amico?" Gli sarebbe stato doloroso, perché egli era l'uomo dalle affezioni improvvise. E si levò dal dubbio pensando che per lui era meglio di passare la notte con persone che conosceva. Si toccò la tasca di petto.

Il signor Meuli, un uomo sulla cinquantina tuttavia biondo, ma calvo, grosso e curvo, era nella sua bottega occupato a fare qualche cosa di simile al bilancio della giornata in compagnia di un commesso. Esaminava delle annotazioni minute su un piccolo pezzo di carta, intanto che il commesso contava dei brillantini sciolti in una scatolina di velluto.

Vedendo entrare l'Aghios non sospese il lavoro, ma tenendo sempre d'occhio la cartina e il commesso gli domandò: «Qual buon vento ti porta?»

Il signor Aghios gli disse la missione da parte della moglie.

Je ne connais pas l'histoire, j'ignore les styles[1]. Alors ? » Et il s'émerveilla de ce qu'il suffisait de la compagnie prolongée d'un seul homme pour lui ôter la grande liberté du voyage. Pouvait-il y avoir moins de liberté que celle d'être contraint de parler de choses qu'on ne savait pas ? Une pensée lui traversa l'esprit : « N'aurait-il donc pas mieux valu se séparer de son récent ami ? » Cela lui aurait été pénible car il était l'homme des affections soudaines. Et il chassa son doute à l'idée qu'il avait intérêt à passer la nuit avec une personne de connaissance. Il porta la main à sa poche intérieure.

M. Meuli, un homme autour de la cinquantaine, encore blond mais chauve, gros et voûté, était dans sa boutique avec son commis, avec lequel il était en train de faire quelque chose qui ressemblait au bilan de la journée. Il examinait des annotations détaillées sur un petit morceau de papier, tandis que le commis comptait les petits brillants qui se trouvaient en vrac dans une petite boîte de velours.

Il n'interrompit pas son travail en voyant entrer Aghios, mais tout en tenant à l'œil le petit papier et le commis, il lui demanda : « Quel bon vent t'amène ? »

M. Aghios lui fit part de la commission dont sa femme l'avait chargé.

1. Dans le manuscrit il y a une annotation soulignée : « Tout détonne jusqu'ici et à partir d'ici. » Très évidemment, une appréciation de son œuvre, dont il devait se servir pour sa réélaboration, et dont les limites, qu'il était seul à connaître, ne peuvent être facilement précisées.

Gli portava così un affare di oltre centomila lire, ma non parve che il Meuli ne fosse molto felice. Anzi assunse lui un faruccio di protezione e dichiarò : « Sono ben contento di non essermi impegnato per quel vezzo di perle. Allora resta stabilito così ! Metto in disparte quel vezzo di perle per l'amica di tua moglie e non se ne parli più. » Poi : « Ti fermi a Venezia ? » L'Aghios gli rispose che doveva partire a mezzanotte.

« Con quel treno merci ? » esclamò il Meuli stupito.

« Non si poteva fare altrimenti. Arrivai a Venezia alle 20 e il treno celere per Trieste era partito alle 18. Io debbo essere a Trieste domattina di buon'ora. »

Il Meuli lo guardò ridendo. La persona dell' Aghios gli pareva tanto lenta, che gli pareva impossibile fosse spinta a tanta fretta.

L'Aghios uscì da quella bottega un po' stupito di aver trovato il Meuli più curvo del solito e anche più cereo. "Che stia male ? Era un uomo tanto occupato a far denari che poteva anche morire senz'accorgersene."

Già la morte era il presupposto della vita e quando si trattava di un uomo come il Meuli non bisognava dolersene troppo. Non che l'Aghios gli augurasse la morte, tanto più che il posto lasciato libero dal Meuli sarebbe stato occupato da un altro Meuli, ma questo Meuli qui non aveva nessuno che lo avrebbe rimpianto troppo acerbamente. Lasciava alcune povere sorelle che finalmente con la sua morte si sarebbero arricchite.

Il lui apportait ainsi une affaire de plus de cent mille lires, mais Meuli ne s'en montra pas particulièrement heureux. Au contraire, il se tint sur la défensive et déclara : « Je suis bien content de ne pas m'être engagé pour ce rang de perles. Alors nous sommes d'accord ainsi ! Je le mets de côté pour l'amie de ta femme, et on n'en parle plus. » Il ajouta ensuite : « Tu restes à Venise ? » Aghios répondit qu'il devait repartir à minuit.

« Avec ce train de marchandises ? s'exclama Meuli surpris.

— Impossible de faire autrement. Je suis arrivé à Venise à vingt heures et le train rapide pour Trieste partait à dix-huit heures. Il me faut être à Trieste demain matin de bonne heure. »

Meuli le regarda en riant. Aghios lui paraissait être une personne si lente qu'il lui semblait impossible de le voir mû par une telle hâte.

Aghios sortit de la boutique, un peu étonné de trouver Meuli encore plus voûté que d'habitude, et avec le teint plus cireux. « Serait-il malade ? C'était un homme si occupé à amasser de l'argent qu'il aurait aussi bien pu mourir sans s'en apercevoir. »

De toute façon la mort présuppose la vie, et s'agissant d'un homme comme Meuli, il ne fallait pas trop s'affliger. Non pas qu'Aghios lui souhaitât la mort, d'autant plus que la place laissée vacante par ce Meuli serait occupée par un autre Meuli, mais ce Meuli-ci n'avait personne qui l'aurait pleuré trop amèrement. Il laissait derrière lui quelques sœurs nécessiteuses que sa mort aurait finalement enrichies.

Il Meuli era stato compagno di scuola nelle elementari a Trieste. Poi aveva cominciata una sua vita avventurosa traverso tutto il mondo. Egli non amava parlarne molto, ma si diceva qu'egli fosse stato persino aguzzino di schiavi sull'isola di Giamaica. Insomma era ritornato a Trieste senza un soldo e scalcinato. Portava con sé qualche cosa d'altro : Sapeva parlare correntemente sette lingue senza saperne scrivere una sola. Il signor Aghios, che pur sapeva l'inglese, rimase stupito al sentirlo discorrere in quel linguaggio con un cliente. Come pronunzia pareva che la parola uscisse da una bocca anglo-sassone. Era probabile ch'egli non conoscesse che quelle poche parole che proprio gli occorrevano, per salutare e imbrogliare, ma era tuttavia meraviglioso per il signor Aghios che studiava da tanti anni l'inglese e che quando apriva la bocca era come se l'avesse tenuta chiusa perché nessuno l'intendeva.

Il moderno pirata aveva portato a casa anziché il sasso con cui addobbare la propria casa, sette lingue con cui costruirla. Ma bisognava trovare il modo di sfruttare le sette lingue in luogo ove non fosse domandato di saperle anche scrivere. E con occhio da uccello da preda il Meuli scoperse il punto del globo più internazionale del mondo, piazza S. Marco. Bisognava calare colà. Ma non era facile, perché sarebbe stato grave arrivarci così e senza un soldo in tasca.

Meuli avait été, à Trieste, son camarade d'école. Ensuite, il avait commencé sa vie aventureuse à travers le monde. Il n'aimait pas beaucoup en parler mais le bruit courait qu'il avait même été négrier dans l'île de la Jamaïque. Bref, il était revenu à Trieste minable et sans le sou. Il rapportait autre chose avec lui : il était à même de parler couramment sept langues sans savoir en écrire une seule. M. Aghios, qui connaissait pourtant l'anglais, était demeuré surpris de l'entendre s'entretenir dans cette langue avec un client. Sa prononciation était telle qu'on eût dit que les mots jaillissaient d'une bouche anglo-saxonne. Il est fort probable que son vocabulaire ne comportait que les quelques mots qui lui servaient pour saluer et pour berner les gens, mais cela semblait merveilleux à M. Aghios qui étudiait l'anglais depuis tant d'années, et qui, lorsqu'il ouvrait la bouche, aurait aussi bien pu la garder fermée puisque personne ne le comprenait.

Le pirate moderne avait rapporté chez lui non pas une pierre destinée à orner sa maison, mais sept langues avec lesquelles la bâtir. Cependant, il fallait trouver la façon d'exploiter cette connaissance des sept langues en un lieu où il n'était pas exigé de savoir aussi les écrire. Et de son œil d'oiseau de proie, Meuli découvrit le point du globe le plus international du monde, la place Saint-Marc. C'était là qu'il fallait foncer. Mais ce n'était pas facile, car s'y faire voir minable et sans le sou aurait pu être désastreux.

Qui intervenne l'Aghios con una di quelle sue buone azioni che gli scaldavano la vita : Regalò al Meuli alcuni suoi vestiti, un paio di stivali e della biancheria e contribuì anche a rifornirgli le tasche.

Passarono degli anni e il Meuli fece la carriera chiacchierando con gli stranieri un centinaio di parole per ogni lingua e vendendo loro dapprima dei merletti e poi dei brillanti. Un bel giorno il signor Aghios ebbe per un istante l'animo pieno di gratitudine per sua moglie. Ciò gli avveniva qualche volta. S'accorgeva d'aver pensato poco a lei e nello stesso tempo ch'essa per lui assiduamente aveva lavorato. Quella volta però il caso volle ch'egli si trovasse in tasca più denaro del solito. Decise di darle in regalo un vezzo di perle. Non s'intendeva affatto di quegli oggetti il signor Aghios, ma ebbe una trovata : il Meuli era tale suo vecchio amico e gli doveva tanto ch'egli di lui poteva fidarsi. Gli commise perciò l'acquisto e quando il gioiello arrivò lo presentò senz'altro alla moglie. La signora Eleonora gradì il dono, ma nello stesso tempo in cui ringraziò il marito volle saperne il prezzo e urlò subito che il Meuli l'aveva truffato. Quel vezzo di perle rappresenta un'adunanza di perle gobbe dalla gobba di tutte le varie grandezze e in tutte le direzioni.

Il signor Aghios s'adirò e corse a Venezia.

C'est alors qu'intervint Aghios en faisant une de ses bonnes actions qui lui réchauffaient la vie : il offrit à Meuli quelques-uns de ses habits, une paire de bottes et du linge, et contribua aussi à lui garnir les poches.

Des années passèrent, et Meuli fit carrière en conversant avec les étrangers, maniant une centaine de mots pour chaque langue, et leur vendant des dentelles d'abord, ensuite des brillants. Un beau jour, M. Aghios se sentit un moment envahi par un vif sentiment de reconnaissance envers sa femme. Cela lui arrivait quelquefois. Il s'apercevait soudain qu'il avait bien peu pensé à elle alors qu'entre-temps elle avait assidûment travaillé pour lui. Cette fois-là cependant, le hasard voulut qu'il eût plus d'argent en poche que de coutume. Il décida de lui offrir un rang de perles. Il ne s'entendait guère à cette sorte d'objets, mais il eut une inspiration : Meuli était un si vieil ami, et il lui devait tant, qu'Aghios pouvait se fier à lui. Il le chargea donc de l'affaire, et lorsque le bijou arriva, il le présenta tel quel à sa femme. Madame Eleonora apprécia le cadeau mais, tout en remerciant son mari, elle voulut en connaître le prix, et poussa aussitôt de grands cris, en disant que Meuli l'avait dupé. Ce collier était un assemblage de perles bosselées, aux bosselures irrégulières allant dans tous les sens.

M. Aghios se mit en colère et se précipita à Venise.

Riebbe con facilità i suoi denari, ma non gli bastò e volle delle spiegazioni dal Meuli, il quale infine, con una certa tristezza, gli disse che i gioielli non si comperavano per lettera. Specialmente per le perle non bastavano pesi e misure. Ricevendo un ordine simile, l'animo di un vecchio gioielliere naturalmente accettava il raro dono che la Provvidenza gli offriva.

Finché l'affare non fu liquidato, del beneficio antico che il signor Aghios gli aveva reso non fu parlato, ma una volta il Meuli ardì di vantare la sua grande correttezza per cui subito aveva accettato di annullare un grande affare conchiuso. Il signor Aghios non poté sopportare in silenzio una cosa simile e gli ricordò il suo beneficio che al Meuli aveva reso possibile di *calare* a Venezia ad afferrare il suo bottino. Il Meuli socchiuse gli occhi come se avesse voluto costringerli ad un grande sforzo per penetrare nella notte dei tempi. Si ricordò e sorridendo disse : « Era a quel tuo beneficio ch'io dovevo la preferenza che volevi accordarmi ? A questo mondo la più bella posizione è quella di essere un beneficato. »

Il signor Aghios rimase incantato dall'osservazione acuta e conservò la sua amicizia all'amico sconoscente. Costui, evidentemente, almeno in una lingua, sapeva dire delle cose fini. Però, quand'ebbe a trattare con lui degli affari, tenne gli occhi aperti.

Il fut remboursé sans peine mais ne s'en contenta point et voulut des explications que Meuli lui fournit finalement, avec une certaine tristesse, en lui déclarant que les bijoux ne s'achetaient pas par correspondance. En particulier lorsqu'il s'agissait de perles, il ne suffisait pas de signaler le poids et la dimension. En recevant une pareille commande, l'âme d'un vieux joaillier acceptait naturellement le rare don que la providence lui offrait.

Tant que l'affaire ne fut pas réglée, aucune mention ne fut faite des anciens bienfaits de M. Aghios, mais Meuli eut un jour la hardiesse de vanter la parfaite correction dont il avait fait preuve en annulant sans délai une grosse affaire conclue. M. Aghios ne put supporter en silence une telle remarque, et il évoqua son geste généreux d'antan grâce auquel il avait rendu possible à Meuli de *fondre sur* Venise pour y faire fortune. Meuli plissa les yeux comme s'il voulait se contraindre à un grand effort pour pénétrer dans la nuit des temps. Cela lui revint à l'esprit et il dit en souriant : « Dois-je donc à tes bienfaits la préférence que tu as bien voulu m'accorder ? En ce monde, la plus belle position est celle de l'obligé. »

M. Aghios demeura enchanté par la subtile observation, et il conserva son amitié à l'ami ingrat. De toute évidence, celui-ci savait dire des choses raffinées dans une langue au moins. Toutefois il ouvrit l'œil lorsqu'il eut à traiter les affaires avec lui.

Così fra loro due tutto fu chiaro e la loro amicizia non s'offuscò per la brutta avventura.

Il Bacis era nel mezzo della piazza tuttavia ammirando e l'Aghios lo raggiunse.

« Adesso » propose « c'imbarchiamo sulla nostra gondola e facciamo una gita magnifica fino alla stazione. »

S'avviarono. Della storia di Venezia l'Aghios sapeva con precisione una cosa : L'incendio del palazzo ducale e la sua data. Era stato rifatto in furia ? Avviandosi alla piazzetta l'Aghios pensò : "Dovrò pur verificare se sono bene informato." Dinanzi a quella leggiadra costruzione, una festa che nessuno penserebbe contenere anche la tristezza dei piombi e dei pozzi, l'Aghios fece osservare al Bacis la disformità fra finestre e finestre e il grande balcone al centro. La parte più ricca era quella ch'era stata risparmiata dall'incendio. Avevano voluto risparmiare nella ricostruzione o avevano inventato qualche cosa di nuovo ? Certo non avevano cercato di celare tale disformità, perché appariva già dalla posizione della nuova costruzione. Oh ! come l'Aghios amava quel palazzo in cui gli pareva che si fosse sposata Venezia sontuosa e Venezia modesta ! Ecco un'opera ch'era diventata intera per effetto di una forza naturale : Il fuoco.

Ainsi tout fut clair entre eux, et leur amitié ne fut point assombrie par la désagréable aventure.

Bacis se trouvait encore en contemplation au milieu de la place et M. Aghios le rejoignit.

« Maintenant, proposa-t-il, nous allons nous embarquer sur notre gondole et faire une magnifique promenade jusqu'à la gare. »

Ils se mirent en route. De l'histoire de Venise, Aghios connaissait un fait avec précision : l'incendie du palais ducal et sa date. L'avait-on refait en hâte ? En se dirigeant vers la Piazzetta, Aghios se dit : « Il faudra bien que je vérifie si je suis bien informé. » Devant cet édifice gracieux, une vraie fête dont personne ne soupçonnerait qu'elle implique aussi la tristesse des Puits et des Plombs[1], Aghios fit observer à Bacis la disparité que présentaient les fenêtres entre elles, et le grand balcon au centre. La partie la plus riche était celle qui avait été épargnée par l'incendie. Avait-on voulu faire des économies lors de la reconstruction, ou avait-on inventé quelque chose de nouveau ? On n'avait certes pas cherché à dissimuler une telle disparité car elle ressortait déjà de la position de la nouvelle construction. Oh ! comme Aghios aimait ce palais où, lui semblait-il, se conjuguaient une Venise somptueuse et une Venise modeste ! Voilà une œuvre qui était devenue totale sous l'effet d'une force naturelle : le feu.

1. On appelait ainsi les prisons situées dans le palais des Doges. Elles prenaient le nom de Puits lorsqu'elles se trouvaient au niveau du canal, et de Plombs lorsqu'elles étaient sous les toits.

Ed un ministro d'Italia aveva proposto di rifare il palazzo com'era prima dell'incendio, ma chi accanto al palazzo era cresciuto vi si era rifiutato. Oggidì, se vi fosse un incendio a Venezia o altrove, non vi sarebbe altra salvezza che ritornare al disegno antico come si fece col campanile, ma prima? Prima l'incendio non poteva essere che un'occasione a variazioni sull'antica pianta, viva ancora tanto da saper ricrescere.

Montarono in gondola aiutati dall'uomo del bastone, sempre pronto a Venezia in tutti i traghetti. Il pesante signor Aghios fu ben lieto dell'aiuto e beneficò sorridendo il buon uomo che si dimostrò molto servizievole. Quando fu seduto accanto al Bacis gli disse : « Quest'uomo del bastone è una vera necessità di Venezia e, come tante altre cose di Venezia, a chi non la conosce pare superflua. »

Come passarono il signor Aghios disse i nomi dei palazzi che conosceva. Più volte fu corretto da Bortolo, che dall'alto seguiva la conversazione come se fosse stato seduto in gondola. Il mezzo più lento di locomozione di questo mondo è la gondola a un remo, perché una parte della forza del gondoliere va spesa nell'arresto e si procedeva lentissimi, non più presto che in un museo.

Un ministre d'Italie avait suggéré de refaire le palais tel qu'il était avant l'incendie, mais ceux qui avaient grandi à côté du palais s'y étaient refusés. De nos jours, s'il devait y avoir un incendie à Venise, ou ailleurs, il n'y aurait d'autre salut que de retourner au projet primitif, comme on fit avec le campanile, mais avant ? Avant, l'incendie ne pouvait qu'être une occasion de faire des variations sur l'ancien plan, telle une plante[1] si vivante encore qu'elle recroît toujours.

Ils montèrent dans la gondole, aidés par l'homme à la perche, toujours présent à Venise à chaque embarcadère. Le pesant M. Aghios fut bien content de l'aide, et gratifia d'un sourire le brave homme qui s'était montré fort serviable. Lorsqu'il se fut assis auprès de Bacis, il lui dit : « Cet homme à la perche est une vraie nécessité à Venise, et comme tant d'autres choses à Venise, pour ceux qui ne la connaissent pas, elle semble superflue. »

M. Aghios désignait par leur nom les palais qu'il connaissait à mesure qu'ils passaient devant eux. Il fut plus d'une fois repris par Bortolo qui, d'en haut, suivait leur conversation comme s'il était installé dans la gondole. La gondole à une seule rame est le moyen de locomotion le plus lent du monde, car une partie de l'effort du gondolier se trouve perdue dans le temps d'arrêt, et ils allaient ainsi de l'avant, très lentement, pas plus vite que dans un musée.

1. En italien, le mot *pianta* a la double acception de « plan » et de « plante ».

Al signor Aghios non importò affatto di dover apparire — causa le correzioni del barcaiolo — meno dotto. Egli aveva nel suo animo altre ricchezze di cui non gl'importava di parlare. Nel silenzio del Canalazzo s'imprimeva indelebile nel suo animo quella notte oscura, ma dalla luce ancora sufficiente per vedere le tante cose che brillavano. E fra tutte brillava anche quella barca della benevolenza con Bortolo, giovanile e sicuro, infitto perpendicolare a poppa e quel giovinotto accanto a lui, cui egli aveva saputo procurare una mezz'ora di svago dal suo grande dolore. Non di più, perché poco prima il Bacis aveva emesso un sospiro che somigliava ad un singhiozzo. L'Aghios aveva trasalito a quel suono di dolore. Rimase un momento incerto se doveva usare una parola di conforto, ma poi preferì di tacere. Non bisognava intrudere.

Ora il Bacis s'era abbandonato nella gondola come poco prima nell'angolo del vagone ferroviario. E per lungo tempo tacque. Sorprese e commosse il signor Aghios con una perorazione che doveva aver pensato per lungo tempo : « Certo io non sono la compagnia che lei, signore, meriterebbe. È questa la giornata più triste della mia vita e non dimenticherò mai più ch'ella, con la sua bontà, volle rendermela più sopportabile. Se lei non fosse intervenuto io m'aggirerei adesso attorno a quella triste, tristissima stazione. »

« Eh ! No la xe tanto trista quela stazion ! » intervenne Bortolo di buon umore. « Basta saverse orizontar !

Il n'importait guère à M. Aghios de paraître moins érudit à cause des corrections du batelier. Il possédait dans son âme d'autres richesses dont il ne tenait pas à parler. Dans le silence du Canalazzo s'imprimait ineffaçablement dans son âme cette nuit obscure qui diffusait toutefois encore assez de clarté pour laisser voir les nombreuses choses qui brillaient. Et parmi toutes celles-ci brillait aussi la barque de la bienveillance, avec Bortolo juvénile et sûr de lui, planté verticalement à l'arrière, et ce jeune homme à ses côtés, à qui il avait su procurer une demi-heure d'évasion hors de sa grande douleur. Pas davantage, car peu de temps auparavant Bacis avait poussé un soupir qui ressemblait à un sanglot. Aghios avait tressailli à ce son de douleur. Il se demanda, incertain un moment, s'il ne devait pas prodiguer quelques mots de réconfort, mais il préféra se taire. Il ne fallait pas s'en mêler.

Bacis s'était à présent abandonné dans la gondole comme plus tôt dans le coin du wagon de chemin de fer. Il garda le silence un long moment. Il surprit et émut M. Aghios par un propos qu'il avait dû longuement méditer : « Je ne suis certes pas la compagnie que vous mériteriez, monsieur. C'est le jour le plus triste de ma vie, et je n'oublierai jamais que, par votre bonté, vous avez voulu me le rendre plus supportable. Si vous n'étiez pas intervenu, je serais là à errer autour de cette triste, si triste gare.

— Eh ! Elle n'est pas si triste que ça, cette gare ! intervint Bortolo, de bonne humeur. Il suffit de savoir s'orienter !

Da rente ghe xe un boteghin de vin de quelo...» e staccò dal remo la destra per portarsela alla bocca e stamparvi un bacio.

Il giovinotto non rispose. Anche il signor Aghios tacque, per quanto gli dolesse di non saper premiare neppure con una parola lo sforzo di divertirli fatto dal povero Bortolo.

«Vedrà» disse improvvisando «che alla giornata più triste della vita ne seguono altre lietissime.»

«Non è possibile!» disse vivacemente il Bacis.

«Eh! i zovini credi sempre d'essere in ultima malora!» borbottò Bortolo. «Daché mondo xe mondo a quell'età se se copa una volta al giorno.»

Quest'intervento era meglio riuscito del primo. Con un sorriso l'Aghios si rivolse al gondoliere: «Eppure fra voialtri gondolieri i suicidii sono rari anche da giovani.»

Il gondoliere ci pensò un istante prima di rispondere e si curvò innanzi per un colpo vigoroso del remo. Poi, rizzandosi, confermò: «Xe proprio vero!» Si sporse ancora una volta inanzi, lento e riflessivo. Poi sciando: «Noi povareti semo tanto abituai a difender la nostra vita che non la demo via per gnente.»

Con vigore, ma a bassa voce in modo da non esser sentito dal gondoliere, il Bacis avvicinandosi all'orecchio del signor Aghios disse:

D'autant plus qu'il y a, tout près, un petit troquet où l'on sert un de ces vins... » ; et il détacha sa main droite de la rame pour la porter à ses lèvres et y poser un baiser.

Le jeune homme ne répondit point. M. Aghios se tut aussi, quoiqu'il souffrît de ne pouvoir récompenser, fût-ce d'un mot, l'effort que le pauvre Bortolo faisait pour les amuser.

« Vous verrez, improvisa-t-il, qu'au jour le plus triste de la vie succèdent d'autres fort joyeux.

— Ce n'est pas possible ! s'exclama vivement Bacis.

– Eh ! Les jeunes croient toujours être dans le plus grand des malheurs ! grommela Bortolo. Depuis que le monde est monde, à cet âge-là, on se tue une fois par jour. »

Cette intervention eut plus de succès que la précédente. Aghios s'adressa au gondolier en souriant : « Et pourtant parmi vous, gondoliers, les suicides sont rares, même chez les jeunes. »

Le gondolier réfléchit un instant avant de répondre et se pencha en avant pour donner un vigoureux coup de rame. Puis, se redressant, il confirma : « C'est tout à fait vrai ! » Il se plia encore une fois en avant, lent et songeur. Puis, tout en déramant, il ajouta : « Nous autres, pauvres diables, nous sommes tellement habitués à défendre notre vie que nous ne la bazardons pas. »

Bacis se rapprocha de l'oreille de M. Aghios et lui dit avec force, mais à voix basse pour ne pas être entendu par le gondolier :

«Anch'io sono un *povareto*, ma il mio dolore è tale che della vita che sempre difesi non so più che farmene.»

Era un dolore iroso che in quelle parole si manifestava. L'Aghios però poco pensò a quel dolore, ma subito, spaventato, a se stesso. Aveva fatto bene di accollarsi un compagno simile, che poteva magari ammazzarsi a lui da canto. Oh! quanto gli sarebbe stata più cara la compagnia della moglie!

Anche lui con voce bassa, ma angosciata, disse al Bacis: «Io spero bene che in mia compagnia ella non si abbandonerà ad alcun atto contro la propria vita.»

«Oh! sia tranquillo!» assicurò il Bacis. «Ho promesso d'essere domani a Udine e certamente domani sarò a Udine. Poi... io non muoio volentieri. Prima di tutto la speranza l'ho tuttavia. Lei è stato tanto gentile con me che le racconterò tutto quando saremo soli. Vedrà! Io amo e ho tradito l'amore. Non sarebbe neppure un'azione decente quella di sparire ora. Le racconterò tutto. Già, rivelando il mio segreto a lei, io non comprometto nessuno. Lei domani avrà dimenticato il mio nome et tutta l'avventura.»

Il signor Aghios non protestò. Egli sapeva che del viaggio poco si ricorda. Passano fisonomie e s'accumulano confuse in un cantuccio della memoria, diventando collettività, nazioni, sessi, mai individui.

« Moi aussi je suis un *pauvre diable,* mais ma souffrance est telle que cette vie que j'ai toujours défendue, je ne saurais plus qu'en faire. »

Une douleur rageuse s'exhalait de ces propos. Aghios pensa peu à cette souffrance, mais aussitôt, effrayé, à lui-même. Avait-il bien fait de se charger d'un tel compagnon susceptible de se tuer à ses côtés ? Oh ! combien la compagnie de sa femme lui aurait été plus précieuse en ce moment !

Il répondit à Bacis à voix basse lui aussi, mais d'un ton angoissé : « J'espère bien qu'en ma présence vous ne vous livrerez à aucun acte contre votre propre vie.

— Oh ! soyez tranquille ! le rassura Bacis. J'ai promis de me trouver demain à Udine, et assurément je serai demain à Udine. En outre... je ne meurs pas volontiers. Tout d'abord j'ai encore de l'espoir. Vous avez été si bon envers moi que je vous raconterai tout lorsque nous serons seuls. Vous verrez ! J'aime et j'ai trahi mon amour. Ce ne serait même pas un acte décent que de disparaître à présent. Je vous raconterai tout. De toute façon je ne compromets personne en vous révélant mon secret. Demain vous aurez oublié mon nom ainsi que toute l'aventure. »

M. Aghios ne protesta point. Il savait qu'on se souvient de peu de choses d'un voyage. Les physionomies passent et s'entassent confusément dans un coin de la mémoire, devenant des collectivités, des nations, des sexes, mais jamais des individus.

Come nel sogno, ch'era tanto difficile di ricordare, perché piombava dalla notte oscura in un lampo di magnesio in cui s'agitavano cose e persone. Ecco, in un vagone si discorreva e tutto quanto si diceva aveva un sapore di teoria vaga, in quella vettura tanto simile a tutte e passando traverso un paesaggio che a quella vettura non apparteneva. Vero è : Vent'anni prima una giovinetta, ch'egli non aveva mai vista, s'era gettata durante la notte dal vapore in una cabina del quale egli aveva dormito. Per il fatto d'essere stato in quel piroscafo egli non dimenticò più il nome di quella giovinetta e la immaginava come, caduta in acqua e forse tuttavia galleggiante, guardava allontanarsi il piroscafo illuminato che l'abbandonava alla notte e alla morte. Alla mattina c'era stata una inchiesta a bordo ed egli nel rispondere aveva balbettato, sentendosi colpevole di aver dormito quando avrebbe potuto procurare il soccorso alla giovinetta forse già pentita dell'atto inconsiderato e che forse, prima di essersi rassegnata alla morte, aveva anche domandato aiuto ad alta voce. Ma qui c'era stata l'avventura rara e importante ch'è la morte. Tutto il resto aveva dimenticato. Certo non le sue osservazioni sulle belle donne, sui cani, sui gatti e persino sugli uomini. Non la fisonomia ! Era difficile (almeno a lui) di ricordare una linea e invece facilissimo di ritenere un'espressione.

C'était comme pour les rêves, qu'il est si difficile de se rappeler, car ils foncent sur vous dans la nuit profonde tel un éclair de magnésium dans lequel s'agitent les personnes et les choses. Voilà, dans un wagon de chemin de fer, on parle de choses et d'autres, et tout ce que l'on dit a une saveur de vague théorie, dans cette voiture si semblable à tant d'autres, et l'on traverse des paysages qui n'appartiennent pas à cette voiture. Il est vrai que vingt ans plus tôt, une jeune fille qu'il n'avait jamais vue s'était une nuit jetée à l'eau du bateau dans lequel lui-même occupait une cabine. Du fait qu'il se trouvait justement sur ce bateau-là, il ne put oublier le nom de la jeune fille, et il imaginait comment, tombée dans l'eau mais flottant encore à la surface, elle voyait s'éloigner le bateau illuminé qui l'abandonnait à la nuit et à la mort. Le lendemain, il y eut une enquête à bord, et il avait balbutié ses réponses, se sentant coupable d'avoir dormi au lieu de secourir cette jeune fille qui s'était peut-être repentie d'avoir accompli son acte inconsidéré, et qui avait peut-être crié à l'aide avant de se résigner à la mort. Mais, dans ce cas, il y avait eu la rare et importante aventure qu'est la mort. Tout le reste, il l'avait oublié. Certes, il avait gardé le souvenir de ses remarques sur les belles femmes, sur les chiens, les chats, et même sur les hommes. Mais il avait oublié les physionomies ! Il était difficile (du moins en ce qui le concernait) de se rappeler un profil, mais beaucoup plus aisé de retenir une expression.

Il Bacis aveva richiuso gli occhi e s'era abbandonato sul cuscino. Il ricordo troppo vivo del proprio dolore l'aveva allontanato da Venezia.

E il signor Aghios lo lasciò tranquillo e si abbandonò alle proprie riflessioni. Costui aveva amato e tradito! In quelle parole c'era una tale sintesi di avventura umana che al signor Aghios parve di trovarsi di nuovo a guardare sul destino umano da un treno lanciato a piena velocità e di non arrivar a vederne altro che quella parte comune a tutti i mortali.

Nel grande silenzio della Laguna, dove egli non scorgeva altra vita che quella rinchiusa in quella gondola, ch'era in certo modo non la vita stessa, ma l'occhio che la guardava, il signor Aghios poté rifigurarsi, ad onta dei palazzi granitici fra cui passava e che non necessariamente implicavano la vita, l'assenza di vita su tutto il pianeta. Pochi giorni prima egli aveva letto in un giornale che oramai si riteneva che quando la terra era già abitabile, per un caso qualunque era stata infettata di vita da un altro pianeta. Dopo tutto si spiegava : I piccoli animali arrivati quaggiù liberamente si misero ad amare e tradire e invasero tutto, il mare e la terra, per svilupparsi e continuare ad amare e tradire in ogni loro stadio.

« Mi stago atento de no far susuro col remo per no sveiarve » disse Bortolo, cui era duro di star zitto per tanto tempo.

Bacis avait refermé les yeux et s'était laissé tomber sur le coussin. Le souvenir trop vif de sa souffrance l'avait éloigné de Venise.

Et M. Aghios le laissa tranquille et s'abandonna à ses propres réflexions. Ce garçon avait aimé et trahi ! Ces mots renfermaient une telle synthèse d'aventure humaine que M. Aghios eut de nouveau l'impression de se livrer à des considérations sur le destin humain depuis un train lancé à toute vitesse, et de ne parvenir à en voir que telle portion commune à tous les mortels.

Dans le grand silence de la lagune, où il ne percevait d'autre vie que celle que contenait la gondole, et qui d'une certaine façon n'était pas la vie même mais l'œil qui la considérait, M. Aghios put se représenter, en dépit des palais de granit entre lesquels ils passaient, et qui n'impliquaient pas nécessairement la vie, l'absence de vie sur toute la planète. Peu de jours auparavant, il avait lu dans un journal qu'on présumait à présent que la Terre, lorsqu'elle était déjà habitable, avait été, par un hasard quelconque, infectée de vie provenant d'une autre planète. Ensuite tout s'éclairait : les petits animaux, arrivés ici-bas sans encombre, se mirent à aimer et à trahir, et envahirent tout, la mer et la terre, pour se développer et continuer à aimer et à trahir à chacun de leurs stades.

« Je fais très attention de ne faire aucun bruit avec la rame pour ne pas vous réveiller », dit Bortolo, à qui il était difficile de rester silencieux si longtemps.

Sì! Non era giusto di traversare muti la Laguna e nello stesso tempo di dimenticarla. Si passa dinanzi a Palazzo Pesaro, bruno tempio dalle pietre quadre, ma consacrato all'arte, e ad alta voce il signor Aghios menzionò il nome di Umberto Veruda, il grande pittore triestino il cui capolavoro vi dormiva.

Il Bacis aperse gli occhi per un istante e li richiuse subito. Ma il signor Aghios da quel ricordo si sentì vivificato. La Laguna apparteneva a tutti i veneti ed anche a lui. Era il pertugio per cui essi arrivavano al grande mondo.

Perché da tanta altezza egli improvvisamente scese tanto in basso da ricordare di nuovo il Meuli, l'uomo dalle sette lingue? Forse pel desiderio di svagare il suo compagno, che non pareva ormai più accessibile alle cose belle fra cui si movevano e, senza farne il nome, raccontò la sua avventura col Meuli, cioè il beneficio che gli aveva reso e come ne era stato compensato.

« Scometo » disse Bortolo « che de quela figura ludra de... » E nominò un altro gioielliere.

L'Aghios protestò, ma Bortolo insisteva : « Mi lo conosso ! El xe proprio capaze de un'azion simile. »

« Ma insomma non può essere lui, visto che non è triestino » disse l'Aghios impaziente. Per nulla al mondo avrebbe voluto lasciare una calunnia come traccia del suo passaggio per il Canalazzo.

« El xe de Corfù, ancora pezo » si lasciò sfuggire Bortolo.

Oui ! Il n'était pas juste de traverser la lagune en silence, et de l'oublier ainsi en même temps. Ils passèrent devant le palais Pesaro, temple brun aux pierres carrées, mais consacré à l'art, et M. Aghios mentionna à haute voix le nom d'Umberto Veruda, le grand peintre triestin dont le chef-d'œuvre reposait là.

Bacis ouvrit les yeux un bref instant et les referma aussitôt. Mais M. Aghios se sentit vivifié par ce souvenir. La lagune appartenait à tous les Vénètes, et à lui aussi. C'était l'accès qui leur ouvrait le vaste monde.

Pourquoi soudain descendit-il d'une telle hauteur et se retrouva-t-il aussi bas en évoquant de nouveau Meuli, l'homme qui parlait sept langues ? Peut-être par désir de distraire son compagnon qui ne paraissait plus accessible aux belles choses devant lesquelles ils passaient, et, sans le nommer, il lui raconta son aventure avec Meuli, c'est-à-dire le bienfait qu'il lui avait prodigué et comment il en avait été récompensé.

« Je parie, dit Bortolo, que c'est ce forban de... » Et il donna le nom d'un autre bijoutier.

Aghios protesta, mais Bortolo insistait : « Je le connais bien ! Il est fort capable d'une telle action.

— Mais enfin, ce ne peut être lui puisqu'il n'est pas triestin », répliqua Aghios avec impatience. Pour rien au monde il n'aurait voulu laisser une calomnie comme trace de son passage par le Canalazzo.

« Il est de Corfou, encore pire ! » laissa échapper Bortolo.

L'Aghios rise di tanta ingenuità, in persona che certamente lavorava e anche parlava per vedersi aumentata la mancia.

«E lei tratta tuttavia con quell'individuo?» domandò il Bacis con vivo interesse.

«Altro che! E ben volentieri! È un buonissimo gioielliere; ha delle bellissime cose ed io gli raccomando tutti i miei amici avvertendoli di stare in guardia.»

«El devi aver tanti amizi castrài» disse Bortolo, dando alla gondola un bello slancio, puntando il remo al fondo del canale.

L'Aghios rise di cuore. Poi spiegò al Bacis ch'egli era stato conquiso dalla bella, calma filosofia del Meuli. «È una grande scoperta, quella di mettere a frutto un beneficio avuto.» L'Aghios rise di cuore : «Io do, eppoi do ancora, ecco che i conti si pareggiano.»

«Lei è un uomo straordinario» disse il Bacis con voce profonda. Non richiuse più gli occhi, ma parve immerso in riflessioni profonde e quando l'Aghios gli fece vedere il palazzo Labia sottrarsi per una modestia veramente eccessiva al Canalazzo e gli raccontò che, secondo una leggenda, attorno ad esso, nel rio, doveva esserci sepolto del vasellame d'oro, che ad ogni banchetto vi veniva gettato, il Bacis lo degnò di un'occhiata distratta.

Allo sbarco l'Aghios domandò a Bortolo quanto gli dovesse. Bortolo dichiarò d'affidarsi nella generosità del signore.

Aghios rit devant une telle naïveté chez quelqu'un qui sans aucun doute faisait son travail, mais qui se mettait aussi en frais en vue de voir son pourboire augmenté.

« Et vous continuez néanmoins à traiter avec cet individu ? demanda Bacis, vivement intéressé.

— Et comment ! Et bien volontiers ! C'est un excellent joaillier ; il a de très belles choses et je le recommande à tous mes amis en les avertissant de se tenir sur leurs gardes.

— Vous devez avoir pas mal d'amis qui ont été plumés ! » lança Bortolo en donnant à la gondole un bel élan, pointant la rame jusqu'au fond du canal.

Aghios rit de bon cœur. Puis il expliqua à Bacis qu'il avait été conquis par la belle et calme philosophie de Meuli. « C'est une grande découverte que celle de savoir tirer profit d'un bienfait reçu. » Il rit encore : « Moi, je donne, et puis je donne encore, et comme ça les comptes s'équilibrent.

— Vous êtes un homme extraordinaire », dit Bacis d'une voix profonde. Il ne referma plus les yeux mais sembla plongé dans une profonde méditation. Et lorsque Aghios lui montra le palais Labia, situé en retrait du Canalazzo par un souci de modestie vraiment excessive, et lui raconta que, selon la légende, il devait y avoir, autour, enfouie dans le canal, de la vaisselle d'or qu'on y lançait à chaque banquet, Bacis daigna lui jeter un regard distrait.

Au moment de débarquer, Aghios demanda à Bortolo combien il lui devait. Bortolo déclara qu'il s'en remettait à sa générosité.

Quando il signor Aghios ebbe fatto quanto stava in lui per apparire generoso, Bortolo osservò: «Tutto va ben, ma Ela no ga pensà che a sta ora me toca tornar solo soleto fin a Muran. Merito qualche cosa anche per questo.» E visto che il signor Aghios non pareva molto convinto della giustezza dell'osservazione, Bortolo osservò: «Prometo de passar per el Rio de Noal e de telegrafarghe. Mi no savevo gnanca che el sia tanto belo. Lo guardarò per la prima volta.» Questo piacque al signor Aghios e lo stimolò a maggiore generosità.

Quand M. Aghios eut donné ce qui, à ses yeux, pouvait paraître généreux, Bortolo remarqua : « Fort bien, mais vous ne semblez pas penser qu'à cette heure-ci, je dois m'en retourner tout seul jusqu'à Murano, et que je mérite quelque chose pour cela aussi. » Et, voyant que M. Aghios ne paraissait pas tellement convaincu de la justesse de l'observation, Bortolo ajouta : « Je vous promets de passer par le Rio de Noal et de vous télégraphier. Je ne savais pas qu'il était si beau. Je le regarderai pour la première fois. » Cette remarque plut à M. Aghios et l'incita à une plus grande largesse.

## V

## ALLA STAZIONE DI VENEZIA

La stazione era pressoché vuota. Al restaurant vi erano occupati tre tavoli e da gente che non pareva accingersi al viaggio visto ch'erano privi di bagagli. Non una donna. Dietro il banco alla cassa ve n'era una sola e vecchia.

Del resto il signor Aghios era ansioso di sentire le confidenze di Bacis ed era tutt'intento ad un' attività negativa : Impedire a se stesso di fare un cenno o dire una parola che potesse essere interpretata come un incentivo al Bacis di fare tali confidenze. Non c'era più tempo di guardarsi d'attorno. Il signor Aghios non si trovava in viaggio, ma in una casa. Se nel frattempo il giovinotto avesse deciso altrimenti, egli non avrebbe cercato di farlo desistere. Era un sacrificio, dopo di aver già sacrificato qualche cosa al Bacis e alla sua tragedia. Ma non bisognava fare errori, perché gli errori che si commettono in viaggio sono irreparabili. Le persone che si assistono non si rivedono più e non v'è più riparazione possibile.

V

## À LA GARE DE VENISE

La gare était à peu près déserte. Au restaurant, trois tables étaient occupées par des gens qui ne semblaient pas être sur le point de partir en voyage, si l'on considérait qu'ils se trouvaient sans bagages. Pas une femme. Derrière le comptoir, à la caisse, il y en avait une, et elle était vieille.

Du reste, M. Aghios était impatient d'entendre les confidences de Bacis, et il était entièrement concentré sur une activité négative, celle de s'interdire de faire un signe ou de proférer un mot que Bacis pût interpréter comme une incitation à dévoiler ses confidences. Le temps manquait pour user de circonspection. M. Aghios ne se trouvait pas en voyage, mais dans une maison. Si entre-temps le jeune homme en avait décidé autrement, il n'aurait pas tenté de le dissuader. C'était un sacrifice, considérant qu'il avait déjà sacrifié quelque chose à Bacis et à sa tragédie. Mais il ne fallait pas commettre d'erreurs, car les erreurs faites en voyage sont irréparables. On ne revoit plus les personnes qu'on a aidées, et toute réparation devient impossible.

Un momento perdettero col cameriere. Il signor Aghios ordinò della carne fredda e del vino. Avevano ancora molto tempo perché, benché la gondola fosse stata contrattata fino alla mezzanotte, Bortolo aveva fatto in modo di liberarsi dal suo fardello alle undici. Il Bacis accettò un pezzo di pane e un pezzo di carne che il signor Aghios gli porse, ma non ne ingoiò che qualche boccone sollecitatovi più volte. Invece vuotò quasi senza accorgersene molti bicchieri di vino, proprio nel corso del discorso cui i bicchieri servivano quasi d'interpunzione. Per imitazione e lui pure senza accorgersene, ne bevette molto anche l'Aghios.

Non c'era pericolo che l'Aghios perdesse le confidenze. Fu un fiume di parole da cui fu investito. Da bel principio irruenti parole, come se fossero giaciute contenute da troppo tempo in gola.

«Io avrei già parlato in gondola. Ma c'era quel gondoliere. Dio mio! Che uomo insopportabile! Certamente disturbava così per rendersi gradevole e farsi aumentare la mancia. Io avrei voluto levarmi in piedi senza ch'egli se ne accorgesse, avvicinarlo e spingerlo in acqua.»

Il signor Aghios era tutt'intento ad esaminare la faccia che gli era rivolta e ch'egli vedeva per la prima volta con tanta esattezza.

Ils perdirent un moment avec le serveur. M. Aghios commanda de la viande froide et du vin. Ils avaient encore beaucoup de temps devant eux, car bien que la gondole eût été réservée jusqu'à minuit, Bortolo s'était arrangé de façon à se libérer de son fardeau dès onze heures. Bacis accepta un bout de pain et un morceau de viande que lui tendit M. Aghios mais, malgré ses invitations répétées, il n'en avala que quelques bouchées. En revanche, il vida, presque sans s'en rendre compte, de nombreux verres de vin au cours d'une conversation où justement les verres pouvaient servir presque de ponctuation. Par imitation, et lui aussi sans s'en apercevoir, Aghios but également beaucoup.

Aghios ne courait aucun danger de laisser échapper les confidences en question. Il fut assailli par un fleuve de mots. Dès le début, ce fut un flot impétueux de paroles, comme si Bacis les avait trop longtemps contenues dans sa gorge.

« J'aurais déjà parlé dans la gondole. Mais il y avait ce gondolier. Mon Dieu ! Quel homme insupportable ! Sans nul doute, il nous importunait ainsi pour se rendre agréable et obtenir un pourboire plus substantiel. J'ai eu la tentation de me mettre debout sans qu'il s'en aperçût, de m'approcher de lui et de le pousser à l'eau. »

M. Aghios était entièrement absorbé par l'examen du visage tourné vers lui et qu'il voyait pour la première fois avec autant de précision.

Era una faccia d'adolescente su cui stonava l'ira energica che gli si manifestava e che faceva lampeggiare i suoi occhi azzurri, grandi, ben disegnati, sani perché la cornea ne era nivea, senz' alcuna trasparenza di sangue o di fiele. I capelli biondi, abbandonati, di cui un riccio ricadeva sulla fronte così che il Bacis aveva il bisogno di allontanarveli con la mano, a volte in quella luce rosseggiavano. Una lieve peluria copriva il labbro ed era strano che da una persona vestita di un abito netto, accuratamente ripassato e una camicia di bucato, la barba non fosse fatta da varii giorni, forse un segno della tragedia che gli veniva raccontata.

Il signor Aghios non poté trattenersi dal difendere il povero Bortolo : « Poverino ! Fa quello che può ! »

Il Bacis prima di ammetterlo dovette pensarci un momento. Poi riconobbe che il signor Aghios aveva ragione e mormorò : « Certo ognuno a questo mondo fa quello che deve. Forse anch'io così e certo allora sarei meno infelice. »

"Anch'io" pensò il signor Aghios e, per esserne sicuro, trangugiò un bicchiere di vino. Poi non fu facile al signor Aghios di seguire parola per parola tutto il racconto del Bacis. Il Bacis era costretto ad abbassare la voce per non essere sentito dagli altri. Poi, come il tempo passò, la stanza si vuotò del tutto e di stranieri non vi rimase che la vecchia signora dietro al banco e abbastanza lontana da loro.

C'était un visage d'adolescent sur lequel détonnait la colère énergique qui s'y manifestait et qui faisait fulgurer ses grands yeux bleus, bien dessinés, sains, car la cornée était d'un blanc de neige sans la moindre trace de sang ou de bile. Les cheveux blonds, abondants, dont une boucle lui retombait sur le front, de sorte que Bacis devait l'en éloigner par un geste de la main, avaient par moments dans cette lumière des reflets roux. Un léger duvet couvrait la lèvre, et il était étrange de voir chez un homme vêtu d'un costume net, repassé avec soin, et dont la chemise semblait sortir du blanchissage, que la barbe ne fût pas faite depuis plusieurs jours, indice peut-être de la tragédie dont on lui faisait le récit.

M. Aghios ne put s'empêcher de défendre le pauvre Bortolo : « Le pauvre homme ! Il fait ce qu'il peut ! »

Bacis dut réfléchir un moment avant de l'admettre. Puis il reconnut que M. Aghios avait raison, et il murmura : « Il est certain que chacun en ce monde fait ce qu'il doit faire. Peut-être en est-il de même pour moi et alors, certes, je serais moins malheureux. »

« Moi aussi », pensa M. Aghios, qui, pour en être sûr, ingurgita un verre de vin. Ensuite, ce ne fut guère facile pour M. Aghios de suivre mot à mot le récit de Bacis. Bacis était contraint de baisser le ton pour ne pas être entendu par les autres. Puis, à mesure que le temps passait, la salle se vida entièrement, et il ne resta plus personne d'étranger à leurs propos, sinon la vieille dame derrière sa caisse, assez éloignée d'eux.

Allora il Bacis di tempo in tempo elevò di troppo la voce e fu peggio. Un timpano vecchio come quello del signor Aghios, per ragioni ovvie, non sa percepire il suono lieve. Ma non sa nemmeno analizzare e disarticolare il grido forte se vi è impreparato. Però l'effetto dell'esposizione non fu danneggiato da tale sua sordità. Il grido e il pianto possono perdere del loro effetto se la parola che li accompagna non è adeguata.

L'insieme del racconto fu da lui inteso. Non si trattava di una storia troppo complicata. Il Bacis era un milanese di origine friulana che a 17 anni era stato chiamato da un cugino della madre à Torlano nella Carnia per essergli d'aiuto nella direzione di un'azienda agricola. Ora questo cugino aveva una sola figliuola, Berta, e da bel principio, per una tacita intesa di cui anche il giovinotto sapeva, egli avrebbe dovuto sposarla e succedere nella proprietà dell'azienda che amministrava. Il giovinotto non l'amava. Sentiva anche una certa antipatia per il carattere imperioso e presuntuoso della giovinetta, ma spintovi dall' interesse, ch'è tanto potente in tanti giovani cuori, amava l'azienda e la giovinetta dello stesso amore.

«Probabilmente il suo fisico non le piaceva» disse il signor Aghios che sapeva la vita. «Quando una donna non piace è sicuro che ha un carattere disgustoso.»

Alors, de temps en temps, Bacis éleva par trop la voix, et ce fut pire. Un tympan vieux comme celui de M. Aghios ne parvient pas, pour d'évidentes raisons, à percevoir les sons légers. Mais il ne sait pas davantage analyser et désarticuler le cri sonore, s'il ne s'y attend pas. Toutefois, l'effet de l'exposé ne fut pas endommagé par une telle surdité. Les cris et les pleurs peuvent perdre de leur effet si les mots qui les accompagnent ne sont pas appropriés.

Il comprit l'ensemble du récit. Il ne s'agissait pas d'une histoire très compliquée. Bacis était un Milanais d'origine frioulane, qui, à l'âge de dix-sept ans, avait été invité par un cousin du côté maternel à venir s'établir à Torlano, en Carnie, afin de l'aider à diriger une entreprise agricole. Or ce cousin avait une fille unique, Berta, et dès le début, par une espèce d'entente tacite que le jeune homme n'ignorait pas, il fut convenu que celui-ci l'épouserait et succéderait à son cousin dans la propriété de l'affaire qu'il administrait. Le jeune homme n'était pas amoureux de Berta. Il ressentait même une certaine antipathie envers le caractère impérieux et présomptueux de la jeune fille, mais poussé par l'intérêt qui parvient à être si puissant chez tant de jeunes cœurs, il englobait dans un même amour l'entreprise et la jeune fille.

« Il est probable qu'elle ne vous plaisait pas physiquement, dit M. Aghios qui connaissait la vie. Lorsqu'une femme ne plaît pas, on peut être sûr qu'elle a un caractère exécrable.

«Può essere!» disse il Bacis con una certa fretta di eliminare un'idea che gli toglieva il corso del suo pensiero. Ma poi non seppe procedere senza aver proprio distrutta quell'obbiezione che gli si attaccava ai piedi e gl'impediva il passo. «Prima ch'io amassi Anna io amai un'altra donna...»

«Chi è Anna?» interruppe il signor Aghios.

«Anna è la nipote del padre di Berta. Quella che m'impedì di tenere gli occhi chiusi e di sposare Berta senz'accorgermi ch'io non sapevo amarla. Ma non sapevo amare Berta proprio per il suo carattere. Prima di Anna io amai un'altra, non so quando, proprio nella mia prima infanzia, ma so che anche quest'altra era debole, debole, dolce, dolce, bisognosa di protezione e più disposta al pianto che alla lotta.»

«Insomma sottile, sottile» disse il signor Aghios che intendeva benissimo avendo avuto gli stessi gusti. Non s'accorgeva il signor Aghios di restare ostinatamente fermo nella sua prima idea e di correre perciò il pericolo di fermare il racconto del Bacis.

«Sottile, sottile! Si, anche sottile» disse il Bacis arrendendosi. Il signor Aghios sospirò soddisfatto di aver indovinato.

Il giovinotto aveva visto spesso Anna accanto alla fidanzata, ma non se ne era subito innamorato. Era una bambina, una vera bambina a quattordici anni. Di adulta c'era in lei la grande soggezione ai ricchi parenti, un calcolo dunque da persona molto ragionevole.

— Peut-être bien », répondit Bacis qui avait quelque hâte à écarter une idée susceptible de le détourner du cours de ses pensées. Mais il ne sut plus comment poursuivre sans avoir vraiment détruit cette objection qui lui collait aux pieds et l'empêchait d'avancer. « Avant d'aimer Anna, j'avais aimé une autre femme aussi...

— Qui est Anna ? interrompit M. Aghios.

— Anna est la nièce du père de Berta. Celle qui m'a empêché de garder les yeux fermés et d'épouser Berta sans me rendre compte que je ne pouvais pas l'aimer. Mais je ne pouvais pas aimer Berta justement en raison de son caractère. Avant Anna, j'avais aimé une autre fille, je ne sais plus quand, vraiment dans ma prime enfance, mais je sais qu'elle aussi était faible, très faible, douce, toute douce, avec un grand besoin de protection, et une disposition aux pleurs plutôt qu'à la lutte.

— En somme frêle, très frêle », dit M. Aghios qui comprenait parfaitement, ayant eu les mêmes goûts. Il ne se rendait pas compte, M. Aghios, qu'il demeurait obstinément arrêté sur sa première idée, et qu'il courait ainsi le danger de couper court au récit de Bacis.

« Frêle, frêle ! Oui ! frêle aussi », admit Bacis, se rendant. M. Aghios soupira, satisfait d'avoir deviné.

Le jeune homme avait souvent vu Anna auprès de sa fiancée, mais il ne s'était pas tout de suite épris d'elle. C'était une enfant, une vraie enfant à quatorze ans. Ce qu'il y avait d'adulte en elle, c'était sa grande soumission à ces parents riches, un calcul de personne bien raisonnable.

Ma a quindici anni anche tale soggezione divenne ancora più da adulta, cioè s'ammantò di un po' di tristezza e divenne dolorosa per certi lievi scoppii di ribellione subito repressi, ma non abbastanza prontamente per sfuggire ai parenti che perciò la odiavano. Era vestita più dimessamente di prima, ma ogni straccio sul suo corpicino diventava importante.

Il signor Aghios aveva già bevuto abbastanza per sentirsi capace di conservare tutta la libertà di cui aveva goduto quasi tutto il giorno anche di fronte ad un interlocutore tanto veemente.

Con l'esperienza di chi molto amò e desiderò, ma nello stesso tempo con la parola pacata del vecchio ch'è simile all'uomo oggettivo chiuso nel laboratorio con gli elementi che rubò alla vita, osservò : « Questi stracci appiccicati alla donna amata diventano una sua estensione. È come porre su una fiamma un pezzettino informe di metallo. Quando s'arroventa emana la stessa o anche una maggiore luce della fiamma stessa. C'è una differenza però. Tutti vedono la luce. Non tutti la bellezza di quegli stracci. Grande differenza ! »

Il Bacis tracannò un bicchiere di vino per poter restare col pensiero al proprio discorso.

Mais à quinze ans, une telle soumission se fit encore plus adulte, dans le sens qu'elle s'enveloppa d'un peu de tristesse et devint pénible à cause de certains légers éclats de révolte aussitôt réprimés, mais non avec la promptitude suffisante pour pouvoir échapper aux parents qui, en conséquence, la détestaient. Elle était vêtue encore plus modestement qu'auparavant, mais le moindre chiffon sur son petit corps acquérait de l'importance.

M. Aghios avait déjà suffisamment bu pour se sentir capable de conserver, même en présence d'un interlocuteur aussi fougueux, toute la liberté dont il avait joui presque tout au long de la journée.

Avec l'expérience de quelqu'un qui a beaucoup aimé et désiré dans sa vie, mais, en même temps, avec la sérénité du vieillard analogue à l'objectivité de l'homme enfermé dans son laboratoire avec les éléments qu'il a dérobés à la vie, il nota : « Ces haillons plaqués sur la femme aimée deviennent son amplification. C'est comme quand on pose sur une flamme un petit morceau informe de métal. Lorsqu'il est chauffé au rouge, il produit la même lumière, sinon une lumière plus intense que la flamme elle-même. Il y a une différence cependant. Tout le monde voit la lumière. Mais tous ne sont pas sensibles à la beauté de ces haillons. Grande différence ! »

Bacis lampa d'un trait un verre de vin afin de conserver dans sa pensée le fil de son propos.

Ma con l'Aghios un bicchiere non bastava, perché era un uomo che in viaggio voleva vederci chiaro.

« Perciò io credo che quegli stracci siano piuttosto simili a certi colori la cui bellezza è sentita dai soli artisti o dagl'intenditori. Già ! È evidente ! Solo chi ama è un intenditore. » E anche il signor Aghios bevette per premiarsi di tanta acutezza.

« Ma tutti dicevano che Anna coi mezzi più semplici era vestita splendidamente. »

Poi il Bacis fu anche più irruente per non dar tempo al signor Aghios d'intervenire.

Ma ora parlò chiaramente e sempre con la stessa bassa voce quasi vergognandosi di se stesso, così che il signor Aghios percepì ogni sua sillaba.

« Chi era Anna ? Una serva. Chi ero io ? Non sapevo di essere uno schiavo disgraziato. Venivo già trattato quale il figlio del padrone. Non si poteva ragionevolmente pretendere ch'io rinunziassi all'alta posizione che mi veniva regalata. Perciò io decisi di godere Anna e sposare Berta. Con lento proposito. Ogni mattina levandomi il mio problema era : Che cosa farò io oggi per conquidere Anna ? Senza che altri se ne accorgesse io la circuii delle mie attenzioni. Fu facilissimo ottenerla ! Non ci fu altra difficoltà che di trovarla sola, scavalcare un davanzale. Ancora adesso non capisco ! Tutti a Torlano l'ammiravano per la sua modestia, la sua ritenutezza, la sua religione.

Mais avec Aghios, un verre ne suffisait guère : il était homme à vouloir voir clair lorsqu'il se trouvait en voyage.

« C'est pourquoi je pense que ces haillons sont plutôt semblables à certaines teintes dont la beauté n'émeut que des artistes ou des connaisseurs. Mais oui ! C'est évident ! Seul celui qui aime est un connaisseur. » Et M. Aghios but lui aussi, en récompense de tant d'acuité d'esprit.

« Mais tout le monde disait qu'Anna, avec ses moyens des plus modestes, était somptueusement vêtue. »

Puis Bacis devint encore plus véhément pour ne pas laisser à M. Aghios le temps d'intervenir.

Toutefois, il parlait clairement à présent, et toujours sur un ton bas, comme s'il avait honte de lui-même, de sorte que M. Aghios percevait chaque syllabe.

« Qui était Anna ? Une servante. Qui étais-je ? J'ignorais que j'étais un esclave malheureux. J'étais déjà traité en fils du maître. On ne pouvait raisonnablement prétendre que je renonce à la haute position qui m'était offerte. C'est pourquoi je décidai de jouir d'Anna et d'épouser Berta, ruminant mon projet. Chaque matin, à mon réveil, je me posais la question : que dois-je faire aujourd'hui pour conquérir Anna ? Sans que personne ne s'en aperçût, je l'entourai d'attentions. Ce fut tout à fait facile de l'obtenir ! Il n'y eut d'autre difficulté que de la trouver seule, d'enjamber un appui de fenêtre. Maintenant encore je comprends mal. À Torlano, tout le monde l'admirait pour sa modestie, sa réserve, sa piété.

Questa facilità forse m'attaccò tanto a lei, fu la mia sventura e, se Dio m'aiuta, sarà la sua salvezza. Perché si fidò di me, così subito? Fu ingannata dalla sincerità della mia carne? Sa spiegarlo lei ch'è un filosofo?»

La mente intorpidita del signor Aghios fu scossa da quelle parole del Bacis : Sincerità della carne. Un turbine d'idee sorse da quelle parole. Era la sincerità delle bestie la sincerità della carne, ma anche da esse questa sincerità non durava che un attimo e non rappresentava un impegno. Il Bacis aveva però macchiato quella sincerità, perché in quel medesimo istante egli aveva pensato di simulare. Anche quella sincerità da lui non aveva servito che a tradire meglio.

«A me lei dà del filosofo nello stesso istante in cui ella fabbricò questa terribile idea della sincerità della carne contraddetta dalla falsità di un'altra parte del corpo ch'è anch'essa carne, carne evoluta!»

«Io non ho tempo di pensare a tali cose» disse il Bacis stringendosi nelle spalle. «Io non penso mai; io ricordo per soffrire. Avvenne proprio come le dico. Essa mi sentì sempre sincero ed io sempre seppi di tradirla. Io non credo di aver saputo fingere. Il mio volere fermo di sposare la fortuna, non me ne lasciava il tempo. Se avevo anche sempre pronte le parole per avvisarla ch'essa doveva restare l'umile serva mia e di mia moglie.

Cette facilité contribua-t-elle à m'attacher si fort à la jeune fille? Ce fut mon malheur, et si Dieu m'aide, ce sera son salut. Pourquoi se fia-t-elle à moi aussi immédiatement? Se serait-elle laissé tromper par la sincérité de ma chair? Vous qui êtes un philosophe, sauriez-vous l'expliquer? »

L'esprit engourdi de M. Aghios fut ébranlé par ces mots de Bacis : sincérité de la chair. Un tourbillon de pensées jaillit de ces mots. La sincérité de la chair était celle des animaux, mais chez eux aussi, une telle sincérité ne durait qu'un moment, et ne représentait pas un engagement de leur part. Bacis avait cependant entaché cette sincérité, car au même instant il avait songé à feindre. Même cette sincérité-là ne lui avait servi qu'à mieux trahir.

« Vous me traitez de philosophe au moment même où vous forgez cette terrible idée de la sincérité de la chair, contredite par la duplicité d'une autre partie du corps qui est de la chair elle aussi, de la chair évoluée !

— Je n'ai guère le temps de penser à des choses pareilles, répondit Bacis en haussant les épaules. Je ne pense jamais ; je me souviens pour souffrir. Les choses se sont passées exactement comme je vous le dis. Elle n'a jamais douté de ma sincérité, et moi, j'ai toujours su que je la leurrais. Je ne pense pas que j'aie pu feindre. Ma ferme volonté d'épouser la fortune ne m'en laissait pas le loisir. Si je vous disais que j'avais même, sur le bout des lèvres, les mots qu'il fallait pour l'aviser qu'elle devait rester mon humble servante et celle de ma femme.

Pensavo proprio di dirle che di giorno avrebbe potuto continuare a servire mia moglie e qualche notte avrebbe dovuto accogliermi nel suo letto. Per qualche tempo solo, finché ne fossi stato ben sazio. Non dissi tutto ciò solo perché tutto mi pareva sottinteso. Non c'era fretta. E se non ci fosse stato questo mio sciocco cervello ch'è fatto altrimenti di quello che dovrebbe, io avrei potuto fare la mia vita più lieta e più comoda per sempre. Non Anna mi rese infelice, ma questo mio stupido cuore.»

E il Bacis continuò dicendo che in quel torno di tempo gli capitò la notizia che suo fratello, cassiere in una banca, aveva commesso una cattiva azione che avrebbe potuto costare la vita alla loro madre. La madre supplice si rivolse a lui pregandolo di procurare lui le diecimila lire che occorrevano per salvare l'onore della famiglia. Egli senz'altro comunicò la cosa al padre di Berta che già considerava suo padre. Costui diede subito le diecimila lire, ma volle che Berta ne fosse informata e sapesse che tale importo andava in deduzione della dote. Così egli si trovò d'essere ufficialmente fidanzato di Berta. «Non ci furono molte parole né con Anna per divenirne l'amante, né con Berta per divenirne il fidanzato. L'anticipazione sulla dote era proprio da Berta la stessa cosa che Anna m'aveva concesso permettendomi di godere del suo corpo. Così io passai tutti i miei giorni con Berta e tutte le mie notti con Anna.

Je comptais justement lui déclarer qu'elle pourrait continuer à servir ma femme pendant la journée, et que de temps en temps, la nuit, elle devrait m'accueillir dans son lit. Pas indéfiniment, mais jusqu'à satiété. Si je n'exprimai pas tout cela, c'est seulement parce qu'il me semblait que c'était sous-entendu. Il n'y avait aucune hâte. Et n'était mon esprit absurde qui est fait autrement qu'il ne devrait l'être, j'aurais pu me ménager une vie plus joyeuse et plus confortable à jamais. Ce n'est pas Anna qui m'a rendu malheureux, mais ce cœur stupide qui est le mien. »

Et Bacis poursuivit en racontant qu'à cette même époque, il avait reçu la nouvelle que son frère, caissier dans une banque, avait commis une mauvaise action qui avait failli coûter la vie à leur mère. Celle-ci s'était adressée à lui en le suppliant de se procurer les dix mille lires qu'il leur fallait pour sauver l'honneur de la famille. Il communiqua aussitôt la chose au père de Berta qu'il considérait déjà comme son propre père. Celui-ci déboursa sur-le-champ les dix mille lires, mais il exigea que Berta en fût informée et sût qu'un tel montant serait déduit de sa dot. Il se trouva ainsi officiellement fiancé à Berta. « Il n'y eut pas beaucoup de discussions, ni avec Anna pour devenir son amant, ni avec Berta pour devenir son fiancé. L'avance sur la dot de la part de Berta était du même ordre que ce que m'avait concédé Anna en me permettant de jouir de son corps. Ainsi, je passai toutes mes journées avec Berta, et toutes mes nuits avec Anna.

Il grande casamento vastissimo e disadorno in cui vivevamo era proprio fatto per organizzarvi la mia doppia vita. Ad un'ala c'era l'ufficio e l'abitazione della famiglia di Berta. Al di fuori dell'ufficio dormivo io in una stanza a pianoterra. All'altra ala, circondata da stanze in cui dormivano famigli e serve stanchi del lavoro della giornata, c'era la stanza di Anna. Avevamo tre cani di guardia, che m'accompagnavano festosamente ma muti nella mia corsa da una parte della casa all'altra. E di giorno io ad Anna non pensavo. Quando l'intravedevo umile, intenta alle sue faccende, pensavo : "Aspetta ! Godrò di questa tua umiltà questa notte. Adesso non c'è tempo di pensarci." E con Berta poco o nulla si parlava d'amore. Ma ci trovavamo uniti nello stesso pensiero di allargare il nostro possesso. Già ! Quello che nelle vostre città è l'avidità di denaro, da noi in campagna è l'avidità di terra. E quando si parlava delle nostre conquiste future (volevamo far salire sui colli il nostro possesso tutto in pianura) Berta diceva : "Quando Ugo (mio fratello) ci restituirà le quindicimila lire..." Essa non dimenticava le quindicimila lire ! »

Al signor Aghios parve che dapprima si fosse parlato di sole diecimila lire. Volle rettificare, ma poi gli parve cosa inconferente.

Le grand bâtiment, fort vaste et austère, dans lequel nous vivions, était justement conçu de façon à pouvoir organiser ma double vie. Dans une aile se trouvaient le bureau ainsi que l'habitation de la famille de Berta. Moi, je couchais près du bureau, dans une chambre au rez-de-chaussée. Dans l'autre aile, entourée de toutes les pièces où dormaient les domestiques et les servantes épuisés par le travail de la journée, se trouvait la chambre d'Anna. Nous avions trois chiens de garde qui m'accompagnaient joyeusement mais en silence dans ma course d'une partie à l'autre de la maison. Le jour, je ne pensais guère à Anna. Lorsque je l'entrevoyais, humble, penchée sur sa besogne, je pensais : "Attends un peu ! Cette nuit je jouirai de ton humilité. Je n'ai pas le temps d'y penser maintenant." Et Berta et moi, nous parlions peu d'amour, sinon pas du tout. Mais nous étions unis par le même souci d'accroître notre propriété. Eh oui ! Ce qui, dans vos villes, est l'avidité du gain est chez nous, à la campagne, l'avidité de la terre. Et lorsque nous parlions de nos futures acquisitions (nous voulions étendre aux collines notre propriété actuellement toute en plaine), Berta disait : "Lorsque Ugo (mon frère) nous rendra les quinze mille lires..." Elle n'oubliait jamais les quinze mille lires ! »

Il semblait à M. Aghios que tout à l'heure il avait été question de dix mille lires seulement. Il voulut rectifier, mais cela lui parut inconvenant.

In tutte le loro speculazioni di terra e di prodotti erano guidati da un vecchio contadino, Giovanni, assurto per la sua astuzia e fedeltà al rango di consigliere. Riceveva la stessa paga come quando irrorava del suo sudore i campi (e non più), ma era l'anima dell'azienda. Il signor Aghios tese l'orecchio, perché il Bacis dedicava tante parole a quell'umile uomo che si capiva doveva finire per giocare una parte importante nell'avventura che gli veniva raccontata. Era avido come i padroni, ma solo per loro. Un vero cane fedele. Il padrone era il padrone e quando s'abituò a considerare anche il Bacis quale padrone, più padrone di tutti perché, più giovine, doveva rimanere suo padrone per l'eternità della sua vita, s'investì dei suoi interessi anche quando potevano collidere con quelli del suo legittimo padrone, il padre di Berta, e Berta stessa che quale donna non poteva essere la prima nel comando.

Presto Anna si sentì madre. Lo disse al Bacis senza domandare nulla ed anzi giocondamente, nella certezza che ciò fosse un nuovo anello della catena che li univa. Non le era stata detta una parola in contrario e innocentemente essa pensava che tutto dovesse svolgersi nel modo più naturale. Il Bacis non ne fu molto turbato. Il suo primo pensiero fu anzi che ormai si dovessero accelerare le pratiche per il suo matrimonio con Berta.

Pour toutes leurs spéculations concernant la terre et les produits, ils étaient guidés par un vieux paysan, Giovanni, qui, grâce à sa rouerie et à sa fidélité, s'était élevé au rang de conseiller. Il touchait le même salaire (et pas davantage) que lorsqu'il arrosait les champs de sa sueur mais il était l'âme de l'entreprise. M. Aghios tendit l'oreille, car Bacis consacrait tant de mots à cet homme modeste qu'on comprenait qu'il devait finir par jouer un rôle important dans l'aventure qui lui était contée. Avide comme ses maîtres, mais dans leur seul intérêt, c'était un vrai chien fidèle. Le maître était le maître, et dès lors qu'il s'accoutuma à considérer Bacis comme un maître, et le maître le plus incontesté car, étant plus jeune, il resterait son maître pour l'éternité de sa vie, il épousa ses intérêts quand bien même ceux-ci pouvaient se heurter à ceux de son maître légitime, le père de Berta, et à Berta elle-même qui, en tant que femme, ne pouvait commander en priorité.

Peu de temps après, Anna se sentit devenir mère. Elle le confia à Bacis sans rien demander, et même plutôt joyeusement, avec la certitude que cela constituait un nouvel anneau dans la chaîne qui les unissait. Rien ne lui avait jamais été dit qui pût le nier, et dans son innocence, elle pensait que tout se déroulerait de la façon la plus naturelle. Bacis n'en fut pas troublé outre mesure. Au contraire, sa première pensée fut qu'il fallait accélérer les démarches en vue de son mariage avec Berta.

Dopo, quale padrone, avrebbe potuto facilmente far crescere quel bastardo all'ombra del casone senza riconoscerlo e senza curarsene. Un bambino che non si ama costa in campagna pochissimo. Poi cresce e produce. L'unica seccatura fu che la giovine madre fu meno amorosa. Si sottometteva per vero, grande amore. Ma se poteva si sottraeva e, se lasciata libera, domandava di essere risparmiata.

«Già!» interruppe il signor Aghios. «Madre natura creò il piacere per garantire la riproduzione. Una volta garantita questa, se il piacere tuttavia persiste è per dimenticanza come dagli insetti certi colori che persistono talvolta anche quando la stagione dell'amore è passata. Non si può mica essere tanto precisi in un'azienda tanto vasta.»

«Può essere sia così» disse seccamente il Bacis. «Ma anche qui ci fu una dimenticanza. Perché madre natura dimenticò di spegnere l'incendio anche da me?»

«Oh! bella!» disse l'Aghios e furono parole dettate dal vino. «A madre natura non sarebbe mica spiaciuto che voi aveste procurato un bimbo anche alla Berta. Essa ha sempre a fare. Siamo in tanti! Non elimina che chi non serve più.»

«Mai! Mai!» gridò il giovine con veemenza. «Berta, la nemica, la sprezzatrice di Anna!»

Il signor Aghios rimase scosso. Egli ora sapeva come la storia sarebbe finita.

Ensuite, en tant que maître, il lui serait facile de laisser croître ce bâtard à l'ombre de la grande maison, sans le reconnaître et sans s'en soucier. Un enfant que l'on n'aime pas coûte fort peu à la campagne ; ensuite il grandit et commence à produire. Le seul ennui fut que la jeune mère se montra moins amoureuse. Elle se soumettait pour un vrai, un grand amour, mais si elle le pouvait, elle se dérobait et, si on la laissait libre, demandait qu'on l'épargnât.

« Eh oui ! interrompit M. Aghios. Mère Nature créa le plaisir pour garantir la reproduction. Si le plaisir persiste une fois celle-ci garantie, c'est par oubli, comme chez les insectes lorsque certaines couleurs subsistent quelquefois, même quand la saison de l'amour est passée. On ne peut guère être précis dans une affaire aussi vaste.

— Il se peut que ce soit ainsi, répliqua sèchement Bacis. Mais ici aussi il y eut un oubli. Pourquoi Mère Nature omit-elle d'éteindre l'incendie chez moi aussi ?

— Ça par exemple ! s'exclama Aghios, et ce furent des mots dictés par le vin. Mère Nature n'aurait rien eu à redire si vous aviez fait un enfant à Berta aussi. Elle a toujours fort à faire. Nous sommes si nombreux ! Elle n'élimine que ceux qui ne servent plus à rien.

— Jamais ! jamais ! s'écria le jeune homme avec fougue. Berta, l'ennemie, la contemptrice d'Anna ! »

M. Aghios se sentit secoué. Il connaissait maintenant le fin mot de l'histoire.

Il Bacis stava dinanzi a lui, acceso, innamorato, disperato, il vero ultimo capitolo del romanzo. Non avrebbe più bisogno di sentire altro.

Il Bacis continuò il suo racconto con una certa fretta di finire. Anna dopo averlo respinto quale amante, in un certo modo, lo privò anche del suo amore, del suo grande amore che s'era manifestato prima di tutto nella sua assoluta discrezione e nella sua rassegnazione alla parte ch'egli le aveva attribuita. Poi lo tradì confidandosi a Giovanni. Giovanni, da cane fedele, parlò col Bacis e gli propose di far sposare la fanciulla da un giovanotto loro contadino, ma zotico, nato apposta per quella parte.

«Ciò avvenne» disse il Bacis «nove giorni or sono.» Contò sulle dita : «Sì! proprio, lunedì facevano gli otto giorni. Pare impossibile! Io allora ero ben altro uomo, perché ringraziai Giovanni e consentii al suo piano. La mia metamorfosi cominciò la sera stessa quando bussai alla porta della giovinetta e non mi fu aperto. La chiamai ed essa venne fino alla porta per dirmi a bassa voce due volte : "No! No!" Dovetti retrocedere ed i cani ringhiarono perché, non aspettando di vedermi tanto presto, credettero non fossi io. Mi coricai, ma non seppi dormire e alla mattina mi domandai : "Perché non la truffai ancora? Perché non le promisi di sposarla purché mi aprisse quella porta?» Così m'avviai alla decisione nuova senza saperlo.

Bacis se tenait devant lui, enflammé, amoureux, désespéré, le véritable dernier chapitre du roman. Il n'était plus nécessaire d'en entendre davantage.

Bacis poursuivit son récit avec une certaine hâte d'en finir. Après l'avoir repoussé comme amant, Anna le priva aussi en quelque sorte de son amour, de son grand amour qui s'était manifesté avant tout par sa discrétion absolue et par sa résignation au rôle qu'il lui avait attribué. Puis elle le trahit en se confiant à Giovanni. Celui-ci, en chien fidèle, en parla à Bacis et lui proposa de marier la fille à un garçon de leurs paysans, un rustaud né pour jouer ce rôle.

« Cela se passait il y a environ neuf jours », ajouta Bacis. Il compta sur ses doigts. « Oui ! Il y avait juste huit jours lundi. Cela semble impossible ! J'étais alors un tout autre homme car je remerciai Giovanni et consentis à son projet. Le changement s'opéra en moi le soir même lorsque, frappant à la porte de la jeune fille, elle refusa de l'ouvrir. Je l'appelai et elle s'approcha du battant pour me répéter tout bas à deux reprises : "Non ! non !" Je dus battre en retraite, et les chiens grondèrent car, ne s'attendant pas à me voir rentrer aussi tôt, ils ne me reconnurent pas. J'allai me coucher mais ne pus trouver le sommeil, et me demandai encore le matin : "Pourquoi n'ai-je pas continué à la leurrer ? Pourquoi ne lui ai-je pas promis de l'épouser pourvu qu'elle m'ouvre cette porte ?" Ainsi, sans le savoir, je m'acheminai vers une décision nouvelle.

Alla mattina Giovanni mi raccontò di essere già d'accordo con Anna. Adesso bisognava affrettarsi di togliere Anna dai lavori di casa e di porla al lavoro sui campi, alla destra del fiume, per metterla a lavorare accanto a Luigi. Fra contadini si fa presto. L'erba è soffice e si arriva ancora in tempo per dare un nuovo padre al nascituro. Al sole io non ricordavo più le angoscie della notte e fui anche d'accordo. Era facile di ottenere un ordine simile dalla Berta, anche perché durante la vendemmia c'era bisogno del lavoro femminile ai campi. Ma per fortuna, non ricordo per quale ragione, la Berta domandò di poter tenere la cugina in casa per soli due giorni ancora. Io invece non ebbi bisogno che di una notte sola per sapere quale fosse il mio dovere. Mi coricai zufolando e pensando : "M'attenderai invano questa notte e quando sarai dell'altro io non ci penserò più e andrò la mia via alla ricchezza e all'indipendenza." »

Fu invece una notte terribile. Egli rivide nell' oscurità Anna come l'aveva vista durante la giornata, più dimessa che mai, priva anche di quegli straccetti ch'egli su di lei tanto ammirava. E nell' oscurità egli intese quella povera animuccia tutta come mai prima. Con lui l'intese e forse più profondamente l'Aghios, che stava a sentire e temeva di aver gli occhi offuscati da lacrime.

« Le matin, Giovanni m'informa qu'il s'était déjà mis d'accord avec Anna. Il fallait maintenant se hâter de la retirer des besognes ménagères et la mettre aux travaux des champs, à droite du fleuve, à côté de Luigi. Entre paysans, les choses vont vite. L'herbe est tendre, et il serait encore temps de donner un nouveau père à l'enfant qui devait naître. En plein soleil, je ne me souvenais plus de mes angoisses de la nuit, et demeurai d'accord. Il était facile d'obtenir de Berta qu'elle donnât des ordres dans le sens voulu, également parce que, durant les vendanges, on avait besoin de main-d'œuvre féminine. Mais, par bonheur, Berta désira garder sa cousine deux jours de plus à la maison, je ne me rappelle plus pour quelle raison. Moi par contre, je n'eus besoin que d'une seule nuit pour savoir où était mon devoir. Je me couchai en sifflotant tout en songeant : "Tu m'attendras en vain cette nuit, et lorsque tu appartiendras à l'autre, je n'y penserai plus, et je poursuivrai mon chemin vers la richesse et l'indépendance." »

Bien au contraire, ce fut une nuit terrible. Dans l'obscurité, il revit Anna, telle qu'il l'avait vue au cours de la journée, plus humble que jamais, dénuée même de ces haillons qu'il admirait tant sur elle. Et dans l'obscurité, il comprit cette pauvre petite âme tout entière, comme jamais auparavant. Et comme lui, et peut-être d'une manière plus profonde, Aghios la comprit aussi, tandis qu'il écoutait attentivement et en craignant d'avoir les yeux voilés de larmes.

Essa non era altro che madre, madre del suo bambino e non aveva altro pensiero a questo mondo. Stava per abbandonarsi a Luigi sperando di preparare un posto qualunque a quel bambino a questo mondo. Non era lei che a quell'abbraccio s'abbandonava, era lui che a quell'abbraccio la spingeva. Poi essa avrebbe partorito, sarebbe ridivenuta bella e amante. E il Bacis subito comprese che, nella sua posizione di padrone, gli sarebbe stato facile di riaverla. Ma non gli importava, non era quello che gl'importava. Digrignava i denti all'idea che quel bifolco di Luigi avrebbe potuto prendergliela. E non per gelosia (egli assicurava al signor Aghios), ma perché non ammetteva che un bifolco tale potesse divenire l'arbitro della vita di Anna. Che cosa sarebbe divenuta la dolce Anna nelle mani di un simile individuo? E egli, ora, voleva lui prenderla fra le braccia e portarla dolcemente traverso la vita. Egli non più la desiderava. Egli oramai l'amava.

«Quando il desiderio s'accumula perde il suo aspetto e diventa amore. Tante cose a questo mondo accumulandosi mutano d'aspetto» disse sentenziosamente il signor Aghios. Non trovò subito il paragone e non fu contento di quello che trovò. «Guardi, la lietezza che produce il vino diventa ubbriacatura.» Poi, riflessivo : «È vero che pare che il desiderio sia più furioso dell'amore che viene dalla sua accumulazione.»

«Io non so» disse il Bacis stringendosi nelle spalle. «Per il momento e finché non potei parlare con Anna, io fui più furioso in amore che nel desiderio.

Elle n'était rien d'autre que mère, mère de son enfant, sans aucune autre pensée au monde. Si elle était sur le point de se livrer à Luigi, c'était dans l'espoir de pouvoir procurer à cet enfant une place au soleil. Ce n'était pas elle qui succombait à cette étreinte, c'était lui qui l'y poussait. Puis elle accoucherait et redeviendrait belle et aimante. Et Bacis saisit sur-le-champ que, par sa situation de maître, il lui serait facile de la reconquérir. Mais il s'en moquait, ce n'était pas ce qui lui importait. Il grinçait des dents à l'idée que ce rustre de Luigi pût la lui prendre. Non point par jalousie — assurait-il à M. Aghios — mais parce qu'il n'admettait pas qu'un tel rustaud pût devenir l'arbitre de la vie d'Anna. Que serait devenue la douce Anna entre les mains d'un tel individu ? C'était lui maintenant qui voulait la prendre dans ses bras et la porter doucement à travers la vie. Il ne la désirait plus, il l'aimait désormais.

« Lorsque le désir s'accumule, il change d'aspect et devient de l'amour. Tant de choses en ce monde varient de la sorte en s'accumulant », dit sentencieusement M. Aghios. Il ne trouva pas tout de suite une comparaison à faire, et ne fut pas satisfait de celle qui lui vint à l'esprit. « Tenez, la gaieté que provoque le vin tourne à l'ivresse. » Puis, méditatif, il ajouta : « Il est vrai qu'il semble que le désir soit plus violent que l'amour suscité par son accumulation.

— Je ne sais pas, répondit Bacis en haussant les épaules. Pour l'instant, et tant que je ne pus m'entretenir avec Anna, mon amour fut plus violent que mon désir.

Adesso non so nemmeno io come io mi sia. Saltai dal letto perché in quello stato di abbiezione non potevo vivere per un solo istante. Dovevo nettarmi verso Anna. Mi vestii e saltai dalla finestra. I cani ringhiarono perché non erano usi a vedermi uscire tanto tardi. Ma a me non importava d'essere scoperto e camminai per la campagna col mio solito passo pesante. Arrivato dinanzi alla porta di Anna bussai. Essa dall'altra parte sussurrò : "Perché vieni? Sai bene che non posso." Cercai di spiegarle il motivo della mia visita. Volevo solo parlarle. Ma essa non mi credette e sussurrò che parlare si poteva anche di giorno. Aperse quando ad alta voce dichiarai che se tuttavia avesse rifiutato di aprire, io avrei abbattuta la porta con un colpo di spalla. Allora aperse, ma per lungo tempo il nostro colloquio rimase violento, più simile ad una lotta che ad un abbraccio. Io profondevo su lei tutte le parole più dolci che mi si erano accumulate nell'anima, ma essa non mi credeva, perché pare che — senza neppur accorgermene — io ne avessi usate di simili anche nel desiderio, usando di tutti i mezzi per sottometterla più presto. Poi seppi anche di un'altra causa che le impediva di credermi. Giovanni aveva parlato con lei e l'aveva convinta che non era pensabile che un padrone come me rinunziasse ad ogni sua fortuna per una servetta come era lei. Mi credette solo quando vide che m'accingevo ad andarmene senza domandarle niente.

Maintenant je ne sais plus moi-même où j'en suis. Je bondis du lit, car je ne pouvais continuer un seul moment à vivre dans cet état d'abjection. Il fallait me purifier aux yeux d'Anna. Je m'habillai et sautai par la fenêtre. Les chiens grondèrent, n'étant pas accoutumés à me voir sortir aussi tard. Mais peu m'importait d'être surpris, et je marchai à travers la campagne de mon pas lourd habituel. Arrivé devant la porte d'Anna, je frappai. Elle murmura de l'autre côté : "Pourquoi viens-tu ? Tu sais bien que je ne peux pas." Je tentai de lui expliquer le motif de ma visite. Je voulais simplement lui parler. Mais elle ne s'y fia pas et chuchota qu'on pouvait aussi bien parler pendant la journée. Elle n'ouvrit que lorsque je déclarai à voix haute que j'abattrais la porte d'un coup d'épaule si elle persistait encore à la tenir fermée. Notre entretien demeura longtemps fiévreux, ressemblant plus à une lutte qu'à une étreinte. Je lui prodiguai les mots les plus doux que j'avais amoncelés dans mon cœur, mais elle n'y ajoutait pas foi, car semble-t-il — et sans que je m'en fusse jamais aperçu — j'avais utilisé des termes semblables dans le désir, usant de tous les moyens pour la soumettre plus vite. Puis j'appris qu'une autre raison l'empêchait de me croire. Giovanni s'était entretenu avec elle et l'avait convaincue de l'idée qu'il était impensable qu'un maître comme moi pût renoncer à toute fortune pour la petite servante qu'elle était. Elle ne commença à croire en ma sincérité que lorsqu'elle vit que je m'apprêtais à m'en aller, sans rien solliciter de sa part.

Ero dunque venuto solo per convincerla dell'amore mio. Credette perciò nel mio amore quando s'accorse che da me non c'era desiderio. Strano, nevvero?» E il Bacis bevette e tacque. L'Aghios, ostinato nel vino, avrebbe voluto sostenere il suo punto e asserire che l'Anna s'era accorta d'essere amata solo quando aveva sentito che il desiderio da lui s'era tanto accumulato ch'egli non poteva più sperare di saziarlo in un abbraccio. Ma non trovò le parole. Il Bacis aveva anche lui bevuto molto. Le sue guance erano accese e i suoi bei capelli biondi, lisci, avevano invaso la fronte a furia d'essere scossi dalla testa che accompagnava coi movimenti la parola come se avesse voluto costringerla in un ritmo. Gli fece compassione e non aperse bocca finché il Bacis non gli disse con voce che si sforzava di rendere pacata : «Mi pare che ora potremmo uscire e metterci sul nostro treno.»

«Non c'è furia» disse l'Aghios dopo di aver guardato l'orologio. Attese ancora per un istante, ma poi ansioso domandò : «Ma poi? Come finì?»

«Ancora non finì» disse il Bacis. «Se nella notte io avessi incontrato la Berta o suo padre, per aumentare la tranquillità che già avevo conquistata con le mie dichiarazioni ad Anna, avrei subito dichiarato loro la mia risoluzione di sposare questa e non altri. Non mi bastava mai la tranquillità che adoravo. Ma non li incontrai.

J'étais donc venu uniquement pour la persuader de mon amour. Ainsi, elle crut à mon amour au moment où elle se rendit compte que je n'étais pas poussé par le désir. C'est étrange, n'est-ce pas ? » Là-dessus, Bacis but un coup et se tut. Aghios, qui continuait à boire avec obstination, aurait bien voulu soutenir son point de vue et affirmer qu'Anna s'était aperçue qu'elle était aimée seulement quand elle avait senti en lui tant de désir accumulé qu'une seule étreinte n'aurait pu suffire à l'assouvir. Mais il ne trouva pas les mots. Bacis avait beaucoup bu, lui aussi. Ses joues étaient en feu, et ses beaux cheveux blonds et lisses avaient envahi son front à force d'être secoués par les mouvements de tête qui accompagnaient ses propos, comme pour les contraindre à un rythme. Il lui inspira de la peine, et il n'ouvrit plus la bouche jusqu'au moment où Bacis lui dit d'une voix qu'il s'efforçait de rendre calme : « Il me semble que nous pourrions sortir maintenant et nous rendre à notre train.

— Rien ne presse », répondit alors Aghios, après avoir consulté sa montre. Il attendit encore un instant puis, anxieux de savoir, il demanda : « Mais ensuite ? Comment cela finit-il ?

— Ce n'est pas encore fini, répondit Bacis. Si, cette nuit-là, j'étais tombé sur Berta ou son père, je leur aurais immédiatement déclaré ma résolution d'épouser Anna et personne d'autre, afin d'accroître la tranquillité que j'avais déjà acquise par mes déclarations à Anna. Je n'avais jamais assez de cette tranquillité que j'adorais. Mais je ne les rencontrai point.

Li rividi alla luce del sole e fui prudente. Forse tale differenza di contegno si può spiegare col fatto che da tanto tempo io dedicavo la notte all'amore per ritornare ai miei interessi di giorno. Io non dissi loro altro che desideravo di fare una corsa a Udine per salutare mia madre e subito partii per Milano.»

«Perché a Milano?» domandò l'Aghios trasognato.

«Per riavere quelle quindicimila lire che m'erano state prestate dal padre della Berta in acconto della dote» disse il Bacis stupito che l'altro non ricordasse. «Come potevo io ora non sposare la Berta se prima non saldavo quel debito?»

L'Aghios pronto causa il vino a tradire ogni movimento del suo animo, si mise a ridere di cuore. Ricordava che nel pomeriggio s'erano trovati in tre in una vettura e tutt'e tre avevano avuto delle somme di denaro in tasca : L'ispettore centocinquantamila (forse meno, perché era un uomo disposto alla vanteria), lui non cinquanta, ma trentamila e il Bacis quindicimila (a meno che non fossero solo diecimila). «In banconote?» domandò quando il riso gli permise di parlare.

«Io non ebbi quel denaro» disse il Bacis con tristezza, «e Dio sa quando l'avrò. Mio fratello Ugo che me le deve non può restituirmele e s'accinge invece a sposarsi. Anche lui ebbe nel frattempo un'avventura molto simile alla mia.»

À la lumière du jour, lorsque je les revis, je fus prudent. Peut-être faut-il attribuer cette différence de comportement au pli que j'avais pris de consacrer la nuit à l'amour et le jour à mes intérêts. Je ne leur dis rien, sinon que je désirais faire un saut à Udine pour saluer ma mère, et je partis aussitôt pour Milan.

— Pourquoi Milan ? demanda M. Aghios, tombant des nues.

— Pour récupérer ces quinze mille lires que le père de Berta m'avait prêtées en acompte sur la dot, répliqua Bacis, étonné que l'autre ne s'en souvînt plus. Comment pouvais-je à présent ne pas épouser Berta si je ne m'acquittais auparavant de cette dette ? »

Aghios qui, en raison du vin qu'il avait bu, était prêt à trahir chaque mouvement de son âme, se mit à rire de bon cœur. Il lui était venu à l'esprit que, dans l'après-midi, il y avait eu trois hommes dans un compartiment de chemin de fer, et que chacun d'eux était porteur d'une somme d'argent : l'inspecteur, cent cinquante mille lires (peut-être moins car c'était un homme enclin à se vanter), lui-même, non pas cinquante mais trente mille, et Bacis quinze mille (à moins que ce ne fût dix mille seulement). « En billets de banque ? demanda-t-il lorsque le rire lui permit de parler.

— Je n'ai pas obtenu cet argent, répondit Bacis avec tristesse, et Dieu sait quand je l'aurai. Mon frère Ugo, qui me le doit, n'est pas à même de me le restituer ; bien au contraire, il s'apprête lui-même à se marier. Entre-temps, il a eu, à son tour, une aventure fort semblable à la mienne.

«Con due donne?» domandò l'Aghios, che oramai di ogni avventura vedeva in piena luce solo i dettagli meno importanti. E subito pensò: "Dev' essere una malattia di famiglia."

I suoi ricordi, come la sua percezione, rimasero chiari e non dimenticò che il Bacis rispose che si trattava di una sola donna bastevole ad impedire al fratello di pagare il suo debito. "Già!" pensò l'Aghios che non dimenticava neppure la propria esperienza "Una sola donna basta per impedire tante cose."

Poi l'Aghios finì col pagare il conto. Con la mancia cinquanta lire per un po' di carne fredda e due pezzi di pane! Salirono nell'ultima vettura di un lunghissimo treno, la sola vettura adibita al servizio di persone. L'Aghios si sentiva tanto sicuro nelle gambe da ridiscendere dall'altissimo vagone per andare a prendere a nolo un cuscino. Lo pagò ed era già in procinto di allontanarsi quando gli venne la buona idea di prendere uno di quei cuscini anche per il suo compagno di viaggio.

Glorioso risalì; scelse fra due compartimenti quello che meglio gli piacque e offerse l'ultimo suo dono al Bacis. Costui non avrebbe dimenticato mai più quella gondola, quella cena e quel cuscino, tutti doni di una persona ch'egli vedeva per la prima volta. Ma neppure lui avrebbe mai più dimenticato il Bacis, la Berta grassa e l'Anna sottile. Ma neppure Giovanni, quella pianta uomo che cresce dappertutto con un bell'istinto di servitore utile.

— Avec deux femmes ? » interrogea Aghios qui désormais ne voyait en pleine lumière que les détails les moins importants de chaque aventure. Et il pensa aussitôt : « Ce doit être une maladie de famille. »

Ses souvenirs, comme sa perception, demeurèrent clairs, et il n'oublia pas la réponse de Bacis qui précisa qu'il s'agissait d'une seule femme, mais qu'elle suffisait à empêcher son frère de rembourser sa dette. « Eh oui ! se dit Aghios qui n'oubliait pas non plus sa propre expérience, il suffit d'une seule femme pour entraver tant de choses. »

Puis Aghios régla finalement l'addition. Avec le pourboire, cela faisait cinquante lires pour un peu de viande froide et deux morceaux de pain ! Ils montèrent dans la dernière voiture d'un très long train, la seule qui fût affectée aux voyageurs. Aghios se sentait assez ferme sur ses jambes pour redescendre du marchepied fort haut de la voiture et aller louer un coussin. Il le paya, et il était déjà sur le point de s'éloigner quand il eut la bonne idée d'en prendre un autre à l'intention de son compagnon de voyage.

Ravi, il remonta, choisit entre deux compartiments celui qui lui plut le mieux, et présenta son dernier cadeau à Bacis. Celui-ci n'oublierait jamais plus cette gondole, ce dîner, ce coussin offerts par une personne qu'il voyait pour la première fois. Mais lui non plus n'oublierait jamais Bacis, la grosse Berta et la frêle Anna. Ni Giovanni, cette plante-homme qui croît partout avec un bel instinct de serviteur utile.

Anzi, il signor Aghios si coricò pensando solo a Giovanni e a tutti i Giovanni ch'egli in sua vita aveva conosciuti. Avevano rinunziato a tutte le altre fortune che ci potevano essere a questo mondo e s'associavano indissolubilmente partecipandovi nel modo più modesto. Per essi non esistevano speranze in evoluzioni pazzesche che li avrebbero resi padroni e non esempi di fortune fatte per iniziative coraggiose indipendenti. Essi restavano attaccati al padrone come la pianta arrampicante all'albero. Nella sua mente fosca, prossima a chiudersi nel sonno, il signor Aghios pensò che Darwin non aveva inteso tutto. Non un animale aveva prodotto l'umanità, ma da ogni singolo animale era discesa una data specie di uomo. Tutti i Giovanni di questo mondo erano risultati per lenta evoluzione da quegli uccelli che sulle rive del Nilo nettavano i denti ai coccodrilli. Forse i coccodrilli soffrivano di carie e il pasto di quegli uccelli era, in proporzione di quello del coccodrillo, più abbondante di quello che i padroni lasciavano ai Giovanni.

Stava per prendere sonno quando un pensiero addirittura imperioso di benevolenza gli fece riaprire gli occhi. Guardò il suo compagno di viaggio. Alla fioca luce che c'era nella vettura lo vide giacere sull'altro banco, parallelo al suo, i biondi capelli lucenti giacere come lui, abbandonato sul cuscino. Con la differenza però che si teneva gli occhi coperti con una mano. Forse sotto a quella mano piangeva.

Bien mieux, en s'allongeant sur sa banquette, M. Aghios ne pensa plus qu'à Giovanni, et à tous les Giovanni qu'il avait connus dans sa vie. Ils avaient renoncé à toutes les autres occasions qu'il pouvait y avoir en ce monde, et s'étaient associés indissolublement aux intérêts de leur maître, en y participant de la façon la plus humble. Pour eux, point d'espoirs insensés de s'ériger en maîtres à leur tour, et il n'existait point d'exemples de fortunes créées par des initiatives courageuses et indépendantes. Ils restaient attachés à leur maître comme la plante grimpante à son arbre. Dans son esprit embrumé, près de s'assoupir, M. Aghios pensa que Darwin n'avait pas tout compris. Ce n'était pas d'un seul animal que l'humanité descendait, mais de chacun des animaux provenait une espèce d'homme donnée. Tous les Giovanni de la terre dérivaient, après une lente évolution, de ces oiseaux qui, sur les rives du Nil, s'emploient à curer les dents des crocodiles. Les crocodiles avaient peut-être les dents cariées, et le repas de ces oiseaux était, par rapport à celui du crocodile, plus abondant que celui réservé par les maîtres à leurs Giovanni.

Il était sur le point de sombrer dans le sommeil lorsqu'une pensée bienveillante, réellement impérieuse, lui fit rouvrir les yeux. Il regarda son compagnon de voyage. À la faible lueur qui éclairait la voiture, il le vit allongé sur l'autre banquette, parallèle à la sienne, avec ses cheveux blonds et luisants abandonnés, comme lui, sur le coussin. Avec la différence toutefois que d'une main il se couvrait les yeux. Pleurait-il sous cette main ?

Ed il signor Aghios pensò : "Guarda questi due uomini. Io ho in tasca il doppio (e forse il triplo) di quello che occorre per salvare da tanta angoscia quest'uomo. Non posso però darglieli, perché altrimenti, almeno per altri tre mesi, dovrei continuare a pagare degl'interessi esosi. Insomma io non voglio pagare degl'interessi e voglio invece ch'egli soffra sposando Berta e faccia soffrire questa e specialmente quella povera Anna, che sta per cadere in mano di quella bestia di Luigi, ch'è appoggiato da quel mostro in natura ch'è Giovanni, l'ideale dei servitori."

«Senta, Bacis!» chiamò e l'altro lasciò cadere la mano dagli occhi e lo guardò. «Io, certo, non c'entro coi suoi affari, visto che non ho i mezzi per aiutarla. Ma per il momento non c'è che una premura : Impedire che Anna faccia un passo precipitoso. Non c'è urgenza. Il bamboccio è ancora lontano. Perché non si confida con suo zio? Quando non si può pagare, non si può pagare e non si paga. È ridicolo credere di essersi venduto per aver preso a prestito dieci o (sia pure) quindicimila lire. Si resta debitori e amici come prima. L'altro conteggia gl'interessi e può farlo. Poi nella vita, prima o poi, capita il colpo di fortuna. Si paga e si è più liberi di prima, quando pure si era liberi per propria risoluzione. Il colpo di fortuna può capitare a lei o può capitare a me. Sarebbe una gran bella cosa per lei che capitasse a me.

Et M. Aghios se dit : « Voici deux hommes en présence. J'ai en poche le double (et peut-être le triple) de ce qui serait nécessaire pour sauver cet homme de toute son angoisse. Je ne peux cependant le lui donner car, autrement, il me faudrait continuer à payer des intérêts prohibitifs pendant trois mois encore pour le moins. Bref, je ne veux pas payer d'intérêts et je veux, par contre, qu'il souffre en épousant Berta et qu'il fasse souffrir celle-ci, et surtout cette malheureuse Anna qui s'apprête à tomber dans les mains de cet imbécile de Luigi, lui-même appuyé par ce monstre de la nature qu'est Giovanni, l'idéal des serviteurs. »

« Écoutez, Bacis ! » s'exclama-t-il, et l'autre laissa tomber sa main de ses yeux et le regarda. « Moi, bien sûr, je n'ai rien à voir avec vos affaires, étant donné que je n'ai pas les moyens de vous aider. Mais pour l'instant il n'y a qu'une seule chose qui soit urgente : empêcher Anna d'agir avec précipitation. Rien ne presse. Le poupon est encore loin. Pourquoi ne vous confiez-vous pas à votre oncle ? Quand on ne peut pas payer, on ne peut pas payer et on ne paie pas. Il est ridicule de croire qu'on s'est vendu pour avoir emprunté dix mille ou mettons même quinze mille lires. On est débiteur et on reste ami comme avant. L'autre calcule les intérêts, et il peut le faire. Puis dans la vie, tôt ou tard, un coup de chance survient. On paie et on est plus libre qu'avant, quand bien même on l'était déjà par sa propre résolution. Un coup de chance peut arriver, à vous, ou bien à moi. Ce serait une bien belle chose pour vous si c'était à moi qu'il pouvait échoir.

Le giuro che verrei subito a Torlano a liberarla del suo impegno. Io avrei ora trentamila lire in contanti, a Trieste, naturalmente (e si toccò la tasca di petto), ma non posso dargliene neppure una parte perché mi occorrono tutte subito domani. Anzi, è per consegnare dinanzi ad un notaio quei denari ch'io ora faccio questo viaggio, che sarebbe stato ben noioso se io non avessi incontrato lei.»

L'altro ringraziò a mezza voce e ricoprì gli occhi con la mano quasi a difenderli dalla luce. Il signor Aghios si sentì profondamente amareggiato. Era certo ch'egli non poteva dare quello che gli veniva chiesto, ma era ben doloroso che il suo viaggio, intrapreso per cospargere la Lombardia, il Veneto e il Friuli della sua benevolenza, finiva (la notte era il riposo e non contava per il viaggio) con un atto d'egoismo come in qualche breve favola di religiosi. Lui era l'uomo ricco, l'altro il povero, lui la bestia, l'altro (visto ch'era il povero) l'intelligente, quello che vedeva il mondo com'è nella vera luce, dove c'erano da difendere tutt'altri beni che la vile moneta.

Eppoi un'altra cosa l'amareggiava. Se egli avesse presa con sé la moglie, forse tutto avrebbe potuto accomodarsi. Lui era l'avaro che non dava che le mance piccole, ma la moglie dava proprio quello che occorreva... se consentiva. Raccontandole tutta la storia come stava, essa, forse, si sarebbe commossa.

Je vous jure que je me précipiterais aussitôt à Torlano pour vous libérer de votre engagement. J'ai actuellement trente mille lires en espèces, à Trieste bien entendu (et il effleura la poche intérieure de son veston), mais je ne puis pas même vous en donner une partie, car j'ai besoin de la somme entière dès demain. C'est d'ailleurs pour remettre cet argent devant un notaire que je fais ce voyage en ce moment, voyage qui aurait été bien ennuyeux si je ne vous avais rencontré. »

L'autre remercia à mi-voix, et remit sa main sur ses yeux comme s'il voulait se protéger de la lumière. M. Aghios se sentit profondément chagriné. Nul doute qu'il lui était impossible de donner ce qu'on attendait de lui, mais il était bien douloureux que son voyage, entrepris pour répandre sa bienveillance sur la Lombardie, la Vénétie et le Frioul, se terminât (la nuit était consacrée au repos et ne comptait pas pour le voyage) par un acte d'égoïsme, comme dans quelque courte fable religieuse. Lui représentait l'homme riche, l'autre le pauvre, lui le sot, l'autre (puisque c'était le pauvre) l'intelligent, celui qui voyait le monde comme il est sous son vrai jour, où il fallait défendre bien d'autres valeurs que le vil argent.

Et puis, autre chose l'attristait aussi. S'il avait emmené sa femme avec lui, tout aurait peut-être pu s'arranger. C'était lui l'avare qui ne laissait que de petits pourboires, mais sa femme donnait vraiment ce qu'il fallait… à condition d'y consentir. En lui faisant le récit complet de cette histoire, elle se serait peut-être émue.

Si avrebbe potuto offrire al poverino le diecimila lire (quindicimila in nessun caso).

Scoppiò. Si rizzò, trasse di tasca il proprio biglietto da visita e lo porse al Bacis. «Se non trova di meglio venga da me a Trieste o mi scriva. Non perda ogni speranza ed intanto impedisca alla povera Anna di commettere delle bestialità.»

Anche l'altro si rizzò. Ma fu come un atto di cortesia senza convinzione. Mormorò : «Grazie. Verrò a Trieste.» Si ricoricò e riportò la mano agli occhi non appena il signor Aghios accennò a sdraiarsi di nuovo.

On aurait pu offrir au pauvre garçon les dix mille lires (en aucun cas quinze mille).

N'y pouvant plus tenir, il se dressa, tira de sa poche sa carte de visite et la tendit à Bacis. « Si vous ne trouvez rien de mieux, venez me voir à Trieste, ou écrivez-moi. Ne perdez pas tout espoir, et entre-temps empêchez cette pauvre Anna de faire des sottises. »

L'autre se dressa aussi. Mais ce fut comme un geste de politesse, sans conviction. Il murmura : « Merci, je viendrai à Trieste. » Il se recoucha et se couvrit les yeux aussitôt que M. Aghios parut vouloir s'allonger de nouveau.

VI

## VENEZIA-PIANETA MARTE

Il signor Aghios era oramai più tranquillo. Solo gli bruciava lo stomaco per il tanto vino bevuto. La sua coscienza era oramai tranquilla come se egli già avesse dato il denaro. In sostanza egli l'aveva dato, perché avrebbe patrocinato con la moglie la parte del Bacis. Ora toccava alla moglie di comportarsi bene anche lei.

Ma non subito s'addormentò. È una cosa impossibile per un essere previdente di addormentarsi in un treno che s'accinge a correre. Per essere più sicuro il signor Aghios s'aggrappò al suo giaciglio, ma ciò implicò uno sforzo e non è una cosa facile di addormentarsi nell'atto di fare uno sforzo. Poi finalmente il treno si mosse. Assunse un passo piuttosto lento e pesante. Il rumore maggiore fu dato dapprima dalla propagazione del moto dalla cima alla coda del grande convoglio, perché fra i singoli vagoni fu uno sbattersi inquietante, tanto che il signor Aghios si rizzò per star a sentire.

## VI

## VENISE — LA PLANÈTE MARS

M. Aghios se sentait plus calme maintenant. Sauf qu'il avait des brûlures d'estomac à cause du vin qu'il avait copieusement bu. Sa conscience était désormais tranquille comme s'il avait déjà donné la somme. En substance, en ce qui le concernait, c'était fait, car il soutiendrait la cause de Bacis auprès de sa femme. C'était à elle qu'il appartenait maintenant de bien se comporter à son tour.

Mais il ne s'endormit pas sur-le-champ. Il est impossible pour un individu prévoyant de céder au sommeil dans un train qui s'apprête à partir. M. Aghios s'agrippa à sa couchette afin de se sentir plus en sécurité, mais cela demanda un effort, et ce n'est pas facile de s'endormir en faisant un effort. Puis, finalement, le train s'ébranla. Il prit une allure plutôt lente et pesante. Le bruit qui prédominait fut d'abord celui que provoqua le mouvement en se propageant de la tête à la queue du grand convoi, car les wagons s'entrechoquèrent d'une façon alarmante, à tel point que M. Aghios se dressa pour écouter avec attention.

Per quietarlo il Bacis, senza levare la mano dal volto, mormorò : « Ciò avviene perché questo treno manca del freno Westinghouse. »

Non occorreva la parola rassicuratrice, perché oramai il treno s'era avviato ed aveva assunto un passo tranquillo. Molto tranquillo. Il signor Aghios poté abbandonare ogni sforzo e abbandonarsi sul suo giaciglio. In un treno che procedeva con quel passo si avrrebbe certamente dormito tranquilli. La musica che proveniva da quel movimento era fortemente ritmica e non violenta come da un treno celere : Una vera ninna-nanna. E lungamente il signor Aghios seguì quel suono o meglio da quel suono fu inseguito nella pace che precede il sonno. Esistono dei sonni di tutte le gradazioni e il suo grado più basso è quando i sensi non si sono ancora staccati dalla realtà. Il signor Aghios traverso le ciglia sentiva l'esistenza di quella fioca luce nella vettura e anche quel corpo del Bacis dagli occhi coperti dalla mano, giacente a meno di un metro di distanza dal proprio. E il sonno da lui cominciò quando quella musica là fuori cominciò a significare qualche cosa. Diceva : « Tutto va bene, tutto va bene ». Et il signor Aghios non si sentiva d'intervenire per far terminare la monotona ripetizione. Era tanto bello di addormentarsi al suono di una missiva tanto bella e tanto vera. Tutto andava bene infatti.

Sans ôter la main de son visage, Bacis murmura pour le tranquilliser : « Cela se produit parce que ce train n'est pas pourvu de freins Westinghouse. »

Le mot rassurant n'était plus nécessaire car entre-temps le train s'était mis à rouler et avait adopté une allure paisible. Très paisible. M. Aghios put abandonner tout effort et s'abandonner sur sa couchette. Dans un train qui avançait à cette allure, on pouvait sûrement dormir tranquillement. Le roulement s'accompagnait d'une musique bien rythmée, et non pas violente comme celle d'un train rapide — une véritable berceuse. Et M. Aghios prêta longuement attention à ce son, ou plutôt, il fut poursuivi par ce son dans la paix que l'on ressent avant de s'endormir. Le sommeil passe par une suite de gradations et son degré le plus bas apparaît lorsque les sens ne se sont pas encore détachés de la réalité. À travers ses paupières, M. Aghios percevait l'existence de cette faible lumière dans le compartiment, et également la présence du corps de Bacis, étendu à moins d'un mètre de distance du sien, les yeux protégés par sa main. Et le sommeil commença à le gagner lorsque cette musique qui venait de l'extérieur prit un sens pour lui. Elle disait : « Tout va bien, tout va bien. » Et M. Aghios n'avait nulle envie d'intervenir pour faire cesser cette répétition monotone. C'était si merveilleux de s'endormir au son d'un message aussi beau et aussi vrai. Tout allait bien, en effet.

Il Bacis gli voleva bene, avendo subito voluto rassicurarlo su quei suoni scomposti provenuti dal primo sobbalzo del treno. Tutto andava bene e si poteva finire.

Ma ancora una volta il suo sonno fu interrotto. L'arrivo a Mestre somigliò alla fine del mondo. Pareva come se una macchina potente si fosse messa a movere della ferramenta accatastata. L'Aghios spaventato si rizzò. Arrivò a vedere il Bacis tranquillo e immoto, la mano sempre sulla faccia, eppoi, tranquillizzato, lasciò ricadere la testa pesante sul guanciale mormorando : «Manca il freno Westinghouse».

Quando sognò il signor Aghios? Certo non subito dopo abbandonato Mestre. Presso Gorizia, quando, alle quattro della mattina, il signor Aghios si destò, la distanza è lunga e il sogno sarebbe stato dimenticato come ogni altro sogno che certamente allieta anche il sonno più profondo. È piuttosto da supporsi che il sogno si sia prodotto in qualche stazione poco prima di Gorizia, quando il sonno fu meno profondo e qualche cellula desta poté sorvegliare e ritenere il sogno.

Chissà poi se il sogno fu proprio quello che il signor Aghios ricordò. Quando ci si desta da un sogno, subito interviene la mente analizzatrice per connetterlo e completarlo. È come se volesse fare una lettera da un dispaccio.

Bacis l'aimait bien, s'il avait aussitôt voulu le rassurer au sujet des bruits confus que les premières secousses du train avaient produits. Tout allait bien, et l'on pouvait mettre un point final.

Mais une fois de plus, son sommeil fut interrompu. L'arrivée à Mestre ressembla à la fin du monde. On aurait dit qu'une puissante machine s'était mise à remuer un monceau de ferrailles. Aghios, épouvanté, se dressa. Il parvint à voir Bacis, immobile et calme, sa main couvrant toujours son visage. Puis, tranquillisé, il laissa retomber sa tête lourde sur le coussin tout en murmurant : « Il n'y a pas de freins Westinghouse. »

Quand M. Aghios se mit-il à rêver ? Certainement pas aussitôt après avoir quitté Mestre. Aux abords de Gorizia, lorsque vers quatre heures du matin M. Aghios se réveilla, la distance parcourue était assez grande pour qu'il ait pu oublier son rêve, comme il advient à tout rêve qui anime le sommeil le plus profond. Il est plutôt à supposer que le rêve se produisit au passage d'une gare un peu avant Gorizia, lorsque le sommeil s'était fait plus léger et que quelques cellules étaient assez éveillées pour noter et retenir le rêve.

Qui sait même si le rêve fut exactement celui dont M. Aghios se souvint. Quand on s'éveille d'un rêve, l'esprit intervient sur-le-champ pour l'analyser, le rendre cohérent et le compléter, comme s'il voulait transcrire une dépêche en lettre.

Il sogno è come una sequela di lampi e per farne un'avventura bisogna che il lampo divenga luce permanente e sia ricostituito anche quanto non si vide perché non illuminato. Insomma il ricordo del sogno non è mai il sogno stesso. È come una polvere che si scioglie.

Insomma il signor Aghios era avviato verso il pianeta Marte, sdraiato su un carrello che si moveva traverso lo spazio come sulle rotaie. Egli vi era sdraiato bocconi e invece di pavimento il carrello aveva delle assi su cui, dolorante, poggiava il suo corpo. Una delle assi passava sul suo petto e rendeva più pesante la tasca che vi era. Sotto a lui c'era lo spazio infinito e al di sopra anche. La terra non si vedeva più e Marte non ancora, né si vide mai.

Il signor Aghios si sentiva molto libero, molto più che in piazza S. Marco e anche troppo. Si guardava d'intorno e non vedeva altro che spazio luminoso. Dove esercitare la sua libertà se non v'era nulla che fosse schiavo? E a chi dire la propria libertà? Per sentirla bisognava pur poter vantarsene. Anche nel sogno il signor Aghios era riflessivo. Pensò : "Io non sono solo, perché c'è la mia libertà con me. La mia sola noia è quella tasca di petto che duole."

Ma più che si procedeva nello spazio, più solo il signor Aghios si sentiva.

Le rêve se présente comme une suite d'éclairs, et pour en faire une aventure, il faut que l'éclair devienne une lumière permanente, et que même ce qui est demeuré indistinct dans l'ombre soit reconstitué. En somme, le souvenir que l'on garde du rêve n'est jamais le rêve lui-même. C'est comme une poudre qui se dissout.

En bref, couché sur un chariot qui se déplaçait à travers l'espace comme sur des rails, M. Aghios se dirigeait vers la planète Mars. Il se trouvait à plat ventre, et appuyait douloureusement son corps sur les lattes qui servaient de plancher au chariot. Une de ces lattes passait sur sa poitrine et alourdissait la poche qui s'y trouvait. Sous lui s'étendait l'espace infini, et au-dessus de lui c'était pareil. On ne voyait plus la Terre, et la planète Mars n'était pas encore en vue, et jamais ne le serait.

M. Aghios se sentait très libre, bien plus que place Saint-Marc, et même trop libre. Il regardait autour de lui et ne voyait rien d'autre que l'espace lumineux. Où pouvait-on exercer sa propre liberté s'il n'y avait rien qui fût asservi ? Et à qui raconter sa propre liberté ? Pour en avoir le sentiment, il fallait bien pouvoir s'en vanter. Même dans ses rêves, M. Aghios était un méditatif. Il pensa : « Je ne suis pas seul, ma liberté m'accompagne. Mon seul ennui est cette poche intérieure qui me fait souffrir. »

Mais plus on avançait dans l'espace et plus M. Aghios se sentait seul.

Giacché andava al pianeta Marte egli pensò, per il sentimento d'onnipotenza che il sognatore sente, ch'egli avrebbe potuto foggiare quel pianeta a sua volontà. Previde quel pianeta. Ebbene, egli lo avrebbe popolato di gente che avrebbe intesa la sua lingua, mentre egli non avrebbe intesa la loro. Così egli avrebbe comunicata loro la propria libertà e indipendenza, mentre loro non avrebbero potuto incatenarlo con le proprie storie, che certo non mancavano loro.

Una voce proveniente dalla stazione di partenza già tanto lontana domandò : «Mi vuoi con te?» Doveva essere la moglie. Ma il signor Aghios voleva la libertà; finse di non aver sentito e anzi aderì ancora meglio al suo carrello per celarsi. Così proseguì a grande velocità, che non si percepiva causa la mancanza di cose e di aria e, correndo, pensò : "Voglio che mio figlio non rimanga solo".

Poi la voce fioca, lontana di Bacis gli domandò : «Mi vuole con lei?»

Aghios pensò che l'intervento di Bacis l'avrebbe privato di ogni libertà. Appassionato com'era, con lui non si poteva parlare d'altro che dei fatti suoi. Gli aveva già pagato la gita in gondola ed era ridicolo volesse ora fare un simile viaggio a spese sue. Andare al pianeta Marte per parlare di Torlano? Non ne valeva la pena.

Il se dit, avec ce sentiment d'omnipotence que confère le rêve, que dès lors qu'il se dirigeait vers la planète Mars, il pourrait tout aussi bien façonner cette planète à sa guise. Il se mit à anticiper la planète. Eh bien, il la peuplerait de gens qui comprendraient la langue qu'il parlait, tandis que lui ne connaîtrait pas la leur. Ainsi il leur transmettrait sa liberté et son indépendance alors qu'eux ne pourraient l'enchaîner avec leurs histoires personnelles qui certainement ne devaient pas leur manquer.

Une voix provenant de la gare de départ, déjà si distante, demanda : « Me veux-tu avec toi ? » Ce devait être sa femme. Mais M. Aghios désirait la liberté ; il feignit de n'avoir pas entendu et se colla même davantage à son chariot afin de se dissimuler[1]. De la sorte, il avança à toute allure, sans percevoir la vitesse à cause de l'absence de choses, et d'air, et se dit tout en filant : « Je veux que mon fils ne reste pas seul. »

Puis la voix faible, lointaine de Bacis lui demanda : « Me voulez-vous avec vous ? »

Aghios pensa que la présence de Bacis le priverait de toute liberté. Passionné comme il l'était, on ne pouvait parler avec lui de rien d'autre que de ses propres affaires. Il lui avait déjà offert la promenade en gondole et il était ridicule qu'il voulût maintenant faire un tel voyage à ses frais. Se rendre sur la planète Mars pour parler de Torlano ? Cela n'en valait pas la peine.

1. Dans le manuscrit suit la phrase : « J'ai dû oublier de m'acquitter d'une commission dont ma femme m'aura chargé. »

Il signor Aghios si strinse meglio al carrello per continuare a celarsi.

Una voce dolce, musicale, ma vicinissima domandò : «Io sono pronta alla partenza, se mi vuoi».

In sogno una parola e il suo suono dipinge intera la persona che la emette. Era Anna, la fanciulla bionda, alta, dalle linee dolci, salvo le mani abituate al grande lavoro. Quell'Anna che s'era lasciata ingannare dalla sincerità della carne.

Il cuore paterno dell'Aghios si commosse fino alle sue più intime fibre. Egli la voleva con sé per allontanarla da Berta e da Giovanni che la umiliavano e anche dal Bacis del quale non c'era da fidarsi, il traditore che l'aveva ingannata con la sincerità della carne.

E subito essa fu con lui, sul carrello, sotto a lui, coperta da quegli stracci che l'adornavano, ma che ricavavano ogni loro bellezza dal suo corpo morbido, giovanile, non ancora sformato dall'incipiente maternità. I capelli biondi svolazzavano nell'aria, che per essi c'era, sotto a loro. Ora non avrebbe più dovuto esserci del dolore alla tasca del petto. Ma un greve peso v'era tuttavia. Anna probabilmente vi si era afferrata per sentirsi sicura. E si procedette così, senza parole, mentre il signor Aghios pensò : "È la mia figliuola. Le insegnerò a non fidarsi più di alcuna sincerità."

Ora il motore del carrello doveva fare un chiasso indiavolato. Tutto lo spazio ne era pieno.

M. Aghios se serra davantage contre le chariot pour mieux se cacher.

Une voix douce, musicale, mais très proche, demanda : « Je suis prête pour le départ, si tu me veux. »

Dans un rêve un mot, et le son qui le transmet, suffit à dépeindre entièrement la personne qui l'a prononcé. C'était Anna, la jeune fille blonde, grande, aux traits doux, hormis les mains accoutumées aux gros travaux. Cette Anna qui s'était laissé tromper par la sincérité de la chair.

Le cœur paternel d'Aghios fut ému jusqu'à ses fibres les plus intimes. Il la voulait à ses côtés afin de l'éloigner de Berta et de Giovanni qui l'humiliaient, et même de Bacis à qui il ne fallait pas se fier, ce traître qui l'avait leurrée avec la sincérité de la chair.

Et elle fut tout de suite avec lui sur le chariot, sous lui, enveloppée de ces haillons qui la paraient, mais qui puisaient toute leur beauté dans son corps jeune, souple, pas encore déformé par la maternité commençante. Les cheveux blonds flottaient dans l'air qui existait pour eux, au-dessous d'eux. Maintenant il n'aurait plus dû éprouver de douleur à l'endroit de sa poche intérieure. Mais un poids lourd s'y trouvait cependant. Anna s'y était probablement agrippée pour se sentir en sécurité.

Et l'on avançait ainsi, sans mot dire, tandis que M. Aghios pensait : « C'est ma fille. Je lui enseignerai à ne plus se fier à aucune sincérité. »

Le moteur du chariot devait faire maintenant un vacarme infernal. Tout l'espace en résonnait.

E l'Aghios si domandò: "Ma perché la mia figliuola ha da giacere così sotto a me? È il sesso? Io non la voglio." E urlò: «Io sono il padre, il buon padre virtuoso.»

Subito Anna fu seduta lontano da lui, ad un angolo del carrello, in grande pericolo di scivolarne nell'orrendo spazio e l'Aghios gridò: «Ritorna, ritorna, si vede che su quest'ordigno non si può stare altrimenti». E Anna obbediente ritornò a lui come prima, meglio di prima. E lo spazio era infinito e perciò quella posizione doveva durare eterna.

Uno schianto! Si era arrivati al pianeta?

Infatti il treno, fermandosi, sembrava volesse distruggere se stesso. Il signor Aghios saltò in piedi. Soffocava, ma arrivava a ravvisarsi. Fra quel carrello e questo treno c'era una confusione da cui era impossibile estricarsi. E la stessa confusione c'era fra la gioia che aveva provato poco prima e la vergogna che ora lo pervadeva. Ma la bontà del signor Aghios era infinita anche verso se stesso. Pensò: "Io non ci ho colpa." E subito sorrise.

Egli aperse una finestra e l'aria si fece respirabile. Vide la campagna vuota: Una luce immota brillava dalla casa di un contadino. Tuttavia abbattuto dal grande sonno, la stanchezza del doppio viaggio, il signor Aghios ebbe ancora il tempo di guardare il giaciglio vuoto del Bacis, eppoi anche il posto ove era giaciuta la sua valigetta. Il Bacis se ne era andato discretamente, senza destarlo. Dovevano aver già passato Gorizia.

Et Aghios se demanda : « Mais pourquoi ma fille devrait-elle être étendue ainsi sous moi ? Est-ce le sexe ? Moi, je ne la veux pas. » Et il hurla : « Je suis le père, le bon père vertueux. »

Aussitôt Anna se trouva assise loin de lui, dans un coin du chariot, en grand danger de glisser dans l'effroyable espace, et Aghios cria : « Reviens, reviens, on voit bien qu'on ne peut rester autrement sur cet engin. » Et Anna, obéissante, retourna à lui comme avant, mieux qu'avant. Et l'espace était infini et cette position devait donc durer éternellement.

Un fracas ! Était-on arrivé sur la planète ?

Le train en s'arrêtant semblait en effet vouloir se détruire lui-même. M. Aghios fut debout d'un bond. Il suffoquait, mais parvint à se ressaisir. Entre ce chariot et ce train, il y avait une confusion dont il était impossible de se dépêtrer. Et cette même confusion se manifestait entre la joie qu'il avait éprouvée peu de temps auparavant, et la honte qui l'envahissait maintenant. Mais la bonté de M. Aghios était infinie, même à son propre égard. Il pensa : « Je n'y suis pour rien », et se mit à sourire aussitôt.

Il ouvrit une fenêtre et l'air devint respirable. Il vit la campagne déserte : une lumière immobile brillait depuis la maison d'un paysan. Bien qu'il fût abattu par le grand sommeil, la fatigue du double voyage, M. Aghios eut encore le temps de jeter un coup d'œil sur la couchette vide de Bacis, et sur l'endroit où s'était trouvée sa petite valise. Bacis s'en était allé discrètement, sans le réveiller. On devait avoir dépassé Gorizia.

Senza convinzione, con la testa sul cuscino, l'Aghios pensò: "Peccato! Se ci fosse stato gli avrei dato subito le diecimila lire (non quindici)." Sorrise! Era bello di non poter pagare. Rimorsi non ebbe. La sua avventura, la più forte che avesse avuta durante la vita, non usciva dalla vita del suo pensiero solitario e perciò non aveva importanza. Tuttavia se il Bacis fosse venuto da lui a Trieste, egli, d'accordo con la moglie, avrebbe tentato di aiutarlo in piena virtù.

E s'addormentò profondamente dopo di aver tratto sotto la propria testa anche il cuscino del Bacis. Si sentiva perfettamente bene. Il vino era stato smaltito nella corsa traverso gli spazi siderei e non lo turbava più.

La tête appuyée sur le coussin, Aghios pensa sans conviction : « Dommage ! S'il était encore ici, je lui aurais tout de suite donné les dix mille lires (pas quinze !). » Il sourit ! C'était beau de ne pouvoir débourser. Il n'eut point de remords. Son aventure, la plus intense qu'il ait eue au cours de sa vie, ne sortait pas de la vie de sa pensée solitaire, et c'est pourquoi elle était sans importance. Toutefois, si Bacis devait venir le voir à Trieste, il tâcherait, d'accord avec sa femme, de l'aider en toute vertu.

Et il s'endormit profondément après avoir posé sous sa tête le coussin de Bacis en plus. Il se sentait parfaitement bien. Les effets du vin s'étaient dissipés dans sa course à travers les espaces sidéraux et ne l'importunaient plus.

## VII

## GORIZIA-TRIESTE

Si destò che albeggiava, squassato da un'altra fermata del treno. Saltò in piedi. Era una stazione abbastanza considerevole. Gorizia!

Ma dove era dunque disceso il Bacis? E l'Aghios fece con facilità la sua teoria su quell'abbandono. Certo il Bacis aveva rinunziato alla speranza di trovare quel denaro da quel suo parente a Gorizia e doveva essere disceso a Udine. Chissà quello che avrebbe fatto! Forse avrebbe finito col decidersi di sposare Berta per poter, da padrone, proteggere meglio Anna. Vedeva oramai quella storia tanto da lontano che ogni accomodamento gli pareva possibile. In fondo Anna era l'oggetto dell'amore e tale doveva rimanere. Cara! Cara! Quegli straccini, che la vestivano tanto bene, non doveva abbandonarli.

## VII

## GORIZIA-TRIESTE

Il se réveilla au moment où l'aube commençait à poindre, violemment secoué par un autre arrêt du train. D'un bond il fut debout. C'était une gare assez importante. Gorizia !

Mais où donc était descendu Bacis ? Et Aghios bâtit sans difficulté une théorie sur cette désertion. Bacis avait certainement renoncé à l'espoir de trouver cet argent chez son parent à Gorizia, et devait être descendu à Udine. Qui sait ce qu'il ferait ! Peut-être finirait-il pas se décider à épouser Berta afin de pouvoir mieux protéger Anna, en tant que maître. Il considérait désormais cette histoire de si loin que tout arrangement lui paraissait possible. Au fond, c'était Anna l'objet d'amour, et elle devait le rester. Chère, chère petite ! Ces haillons qui l'habillaient si bien, il ne fallait pas qu'elle les quittât.

Verso le sette, quando il treno, con quel suo passo stanco di nottambulo che rincasa, cominciò ad arrampicarsi sul Carso, in un istante di noia, non sapendo che farsi nella sua solitudine, il signor Aghios trasse di tasca il portafogli e palpò le banconote. Sorrise ai propri sensi ingenui che sentivano un dimagrimento del pacchetto. Cosa vuol dire curarsi troppo di una cosa! Per rassicurarsi si chiuse nella vettura, calò le tendine e si mise a contare accuratamente le banconote. Non ve ne erano che quindici! Il Bacis ne aveva trafugate proprio quindici. Oh! Quale canaglia!

Il primo movimento dell'Aghios fu di correre al campanello di allarme. Vi pose persino la mano, ma dopo, da persona timida, esitò davanti a quella minaccia di persecuzione penale. E così ebbe il tempo di ragionare. Che scopo c'era di arrestare quel treno lento, che si batteva al di sopra di Barcola, sobborgo di Trieste, per raggiungere il ladro ch'era disceso in una stazione non precisabile prima di Gorizia e da lì s'era avviato col suo bottino verso Torlano ove non c'era ferrovia? Nessunissimo, perché il conduttore del treno non avrebbe mai acconsentito di cambiar rotta e portare lui e tutti i vagoni sgangherati verso la Carnia.

Il signor Aghios si morse le dita. Era tutto ira e vergogna. Vergogna di essersi lasciato turlupinare a quel modo. Addio sentimento della libertà del viaggio, addio benevolenza.

Vers sept heures, alors que le train prenait une allure lasse de noctambule qui rentre au logis et commençait à grimper sur le Carso, dans un moment d'ennui, ne sachant que faire dans sa solitude, M. Aghios tira de sa poche le portefeuille et palpa son contenu. Il sourit à ses propres sens naïfs qui accusaient un amincissement de la liasse. Voilà ce que c'est que de trop s'inquiéter d'une chose ! Afin de se rassurer, il s'enferma dans le compartiment, baissa les rideaux et se mit à compter soigneusement les billets. Il n'y en avait que quinze ! Bacis en avait soustrait exactement quinze. Oh ! Quelle canaille !

Le premier mouvement d'Aghios fut de se précipiter sur la sonnette d'alarme. Il posa même sa main dessus, mais ensuite, timide comme il l'était, il hésita devant la menace de poursuites pénales. Et il eut ainsi le temps de raisonner. À quoi servirait-il d'arrêter ce train lent qui peinait au-dessus de Barcola, faubourg de Trieste, pour rattraper le voleur descendu à une gare indéterminée avant Gorizia, et qui de là s'était dirigé avec son butin vers Torlano où le chemin de fer ne passait même pas ? Absolument à rien, car le conducteur n'aurait jamais consenti à changer sa route, et à l'amener, lui et tous les wagons bringuebalants, vers la Carnie.

M. Aghios se mordit les doigts. Il était toute colère, toute honte. Honte de s'être laissé duper de la sorte. Adieu, sentiment de la liberté du voyage, adieu bienveillance.

Somigliava ad una di quelle figure sintetizzate tanto bene nelle nubi nere e minacciose, ma egli non ricordava né le nubi, né i cani e neppure le belle donne, i suoi aggradevoli monti compagni di viaggio. Alla stazione di Tries

Il ressemblait à une de ces figures si bien synthétisées dans les nuages noirs et menaçants, mais il ne se souvenait plus des nuages, ni des chiens, et même pas des jolies femmes, ou de tous ses plaisants compagnons de voyage. À la gare de Tries[1]

1. Le récit s'interrompt à ce mot. Des cas analogues se retrouvent dans nombre d'autres textes de l'auteur.

## DU MÊME AUTEUR

### DANS LA COLLECTION FOLIO

*La conscience de Zeno* (nº 439)

*Composition Interligne.*
*Impression Bussière Camedan Imprimeries*
*à Saint-Amand (Cher), le 9 mai 1997.*
*Dépôt légal : mai 1997.*
*Numéro d'imprimeur : 1/1258.*
ISBN 2-07-040155-3./Imprimé en France.

78949